110年度 essays 散文選

九歌

主編 孫梓評

九歌110年散文選
年度散文獎得主

張惠菁

〈在有冥王星的天空下〉

得獎感言

張惠菁

〈在有冥王星的天空下〉是我為一本十五年前的散文集——《給冥王星》所寫的新版序。正如人無法走入同一條河流兩次，十五年前的散文集也是像這樣的河流般的存在。我走進去，一方面辨識出熟悉的景物，但是水流帶給我的冷冽或皮膚上的刺痛感是新的，走入那河流的我的風塵僕僕也是新的。

然而有某種事物一直都在，即便有時對我而言是隱身狀態。那就是「與陳舊敘事的搏鬥」。我不是一個專職的寫作者。我一直都在做著寫作以外其他的事，有其他的職業，並且經常是在非常異質的環境當中——很長時間是在異鄉，也很常周遭沒有文學讀者。因而我經常會感知那些看不到的「介面」——介面另一頭的環境有共同的語言、不必明言的價值觀，人們像魚在水中一般，理所當然地泅游與互動。這樣的介面處處存在，未必只在異鄉，有時在家鄉更是如此。

十五年來倘若有些改變，那就是在時間之中，介面曾經多次變得柔軟，我也多次涉足走入各種異溫。如同自己曾經抽離地解讀那些世界的語言，更多時候也反過來在對世界的新認識中解消自己。因為「陳舊敘事」也會存在於介面的這一面，在我自己身上。所以「與陳舊敘事的搏鬥」經常也是對著自己。或者，本質從來不是搏鬥，只是「令浮現」，令更多體系地、更大圖像地敘事浮現出來。其過程會經歷納西姆・尼古拉斯・塔雷伯所謂的「反脆弱」。不過，就像我在這篇文章中說的，虛空也是燦爛的。

倘若你問我文學是什麼，我無法給個抽離而完整的定義。但是文學對現在的我而言，其與我之間，便是這樣認識論層面上的關係。敘事的拓展，其實是存在的重新感知，因此文學是有趣的。我有幸在文學圈，也在異溫層中遇到過一些人。他們的存在，本身就是一個獨特、完整的聲音——有的清越地、以其自身的方式激進（radical）著，有的如深海的地鳴。當相遇這些聲音時，猶如在我原以為無聲的地方，忽然出現了一個定音點，頻率的圖譜、和弦的可能都再次擴展。感謝這些獨特的聲音。

目錄

【地靈】

【日子】

《九歌110年散文選》編序

為什麼你還需要一本年度散文選？

——孫梓評

1

散文要求親密。不是捷運鄰座，挨身一程，移動兩站先後下車；亦不是尾隨陌生人幾個街角，最終獨看落葉徐然跌進影子。極端一點的例子，像擠進除駕駛外僅兩人座直升機，雪地陡然升至火山口，駕駛者為你解說腳下湯釜如何形成。或觀光地人力車，車夫代替負荷腳程，沿途兼且景點說明。或也像搭計程車，有時司機儉語，車內擺設、氣味汙潔提供閱讀背影的線索；偶遇話多之人，則連他每日作息，閒暇娛樂，飲食偏好，伴侶子女現況，都一併知曉了。

這時你或許發現，每一種比喻，都是有句點的旅程，你會離開，會下車，散文不是不用跳表計價的無限漫遊。此刻生活的世界，無論無可能修剪整齊的現實，或一篇篇流水似的臉書，LINE，IG，推特，好像有誰允諾你一切會無限延伸，所以世界又扁又平又長，看似永不落幕還能倒帶重來，實則義憤，寶愛，喧鬧和哀傷也隨手指輕輕滑動，事不關己被滑開。這時你應該也發現，每一種比喻裡，都有一個人，為另一些人，貢獻形式不同的細節。散文的親密在此顯現——氣味是沒道理的事，你雖輕微緊張於一言不發的司機，身體卻安適擱淺在爽淨帶有淡淡香氣的後座。說話合拍與否也是沒道理的事，有人謹慎瑣碎，含蓄保守；有人攻勢凌厲，言必有中。散文是，一個人和另一個人之間，各種頻率的交通。

2

數年前一次機會訪問簡媜，她說，「散文更像一個剽悍的民族，可吸收異文化，產生新品種。」誠然，簡媜部分作品，第三人稱早已登場，那些以散文體敘述的他或她，更靠近極短篇模樣，但其散文寫作絕大多數仍為「我」所經歷。或許你也發現：如果多數用以抒情的散文，免除不了內在的掏挖與敘說，在散文裡以第一人稱「代言」便成為一件可疑的事。

如何是「我」？怎樣呈現「我」？散文中的「我」為什麼有其倫理訴求？黃錦樹《論嘗試文》多篇環繞現代散文、叩問抒情傳統的論文，延續多年前他與唐捐的紙上交鋒，有相當精彩的討論。關於「作者」是否適宜戴上面具，關於「抒情自我」如何在屈原的案例中確立並成為傳統，他且引用傅柯說法，「在西方，作者起源於需有人為其作品承擔罪行。」又舉例卡夫卡〈飢餓藝術家〉，表明散文能否虛構乃屬「道德自律」。

「魯迅的抒情散文傑作〈故鄉〉為什麼被收進小說集《吶喊》？」黃錦樹在〈面具的奧秘〉中，對〈故鄉〉細節的本來面目詳加解釋，結論是：「即使那情感是真的，自律的作者是不可能讓它當成散文讀的。」

在此立論之下，勢必連結至王安憶所說，「散文是直接書寫與我們生命有關的感情，生命多麼有限，感情也就多麼有限。」或龐余亮所感慨：「寫散文實在太奢侈了——」

然而，智慧型手機推波助瀾，成就歷史上前所未有、方便袒露自己的年代。社群軟體處處拐你不斷交出自己，無論文字，或者身體——分享，互動，連結——在袒露自我的誘惑中，有些事逐漸變形，或趨於廉價。我常好奇：臉書，是對散文的破壞嗎？本應沉澱為礦石的，輕薄地以酥糖的口感呈遞。就像，當推特上更方便獵覽肉體，那到底是色情的助燃，還是對情欲的揠苗？

倘若將較多時間獻給社群軟體，至少是蠶食了其他閱讀的空間，很可能也是對閱讀胃口的戕害。畢竟，單篇或單本完整作品，未必那麼要求快速回應，提供的是難得的（感受與思考）餘裕。

3

對我來說，二〇二一年是散文豐饒的一年。

林佑軒和Apyang Imiq，以截然不同的筆觸，勾勒出一九八〇世代台灣男同志成長路徑。《時光莖》酣暢淋漓，婀娜玩耍字與身體與典故；《我長在打開的樹洞》則將歸返支亞干部落青年務農打獵，與原生家庭、族群的告解與理解，以又痛又快的文字訴說。

同樣內含悼亡主題，洪愛珠《老派少女購物路線》和楊双子《我家住在張日興隔壁》，前者追憶母系家族帶來的一切豐盛，幾乎失傳的某種日常溫度，風靡眾多讀者；後者藉雙胞胎手足的離世，重述記憶並捏塑出家的半凝狀。

兩位香港作者：韓麗珠《半蝕》看似《黑日》續作，卻表情有別。《黑日》透過日記體鑿刻香港二〇一九年抗爭運動印記，《半蝕》開章以寓言體將「我」放至時間刻度挪移後的「未來」——當痛苦針尖般逼近眼球，人有這樣的需要。其後，才開啟前往痛苦根部的導覽。《玫瑰是沒有理由的開放》是廖偉棠詩歌講座文字版，詩人解讀經典現代詩的魅力及其藝術養成，盡顯其中。

另一組有趣對照：朱宥勳《他們沒在寫小說的時候》點名鍾肇政、鍾理和、葉石濤、林海音、陳千武、聶華苓、郭松棻、陳映真、七等生等戒嚴台灣小說家群像，「我」帶領讀者重回「現場」，指引前此未被讀取的光亮。劉致昕《真相製造》介紹聖戰士媽媽、極權政府、網軍教練、境外勢力、打假部隊、內容農場主人、政府小編，「我」帶領讀者前往「現場」，一窺資訊產業鏈前此未被說明的黑暗。

陳雨航《時光電廠》更長篇幅，拓深前作《小村日和》持續關注的原鄉／異鄉：花蓮／美濃／台北。素顏用字，誠懇敘事，時間滋味。「我」的說話魅力，有時如黃文鉅《太宰治請留步》彷彿落語師雜揉用典；有時如崔舜華《貓在之地》酒館裡叼菸燃燒的抒情；有時如陳玠安似尚未老去的少年，但願《問候薛西弗斯》；有時如江鵝警醒、聰穎，叩問生存瑣細的《俗女日常》。有時則是陳雨航：清水深山，往事持續樸實發電。

上述都是讀後飽滿、深有收穫的「專輯」。

為什麼你還需要一本年度散文選？因為有些作者只先發行「單曲」。

4

二〇二一年像二〇二〇年「加強版」。

台灣上半年用水緊張但幸運度過旱災；太魯閣號列車出軌與高雄城中城大樓失火，釀成重大死傷；路北超高壓變電所匯流排故障，引發全台限電；台灣疫情五月中一夕升至三級；東京奧運，台灣創下史上最佳成績獲二金、四銀、六銅。而香港，從年初民主派面臨大抓捕；「民間人權陣線」解散；維園晚會持續被禁；香港《蘋果日報》、《立場新聞》被迫停運。

我不確定作者回應現實的速度應該多快，網路上總有高人針對新聞事件，迅捷給出骨豐肉實數千語言。大疫翌年，再怎麼遲疑觀望，也很難不對被禁足的世界有點意見了。於是，【疫年】一輯，有Apyang Imiq和蔣勳近鏡頭攝錄台灣疫情隨風飄散之際，雙北生活圈以外的東部生活樣貌。李桐豪〈在薩爾達曠野散步〉發出眾人內心悲鳴：「嗚嗚嗚，好想出國吶。」此處心所繫念，當是胡晴舫筆下發光的〈那些金色時刻〉；然而被掛懷的「遠方」早非舊日模樣，何曼莊〈科尼島・一直有光〉有著近況更新。馬尼尼為〈我睡覺的時候〉意識流筆法突破疫情時代國界拘限。蕭熠〈微城〉靈動記下一期一會的隔離日記。

5

此曾在，總是勾引寫字的人為其留下【畫像】。尤其家族成員，是最常被寫，最易寫壞的領域。顏一立〈一天〉風格化簡潔文體，試圖繪出眼盲的父，最高明的畫者往往是把畫紙畫成鏡子。田威寧〈食客〉，宇文正〈我很醜，可是我很溫柔〉，袁瓊瓊〈美人〉三篇，有著奇特互文，童年／青春期友伴，所護持的純真與啟蒙，又有女性視線看待彼此時的微妙交錯。

死亡像一塊橡皮擦，擦去曾經存在的形狀，留下筆畫凹痕。江鵝寫貓，凌性傑寫Y，都是另一種形式的家人，因無血脈束縛，獲得更純粹的緣分。背包裡好似藏有一千零一夜的張經宏，〈私語李維菁〉快板卻從容，換幕時也輕巧把時代藏進有微醺感的敘事。和袁瓊瓊一樣寫什麼都好看的黃麗群，〈林在蘇杭街〉寫已逝長輩摯友，及於一段上環海味街，一併捕捉湮滅於記憶的香港。這樣的畫像，看似炭筆素描，堆上去的顏料是濃厚的時間。

【地靈】是另一種地理的「畫像」。

感謝《聯合副刊》一連串「文學台灣」巡禮（可惜無法盡錄），或屬故鄉，或曾居住，或為新鄉的作者們，捎給斯土的情書。鍾怡雯〈再見，我的野地〉寫桃園，陳淑瑤〈風編織的樹岸〉寫澎湖，都是讓人愛不釋手的精靈文字。屬於離島的，還有長期駐居馬祖東莒島從事社區營造的陳泳翰，第一手觀察的在地誌。

此外且有莊芳華關注南投頭社古日潭浮田，賀景濱懷想一九七〇年代新竹高中，栗光以「密室逃脫」折映當代台北，這些特定地理／空間，或許正承受著實質破壞，或許精神上得以繼承，或許以隱喻方式維持（被）挑戰，寫作者們都拓寬了散文的河道。

二〇二一年五月，總統特赦原住民獵人王光祿，但原住民族狩獵仍背負「原罪」。詩人吳懷晨分別以〈海獵人的風〉寫都蘭阿美男子潛水射魚；〈最後的獸境〉寫老獵人在山脈深處獵鹿後，透過溪水運送獵物始末。篇幅短悍，珍貴非常。

6

很長一段時間，床邊小書櫃，疊著幾冊張惠菁散文。《告別》，《你不相信的事》，《給冥王星》，《步行書》……也許就是張惠菁「空白」的那幾年，早已讀過的篇章，昏黃燈下，隨機翻開如抽塔羅牌，總在重讀時以意想不到方式傳遞力量。力量，而非答案。那是她曾於人間跌撞摸索，又能多跨離事情核心一步，以旁觀者的清明，說出線團之外的路徑。行過其中但不顯泥濘，隔絕火焰卻不置身事外。癡心讀者就像擔心愛過的歌手不唱了一樣，真的也很擔心她就此不寫了。

所幸，二〇一九年她出版《比霧更深的地方》，除收錄居留北京時所寫專欄，同名序文將此刻新的人類情（困）境，以久遠的春秋時期潁考叔視角來指點。那真是振聾發聵。

全新的張惠菁正在成形。

二〇二一年復刻《給冥王星》，序文〈在有冥王星的天空下〉，試圖將自我（不得不）寄託的時空與敘事，繪成一幅更全面更斑斕，允許抵達也允許錯過的曼荼羅。這篇不對稱剪裁的文字，是她從「空白」的那幾年發出的回信，其中所述，竟包括了這本年度散文選關注的每一個分輯主題。此文獲年度散文獎，也是來自一位長年讀者衷心的謝意。散文要求親密。能夠待在枕頭邊的書，真的不多。

【星體】所選，集合為星象，展露的是作者「自我的心象」，部分的篇章，也許不那麼明顯為一時一地一人一事服務，但這些玲瓏剔透能滲透靈魂的字，確實適合置於枕邊，與夢境交談。

7

二〇二一年一月四日，三毛逝世三十周年。讀見報紙上那消息的冰冷冬日早晨，墨色猶新。三十年過去了。近年三毛作品陸續外譯、在西班牙暢銷，魅力不墜。面對這樣現象級的作者，讀者帶有愛慕的眼睛，常常很難看穿表象，個人意見卻準確挑明諸多三毛書寫中的特質。所謂【考古】，也包括利格拉樂．阿𡠄一系列經歷白色恐怖的台灣原住民口述歷史。〈活著，就是為了等這一天〉讀起來很荒謬，很痛。因為荒謬，所以痛。那是真實的人真實的遭遇。這份荒謬，也是如今香港正經歷的。

亦有屬於私人史「考古」：回憶的作業。楊隸亞以貼身衣褲，王盛弘以一幢老公寓，何致和以一本《許地山小說選》，神神以一首又一首九十年代流行歌，將煙散的時間循環播放。

【說話】主要來自《自由副刊》「說母語」專題（諸篇都很精彩，另還包括木下諄一寫日語，廖偉棠寫粵語，可惜同樣篇幅限制，無法盡錄），母語是人所學習的第一語言，更牽動對家庭，故鄉，乃至國家的種種感情。我不確定當今有人可以只生活在純粹母語的環境，而不必與（至少）另外一種語言碰撞？母語必然也深刻影響寫作者思維和文字裡的神經叢。

劉梓潔寫台語，一併觸及日治和台灣戒嚴時期的「情感教育」；黃文鉅寫出客語「臨暗」處境與黃昏時記憶蒸騰的飯菜香；馬翊航在重新學習族語的途中，以更「務實」的角度反思：詞彙可以「購買」而得嗎？如果時間本身已是一場勝負難辨的買賣？

二〇二一年七月，旅日台灣作家李琴峰《彼岸花盛開之島》獲芥川賞，〈賴以生存的奇蹟〉是頒獎典禮演講稿。曾因「罅隙」所苦的她，在獲獎作品中虛構了一個島，島上使用的三種語言，皆回應東亞歷史地理特殊組成，加上她傾力關注的性別意識。「罅隙」或肇因於粗暴的「分類」，這是許多人至今痛苦的源頭，李琴峰獲獎的「說話」讀來動魄驚心。

8

當我還是少年，每年都翹首期盼年度散文選出版。從編者，選文，分類，到裝幀。那時知曉的作者太少，資訊取得有時靠自己，有時靠朋友，有時靠緣分。閱讀的系譜就是這樣（透過選集）拓展而開。

期待散文選還有一份私心：那裡頭有大量別人的生活。自己的人生只有一趟，而且多屬無聊。大疫之年，眾人仍有過【日子】的方法：讀洪愛珠〈二〇二〇台北式結婚〉而感覺到一種經過收攏整齊的莊重，人身與人情的難得，讀了忽然也想結婚了（咦）。

高中生活如果不是灰頭土臉就是滿腔牢騷熱血，胡靖偏偏能把那樣青黃不接的階段，寫成一顆滋味綿長的白煮蛋，讀了也想重新準備聯考了（愛說笑）。

一日忽然發現，異性戀男生十分罕得在筆下流露對自己（或同性）身體的觀看，可能那樣顯得太同性戀了？所幸我們社會終於來到讓熊一蘋寫出〈晾她的衣服〉的時分，讀了也想晾衣服了（其實我常晾）。

「夢想匱乏」究竟是務實還是浪漫？萬金油經歷發財夢才發覺自己不忮不求；隱匿則老僧如定，早就說出「浮雲於我如富貴」這種前無古人的理財觀，感覺兩位很適合進行一些（包括貓在內的）交流，讀了也想跟他們當朋友了（認真）。

蔡珠兒看似輕快寫一只行李箱，如何挑選箱子，如何打包細軟，然而關於旅行的一切，也同那些衣鞋手袋，被巧妙打包進一篇散文。讀了也想去旅行了（嗚嗚嗚，好想出國吶）。

張曼娟變換「遊樂」為「憂樂」，〈我的憂樂場：書店的剎那〉巧手剪接曾位於淡水河畔「有河BOOK」，旺角西洋菜街二樓書店，馬斯垂克天堂書店，層層推進，為的是引介真正的主角：那永遠消逝中，不可挽留的一切。

張維中寫老少咸宜的哆啦A夢，原來竟是「讀空氣」的代表，萬能口袋裡有那麼多神奇道具和安慰言語，還懂得收納自己睡進衣櫥、不占空間，讀了我也想當大雄了！

伊森〈我就是想在藝妓裡加點糖〉放在【日子】尾巴，除了此篇扣回全書開場的【疫年】主題，還因為文章最末，口罩下那抹帶有希望的微笑。同時，這也是一個祝福——在藝妓咖啡裡加糖很奇怪嗎？張亦絢《感情百物》除了扎實好讀的內容，還有篇非常觸動我的後記，篇名是〈我想做一個奇奇怪怪的人〉。

奇奇怪怪，就是可以大聲吶喊對正方形的愛情，也（被）允許是任何形狀。不可能說得比張亦絢更好，還是直接引用她的原文吧：「我保護自己的唯一手段，就是保存我自己的奇怪，以對抗制式對我的傷害——」

稍讀過現代史的人都知道，這從不是一件容易的事。
——希望這是一本奇奇怪怪的散文選。
——祝你一如所願：奇奇怪怪。

【疫年】

在薩爾達曠野散步——李桐豪

本土病例案一二六九號發燒、味覺喪失，通報確診的第三十六天，男孩將在一個幽暗的洞穴裡醒來。

男孩半裸，手長腳長，瘦得像一隻小猴子。他東張西望，輕易地躍過擋道的巨岩，敏捷地在狹小甬道爬行著，霎時間，眼前一陣明亮，洞穴外傾盆而下的陽光太刺眼，男孩只得抬起手臂去遮擋。或者應該說你命令男孩抬手去擋，男孩的身體、性命都是你的，你要他往東，他不往西，你要他跳崖，他頭也不回，向前縱身一躍，一切皆在你的掌握中。男孩緩步走出洞外，站在高崗上，眼前山川壯麗，你透過男孩清澈的目光看見遠方的神廟與冉冉冒著煙霧的火山，草原一角有文字浮出：「薩爾達傳說　曠野之息」。

三級警戒期間，你鬼迷心竅地濫買了許多東西，譬如龜背芋、譬如關孫六菜刀、又譬如SWITCH。電玩苦手入手任天堂，乃你妄想居家上班，若能擁有一套《健身環大冒險》，即便足不出戶，亦能養成運動良好習慣。然而網路購物樂趣往往始於蝦皮比價、下單付款，終止於收貨開箱那一刻，一切的快樂皆來自想像，一切都是你的自以為是。你以為遊戲主機插上電源，把自己登入遊戲裡，和靈環一起冒險，日日消耗個八、九百卡路里，便可把自己鍛鍊得固若金湯，但是醒醒吧，你從來就沒有你以為的那樣勤勞。把玩一陣子之後，膩了，懶了，健身環將落得那些健腹滾輪、瑜伽墊一樣的下場，被遺忘在床底，變成塵蟎的記憶。

但你也沒你以為的那樣廢柴，疫情三級降二級，當世人皆可外出用餐、看戲、看電影，你仍在薩爾達的曠野中散步。

除了《健身環大冒險》，你也跟同事拗了一套《薩爾達傳說　曠野之息》來玩，「你都買了SWITCH，就一定要玩這個啊。吶，它可是玩家滿分評價最多的遊戲噢，不只好玩，它的美術更是驚人，遊戲中海拉魯王國的視覺效果呈現可是將十八、十九世紀歐洲浪漫主義的繪畫美學發揮到淋漓盡致啊。」推你入坑的高人如此指點著，他說遊戲海報上男孩站在高崗上，面向群山壯闊，那和諧的構圖乃向德國浪漫主義畫家弗里德里希（Caspar David Friedrich）〈霧海上的旅人〉（Der Wanderer über dem Nebelmeer）致敬。

〈霧海上的旅人〉附和了當時歐陸（Grand Tour）風氣，大不列顛的貴族青年們越過英吉利海峽抵達巴黎，學法語、學舞蹈、學劍術，隨之翻越阿爾卑斯山，往南前進義大利，去威尼斯、去羅馬、去佛羅倫斯，在文藝復興的藝術氣氛陶冶身心，旅行的折返點往往那不勒斯或更南邊的帕埃斯圖姆，青年們在此將再度翻越阿爾卑斯山，來到德語區的維也納、柏林、波茨坦等地，最後再經由荷蘭或佛蘭德斯回到海峽對岸。好男兒志在四方，湖海洗我胸襟，河山飄我影蹤，壯遊規模視財富口袋深淺而定，短則三、五個月，長則兩、三年，旅途最艱難處是翻越阿爾卑斯山，途中或者遇見一隻狼、一群山賊，或者一場暴風雪，但假使他們能克服種種危難，越過山脈，他們將會變成更有勇氣與膽識的大人。

歸來的青年寫詩也寫生，自己畫，也買別人畫的，那是弗里德里希等一班風景畫家當道的契機，沒有富爸爸支持的青年們亦可在這些風景畫或遊記裡，發夢想著自己也出國了一趟。壯遊精神彌漫著《薩爾達傳說》，精美到可當螢幕桌布的畫面皆呼應當時的繪畫美學與時代氣氛，尤其是那些不厭精細的高山曠野風景，太逼真了，逼真到荷蘭TU Delft大學有個好事的教授哈特（Rolf Hut）做了一份網路問卷，遊戲中的景觀與加了濾鏡的真實地質地貌並置，多數人難辨其真偽。假作真時真亦假，因為遊戲裡的山河日月太壯美，緣溪行，望路之遠近，導致遊戲入手一百二十天，你仍困在初始台地遊蕩著。

一開始是有志氣，不倚賴攻略，以為憑藉自己的本事，也可找到滑翔翼，飛往下一個關卡，但後來是遊戲世界太開放，沒有起點與終點，沒有什麼線性的時間軸線需要走完，你一邊走一遍看，心不在焉地發現那座黃沙滾滾的荒山是伊朗拜火教聖地雅茲德的複製貼上；這個頹圮的神廟廢墟根本是玄奘讀書的納蘭陀大學遺址，那次與你結伴同行的歐巴桑雙膝一軟，似乎卡到什麼了，開始胡言亂語；乍見這個壯闊高山湖泊何以突然喘不過氣來？是了，因為你想起那一年你在中印邊界的班公措，面對極其類似的高海拔風景，高山症發作了。

你在虛擬的電玩世界懷念著過往去過的每一個地方。

上司同事很鳥，論文指導很鳥，半夜不睡覺在電視機前打電動的男友或者玩抖音的女友很鳥，婆婆小姑很鳥，因為生活種種一切瑣事都很鳥，所以你得像一隻鳥放飛自己：他鄉異國百貨公司喪心病狂地血拚如經濟犯罪、東橫ＩＮＮ小旅館滑Tinder，煩人鳥事往左滑，手指再往右滑過去一點點，是深淵，是通姦者的快樂。現實人生困頓如密室，唯有旅行，唯有旅行，是不在場證明。

明明才兩、三個月前去過曼谷或東京，但擱淺在辦公室寫報導，明明最需要專注的時刻，你還是心不在焉地開啟另外一扇視窗，比較機票或飯店的價格……到如今，你上次出國都已經是好幾個兩、三個月前的事了。

旅行是一種癮，大疫之年，當世人與你都被禁足了，你開始產生了一種勒戒的幻覺，心亂目眩，看朱成碧。你把淡水渡船頭旁的紅磚屋看成牛津大學校舍；你在台北某燒肉店廁所的白桃芳香劑嗅出輕井澤約翰藍儂咖啡館洗手間的氣味，站在洗手台前，你在人工的香味裡追憶旅行似水年華；甚至，大半夜不睡覺坐在電腦前看些不三不四的片子，真崎航四國淫慾紀行什麼的，他站在午夜街頭徘徊賣騷，你突然發現他身後的街景是四國高松的中央商店街，你忘了為那些血脈賁張的場景勃起，你餓眼嘴饞，想起那街道有一家好吃的餐廳，航君的雞雞哪有骨付鳥好吃呢。

嗚嗚嗚，好想出國。

日前臉書病毒氾濫似地興起一波「#PO你手機最後一張旅遊照片」的活動，有人返國前夜，在飯店床上攤開沿途搜刮來的藥妝保健食品，有人秀出機場餐廳的咖哩飯，有人意外拍下機艙前座旅客讀報身影，報紙斗大標題寫著：「中國出現原因不明肺炎，武漢已有四十四人發病、十一人重症。」而你，iPhone裡最後一張旅遊照片是二条城光雕投影秀，那是二〇一九年的秋天京都旅行最後一晚，江戶幕府時期的城堡在光束中碎裂成奼紫嫣紅的光點，付與斷井頹垣，消失在黑暗之中，過了這個秋天，世界一切終將不同，事後諸葛回首相望，看什麼都會像一則哀傷的寓言。

是了，那趟旅程你在四条百貨公司還買了一件價值不菲的衝鋒衣，盤算著你下次去尼泊爾爬山也許可以穿著它，但兩年過去了，結果你穿著它去過最低溫寒冷的地方無非是COSTCO的冷凍蔬菜區，無法跟你上山下海的衝鋒衣根本是一件廢物，你寧可拿它在薩爾達曠野換一件防寒衣，遊戲王國的海利亞山天寒地凍，沒有足夠保暖衣物，血量總是一直掉。這日，你亂晃走進一座小屋，見桌上有兩個「暖暖草果」和一本「老人日記」，你點開日記，見上頭寫道：「如果有人做出辛辣海陸煎烤，就送他防寒衣。」

步出小屋，天蒼蒼，野茫茫，令你想起有一回在阿根廷巴塔哥尼亞高原健行，也見過這樣波瀾壯闊的風景，遊戲之中，你岔出心神想著該次旅行喝過的美酒與牛排，突見路邊有一烤火的老人，論理，你趨前向智慧老人請益，便可從對話中找到解開任務的線索，但你一想到你被困住了，Omicron病毒又起，插翅難飛了，你根本腦筋壞掉，舉劍對著老人亂揮亂砍。

嗚嗚嗚，好想出國吶。

——原載二〇二一年十二月二十六日《自由時報》副刊

李桐豪，復旦大學新聞學院畢業。著有《絲路分手旅行》和《不在場證明》。

疫情部落／隨風吹散／警戒——Apyang Imiq

疫情部落

「等你飽」早餐店的譯名來自Thngi，吃飽的意思。疫情前的日常，走進早餐店，無數的阿姨叔叔好你好你好；疫情來臨後，擺一張占據入口八〇%的餐桌，上面有紙有筆，還有個人資料必填欄位，客人一位都沒有，連帶總是聚在一旁烤火聊天喝小酒的payi、baki都不在，矮凳甚至省得搬出來布置。等你吃飽無法內用，少了喧囂的咖哩，好像怎麼樣都吃不飽。

「確診人數又增加了，好煩，什麼時候可以結束。」開啟疫情話題準沒錯，老闆姊姊必能回應，我也總有答案可以延續。

「部落是還好啦，最怕是親戚從外縣市回來。」老闆姊姊皺眉。

「啊……對……」此時我只能保持沉默。

我那豔麗的小弟問今天可以去清水溪游泳嗎？我說沒辦法，還有工作要忙。多少部落年輕人從勞動業或服務業被迫停工，閒在家裡找事做，找咖哩。線上電影看了無數遍，歡唱KTV APP排了好幾首，水餃包到第幾百顆，老爸老媽總是有家事找他做，擦窗戶、Key in客戶名單、曬衣服……小弟恐怕要悶壞，如果泡一身山林溪水會多爽快。

「對了，支亞干的防疫破口來了！」小弟的咖哩濃醇香，揶揄自嘲著實辛辣。大弟和弟妹從萬華回來，萬華多麼刺激，萬華簡直武漢還是ＨＩＶ代名詞。

辦公室裡我跟兩個妹妹談二弟從重災區回來，百貨公司先是輪班，後來乾脆休假扣年假，他倆真沒辦法，待台北要多少新台幣，回鄉避難輕鬆多了，順便幫爸爸裝什麼汽車零件。

我在處理繁瑣的文書業務，要baki們原子筆簽這裡，身分證拿出來拍正反面。核銷令人頭痛，尤其計算收據領據的新台幣面額，Excel表格調整再調整。疫情來臨前，我負責社區發展協會蓋竹子工寮的計畫，趕在部落入口開始架設管制站前，工寮終於搭建好，正跟工班確認所有細節，我家對面的姊姊打電話來。

「你家是不是有人從萬華回來，是你弟弟對嗎？」姊姊平時溫柔婉約，這次咖哩卻添增不少朝天椒，火焰即將燃燒。

「嗯，有……」我心虛回應。

「他們有去村辦公室登記了嗎？」再放些馬告增添香氣吧。

「他們在設管制站前就回來了，應該沒去登記（沒有被通知去登記）。」我已經想裝作大弟不是我血濃於水的家人。

「你知道嗎？他們今天一群人還去水溝游泳，口罩都沒有戴。」好像我應該把他們關起來，給最基本的水和食物，以免空氣感染成毒氣，蔓延整座支亞干溪流域。

「簽這裡，對，沒錯……這裡，姊，等一下，有，我還在聽……」我慶幸手邊正好有事情處理，電話草草不認真應答。

掛上電話，看一旁的管制站，管制的意義不在於限制誰進出，量完體溫，掃完QR Code，志工一樣放你進去，只是全部落都會用咖哩道德箝制你和家人的行動。

我驅車離開，鎖在家裡，心裡矛盾又恐懼，還有三個姪子，因為不能去學校上課，二哥二嫂正安排從台南送回來。

——原載二〇二一年六月十一日《Openbook閱讀誌》

隨風吹散

我好久沒這麼長的時間跟室友不間斷相處，前幾天晚上，歷經一次大吵後，兩人玩起真心話大冒險（兩者對我來說都一樣），室友常提議的關係修補遊戲。

「其實我不喜歡抱睡，關在一個房間已經夠幽閉恐懼，還有重量壓在我身上，真的難以入睡。」

「那手輕輕放在上面可以嗎？」

「嗯……可以！」室友的聲音細微地像棉被摩擦。

花蓮進入準三級時，每天早上九點左右進入社區發展協會，我和兩個辦公室妹妹做好分區上工，我霸占二樓，她倆在一樓。看著每天新增的案例數，花蓮好像遺世獨立。

下午兩點準時收看陳時中報導各縣市新增案例，歡欣迎接花蓮零確診，或者我們本就希望花蓮是座孤島，穿越中央山脈和雪山山脈的列車難以運輸病毒，就算走出火車站也被乾淨的空氣自動稀釋。

剛開始那幾周，我心裡反倒喜歡疫情，二樓專屬我的放肆天地，大聲輸出筆電音樂，三不五時哼唱幾句，辦公桌旁有兩米寬的落地門、兩面大片窗戶，和一個後陽台，頭頂電風扇旋轉，加上一座安靜的工業電扇，氣溫飆到三十度依舊涼爽，連同我蹺腳放在辦公桌上，嘴巴恣意吐的煙很快就被風吹到透明。

先是部落附近的地區型醫院爆發疑似案例，樓上樓下三個人保持一公尺的距離彼此哀號，部落專門出產警察和護理人員，我們開始計算親戚關係和住家距離，以及哪些payi和baki定期去看診取藥……我的工作相對沒那麼緊張，倒是兩個妹妹得每日登門拜訪長者量血壓、測體溫、送午餐。

隨著縣政府每日下午三點報導新增案例和足跡圖，花蓮已與全國同步進入警戒區，這陣子遇上計畫申請、驗收或標案期，常出入公部門或接觸其他單位，再加上家中親戚從外地回來，深恐自己也會在不注意的時候沾染病毒，畢竟白色T-shirt穿在身上不到幾分鐘就會印上污漬，連我自己都不知道哪隻手摸了什麼，於是我自主在家辦公，離開自由的二樓。

在無法舉辦活動的情況下，許多原訂的計畫一再推延，直視著電腦敲鍵盤、打手機遊戲、躺沙發看電視讀小說、等待室友煮的美食變成我的日常。

疫情把世界變得緩慢又迷亂，平常白日必須出門上班，現在幾乎二十四小時與室友一起面對牆壁和窗戶，兩人的距離反而又近又遠，像夢又像風。

我們各自在家有工作間，一堵牆壁區隔，隔間聽鍵盤起落、聽參與線上會議或演講分享、聽手機即時訊息不斷響起……除此之外，他在幹嘛？那些我不在這個空間的時間，那些過去我必須朝九晚五離開的距離，他的生活被什麼填滿，有我不知道或是我應該知道的嗎？占有欲隨鬱悶的氣氛變得不可理喻。

我常把音樂放到最大聲，又把聲音轉小，這裡不是二樓，風不會消化。室友擔憂劇場的工作無法如期推展，我擔憂執行的計畫如何撰寫成果報告，我們的工作都與人相關，少了面對面，再多的視訊會議也無法解決。

昨晚室友坐在電腦桌前面工作，我走進他房間，坐在隔壁的木頭椅子上，默默翻閱一本散文集，中間隔著印表機卡滋卡滋吐出一張張白紙，我手遞過去拿給他，瞥見我們的狗黑嘴優雅地側臥在磁磚地板上。

真好，一家人都在，其他的，讓風慢慢的吹吧。

——原載二〇二一年六月十八日《Openbook閱讀誌》

警戒

・聚酒

晚上十一點，開車載室友和小弟去鳳林市區，鄉下宵夜，方圓十公里，唯一7-Eleven，想都不用想。繞過黑暗的部落，台九線筆直往南駛，小弟說剛剛在喝酒，你自己喝嗎？沒有啊，跟一群朋友……疫情期間絕不想聽到的消息。

「沒有啦，我們視訊喝酒！」實在太搞笑了。

「怎麼開始啊？約好時間一起打開視訊嗎？還是怎樣？」三級警戒開始，聽過視訊上課、視訊審查、視訊歡唱、視訊尻槍，還沒聽過視訊喝酒。

「就今天特別想喝，走到下面雜貨店買一手，打開視訊跟朋友聊天，大家有默契手拿一杯，一個拉一個，就這樣喝起來。」

隔著螢幕如何敬酒，要說乾杯嗎，玻璃杯碰撞的聲音得自己製造嗎，杯子空了怎麼隔空勸酒，然後眾人一起咕嚕咕嚕吞下去嗎？想像那些怪異又好笑的情景。

「你太誇張了。」小弟不耐煩地回答。

突然覺得可憐，往後的社交生活是否都得像穿著雨鞋踩踏溪水，總是隔了一層才能感受溫度。

・煩買

室友說我在超市總是一副不耐煩的樣子，有多不耐煩，我沒有吧，你有，你真的有。

上超市好像一種罪惡，好幾次我單純當個司機，在車上玩手遊，等待他大包小包走上車。

也許採買對我來說很功能性，無論買任何東西，總是心裡想好要什麼，走進走出不到數分鐘，看到商品就拿，甚至懶得比價或看成分，第一印象決定口袋的新台幣該不該繳出。

小弟突然來家裡，要我陪他去超市採買食材，自三級警戒，渡假村放一群部落青年無薪假，他們的行蹤變得越來越不可預料，加上他那台幾乎沒有引擎聲的車子，門被打開才驚訝人來了。

室友還在睡覺，床邊問需要買什麼，他開一個清單給我。我走進超市，架上琳琅滿目，眼睛掃掠一遍又一遍，沒看到番茄、沒看到生菜，也沒有杏鮑菇，我在不大不小的超市中迷路……急忙視訊室友，一樣一樣地問，水果是入口處右邊，特價的擺走道，蔬菜在中間，菇類最後一側，根莖類在角落……

他透過手機遙控我的螢幕，擴大播放的聲音是一道道指令：對，再左邊一點，鏡頭往上一點……

我開始不耐煩了。

・需渴

我就是那種一旦喜愛就停不下來的人，只要各方條件許可，為什麼不能一直「做」下去。

我無法理解「需索無度」和「邊際效益遞減」，如果是一件愉悅的事情，一加一永遠是加法，數字只會向上攀升，絕不可能變成減法或是其他的數學邏輯。

自從三級警戒開始，不用進辦公室工作，每日每夜看著室友，我的熱烈期盼激進至變態，變態成一個狼人狀態。

我起床時他仍在熟睡，精緻的五官和稀疏的鬍渣，看了心就受不了，手往下滑過，被單裡藏一根黑色水晶，我在清水溪的岩壁上摸過，想像那種用力刺水後水花激射留下的陽光燦爛。

大熱天的時候，室友脫掉上衣，單薄的上身，纖細的腰肢，上手臂因為近期愛上烘焙，不斷地揉麵團，揉出緊實又堅硬的線條，他以為我在餐桌上盯著筆電認真工作，其實一格格濃烈的畫面早就讓我腦袋充血，妄想室友在赤裸的圍裙下，猛烈地親吻我或要我咬下。

夜晚我們窩在沙發上追劇，我喜歡藉故枕在他白皙的大腿上，仔細端詳那隨電扇規律搖擺的腿毛，輕柔又細小，好像山徑旁一層層腎蕨，輕輕滑過小腿難以排解的癢。我在無數個枕頭下，摸到一條血管，就在他的大腿後側，那條血管自有生命，食指用力按壓裡面有液體流動，我又開始進入一頁頁放蕩的文字之中。

究竟室友什麼時候可以從我的警戒中解除。

——原載二〇二一年六月二十五日《Openbook閱讀誌》

Apyang是我的名字，A開啟傳統小名的稱謂習慣，Pyang來源漢名「平」，用太魯閣語發音，變成有音律的pyang，喜歡自己的名字，喜歡長在支亞干，更喜歡用文字和它一起生活。

太魯閣族，台灣大學建築與城鄉研究所畢業，現任社區發展協會理事及部落旅遊體驗公司負責人。曾獲多屆台灣原住民族文學獎散文組、二〇二〇台灣文學獎原住民族漢語散文獎、國藝會創作補助等；二〇二一年出版散文集《我長在打開的樹洞》（九歌），並獲台灣文學獎蓓蕾獎及Openbook好書獎年度中文創作獎。

龍仔尾——蔣勳

困

大疫流行，一時不能北返。

我留在池上，許多東西可以宅配。醫院回診可以視訊，慢性處方箋有健保藥局代理申請，直接在當地取。也透過池上書局訂了幾本書，張岱的《夜航船》，從浙江古籍書店訂購，一星期也收到了。

朋友笑我「擱淺」在池上，我倒是不覺得有什麼不方便。趁機檢討過去太多的奔忙，再一次思考陶淵明寫〈歸去來辭〉時的反省——息交絕遊。

朋友說的「擱淺」，讓我想起《四郎探母》〈坐宮〉一段有名的唱詞「我好比淺水龍，困在沙灘——」，「困」比「擱淺」糟糕，「困」是落難，有委屈怨哀，無法脫身。

人生一世，大概總有時被「困」，戰爭、貧窮、天災、大疫都可能是「困」。職場不順、情感坎坷、人事糾纏，也可能是「困」。

像蘇東坡，一生都被小人所困，仕途顛簸，下獄、流放，真是處處受困。

然而，流放貶謫，漫漫長途，不能老是唉聲嘆氣，罵天罵地，必須自己找出處紓解。

蘇軾流放，在困境中，卻可能是最好的功課。

他每到一處都發現美好的事，人們以為嶺南瘴癘荒僻，他卻大啖荔枝，覺得是莫大的福分，「但願長做嶺南人」。

把懲罰作為福分看待，一路走到天涯海角，蘇軾受福於困，也啟發了後人對「困」的不同領悟。

易經有「困卦」，上澤下水，澤中無水，自然是「困」乏之象。

五月全台大旱缺水，有人怨天尤人，有人意識形態作祟，堅持說沒有缺水，都無濟於事。

池上萬安村鑿井備旱，也規畫出三天一次水圳輪流放水的管理方法，緊急時甚至出動水車救旱，度過難關，直到六月降雨，順利豐收。

我在看縱谷農民困在旱情中的種種努力與應變。

「困」是困窮，但「困」卦的卦辭是「亨，貞，大人吉，無咎。」

好有趣，易卦在「困」境裡許諾了「亨通」。「困」不是被困，「困而不失其所亨」，要在困境裡找到通達解脫開闊的自處之道。

「困」卦意義深遠，在困境中，不被困，找到通達的途徑，可以「吉」，可以「無咎」。

困於疫情的世界，或許可以為自己卜一卦，如果是「困」，看看「困」如何解。

農舍

所以，有一點慶幸自己「困」在池上了，「困」在縱谷海岸山脈一處叫「龍仔尾」的村莊。

我「擱淺」的農舍是台灣好基金會前些年向農民租賃的，稍事整修，用來給駐村的藝術家使用。恰好前一位藝術家結束駐村，後一位還沒來，我便用了空檔的時間。

大概從二〇一五年到現在，有十餘位藝術家住過這農舍，林銓居、簡翊洪、葉仁坤、牛俊強……都住過。銓居在這裡畫大幅聳竣的崙天山，翊洪畫夜裡老屋四處攀爬的壁虎或螞蟻。

農舍獨立田中，四野開闊，自然各種生物都來，蟲蟻、蜘蛛、壁虎，蜜蜂，還有蛇，怕蛇的藝術家就錯過了這農舍的緣分。

農舍朝南，三面都是稻田。東邊是一長溜海岸山脈，山的稜線起起伏伏，像一條長龍的背脊，背脊到了尾端，慢慢低矮下去，像一條向南邊拖去的長長尾巴。

既然是龍的尾巴，地名也就恰如其分叫龍仔尾。

北部疫情爆發是五月中，我取消了北返車票，住進龍仔尾農舍。

芒種、夏至之間，大約五點十分左右，太陽從海岸山脈升起，照亮大片即將收割的金黃色稻田，纍纍的稻穗已飽實圓滿，垂著頭，在微風裡搖曳。

我住的這戶獨棟的農舍，已是龍仔尾的最後住家。坐在庭院前面，朝南一無阻擋，可以遠眺新武呂溪沖積的平疇沃野，也可以遠眺到更遠的卑南溪出海的方向。茫茫漠漠，可以在最遠端看到朦朧的都蘭山。

黃昏時分，常常在島嶼最南端有西邊落日的餘暉返照，天空彤紫，也會聚集金色的祥雲，如堆簇的錦繡。

舊式傳統農舍多朝南，避北風，也取朝陽較長時間的日曬。

朝南正房，一排三間，灰黑斜瓦屋頂。西邊一排矮屋，原來或許是豬舍，不養豬了，就改作了放農具的倉庫。

一排三間的正房，和低矮倉庫成Ｌ型，圍出一個大約三十公尺長二十五公尺寬的庭院。

這個寬闊平坦的庭院，原來是曬穀場，收割以後，稻穗在這裡打穀，穀粒利用自然風揚場，吹去雜質，讓一顆一顆稻穀平鋪在廣場上，用日光曬透，時時用竹耙翻轉，才能貯存。

這是我童年時看到的農村曬穀場，也是我童年時最愛玩的地方。大人忙著農事，孩子幫忙趕走搶食稻穀的雞鴨鵝。

曬穀場的陽光和風都好，農忙後，冬天在這裡曬太陽，背上曬得暖呼呼，比暖氣都好。夏天夜晚就常在這裡吹風乘涼，聽長輩老人說故事，天階夜色涼如水，一次一次細數數不清的天上星辰。

現代機械化的農家，插秧、收割、打穀、烘焙，都有機械代替。收割以後，大約十天，新米就可以包裝上市。

舊的曬穀場閒置了，變成寬廣的庭院。

都市裡住狹小公寓，很難想像這樣奢侈的庭院。

我常常在這庭院看兩邊的長長山脈，左邊是海岸山脈，低矮卻陡峻峭立，右邊是中央山脈，渾厚壯大。

兩條山脈護持，中間形成狹長如長廊的美麗縱谷。

海岸山脈、中央山脈護持，一長條縱谷，從花蓮的吉安、鳳林、瑞穗、玉里、池上，一路綿延到關山、鹿野，伸展進島嶼的尾端，一條長達兩百多公里的縱谷沃野，左右山脈如長龍護佑，山脈溪流清泉不斷，真是好風水。

中央山脈，兩、三千公尺高的大山險峰林立，把島嶼分隔成西岸與東岸。現代開通的北橫、中橫、南橫，試圖貫穿這條分隔的偉大山脈，但也時時崩坍斷絕，彷彿大山憤怒時就要拒絕人的騷擾。

走過北端的老清水斷崖，走過南端牡丹灣的阿朗壹古道，僅一人通行的險絕山徑，在絕崖險峰上，瀕臨深壑大海，頭暈目眩，古老的島嶼一直用多麼艱難的方式震撼從西岸到東岸來的人。

而我在縱谷，其實不屬於西岸，不屬於東岸。不靠近海岸，是兩條山脈護持庇佑的一條長廊。

入冬以後，長廊有東北季風通過，寒冷刺骨，大風呼嘯，老舊屋宇都起震動。二〇一四年來池上駐村，經過幾次寒冬，才領教縱谷冬日的艱難。所以縱谷老的農家多朝南，是有一定地理氣候上的需要吧。

農舍朝南，正前方就一直可以看到卑南溪平原，和島嶼尾端朦朧的群峰。

我常常搬把籐椅，在屋簷下看庭院的樹影，看各類鳥雀在樹影間跳躍啄食樹間果實。蓮霧花開，細長蕊絲招引很多蜜蜂。夏季光影搖晃迷離，在恍惚中聽蟬噪高天，容易朦朧睡去，似夢非夢，如在前世。

農舍獨立稻田中，沒有圍牆，朝南種一溜扶桑，和稻田隔開，一年四時都有豔紅花朵，襯著綠色稻田特別醒目。

我的童年很少「圍牆」阻隔，鄰里社區多以植物間隔，扶桑、月橘、刺竹……都可以做圍籬，有點間隔，卻方便溝通，還可以四時看花開，享受沁鼻花香。母親常隔著一排扶桑和鄰居閒話家常，噓寒問暖，也互贈剛做好的熱騰騰食物。

四棵樹

農舍東邊靠馬路修了一段一公尺高的短牆，設了鐵柵大門。

馬路已到盡頭，再下去就是田，沒有車輛，也少有行人，短牆沒有什麼阻隔意義，倒是太陽好時很方便曬棉被，可以享受童年蓋著日曬棉被枕頭睡覺的溫馨甜美回憶。

以前我住池上大埔村，是老宿舍整修，也有短牆，左鄰右舍就常把蘿蔔絲、筍乾、刈菜曬在這段牆頭，也會謝謝我，特別說：新修的牆清潔。

牆在都市裡，在農村偏鄉，常常有不同的意義。

我們或許只專注於都會的倫理，防衛、隔絕、封閉、囚禁的空間，慢慢遺忘了在空闊的天地間生命也可以有不同的方式生活。

這東邊看起來除了曬棉被沒有用的一段短牆，沿著牆邊種了四棵果樹，我一直以為是三棵，直到最近樹梢結果，才發現原來是四棵。

從北至南，第一棵是蓮霧，五月初開花，長長的蕊絲，有香味，不久花落，結了一串串粉紅青綠的小小蓮霧，招來許多小鳥啄食，也零零落落掉了一地都是。

第二棵很粗大，從根部就分枝，看到上面結了小芒果，我就認它是芒果樹。不多久，芒果之間竄出一束一束繁密的龍眼，我有點不解，仔細看，才發現是兩棵樹從開始就長在一起，根連著根，就像一棵樹。

從樹幹樹皮看，不容易分辨樹的不同。我們有時候從葉子分辨，葉子也不容易分辨。等開了花，比較容易知道是什麼樹了。苦楝二月開花，一片粉紫，花期過了，大多數人認不出是什麼樹。欒樹十月開黃花，花落了，結了一樹紅豔的蒴果，大家都記得欒樹十月的燦爛。

我常散步的河岸，有苦楝，有欒樹，不開花、不結果的時候許多人都不計較它們的不同。從花分辨，從果實分辨，都比較容易，也因此錯失了不開花不結果的時候更仔細的觀察。

剛開始不解為什麼芒果樹長出了龍眼，慢慢細看，才分辨出第二棵是龍眼，第三棵才是芒果。根部靠近，已經長在一起，上面枝枒交錯，芒果和龍眼錯落覆蓋，形成很特殊的一棵大樹。

芒果垂實碩大飽滿，掉落地上「碰」一聲，嚇走很多小鳥，掉落的芒果多摔裂了，露出黃色的肉穰，小鳥蟲蟻都來吃食。

第四棵也是芒果，也垂掛著多到令人訝異的碩大果實。朋友教我採下來，削了皮，切成條，加糖，放在玻璃瓶裡，醃兩星期，做成酸甜可口的情人果。

我試了一兩顆，但是數量太大，還是決定不要煩惱，自然間的生長自有自然間的消化，或鳥吃，或蟲食，或在土中化為泥，化為塵，不一定非給人吃，原不應該有我相眾生相的執著吧……

我後來仔細比較了龍眼和芒果樹皮的差別，也仔細看了兩棵樹葉子的差異。龍眼樹葉子較小，顏色深，芒果樹狹長寬闊的葉子也是深綠色，但是大很多，幾乎是龍眼樹葉的三倍長，如果不是先入為主的成見，應該是很容易分辨的。

兩棵樹的樹皮紋路也不同，龍眼皴皺細密，皮色灰赭；芒果樹皮色裡偏灰綠。

顏色在視網膜上的色譜大概多到兩千，光是白色就有四百種，米白、雪白、磁白、月白、灰白、粉白、魚肚白、珍珠白、奶油白……文字上如何精密描寫，其實都不是視覺上的色譜，面對像提香（Titiano）畫裡層次複雜如光流動的白，藝術史家嘆為觀止，也只好創造了「提香白」這樣的名稱。

我一直好奇《紅樓夢》裡賈寶玉常穿的一種「靠色」褲子，「靠色」究竟是什麼顏色？

有人說是藍染的大槽裡最靠邊的織品，藍已經很淡，淡到像月白，有一痕不容易覺察的淡淡的藍影。是不是像宋瓷裡的「影青」，我很喜歡影青，比汝窯、龍泉都更淡，像是一抹逝去的青的影子，已經不像視覺，而是視覺的回憶了。

「青」在色彩裡也最複雜，「雨過天青」，有時候近藍，有時候近綠，「青」，有時候是李白詩裡「朝如青絲」的黑。

在龍仔尾看山，色相隨光時時變幻，文字的「藍」「綠」完全無用。

如果寫作，「紅花」「白雲」「藍天」或「綠地」，也還是空洞。有機會仰視浮雲，靜觀海洋，凝視陽光下稻浪翻飛，眼前一朵花，有看不盡的千變萬化，忽然發現文字的形容這麼貧乏。

離開生活，離開真實感受，文字、語言都會流於粗糙的鬥嘴狡辯，離真相越來越遠。

孟子說「充實之謂美」，細想「充實」二字，是感官的充實，也是心靈的充實吧。看到形容不出的色彩、聽到心靈悸動的聲音，鼻翼充滿青草香的喜悅，味蕾有飽滿米穀滋味的幸福，擁抱過、愛過，觸覺充實過，生命沒有遺憾，是不是真正的「充實」本意？

以前以為不讀書會「面目可憎」「語言乏味」，其實越來越感覺到不接近自然，不看繁花開落，不看浮雲變幻，不看著海洋發呆，沒有在夏日星空下熱淚盈眶，少了身體的擁抱牽掛溫度，大概才是「乏味」「乾枯」的真正原因吧……

一棵樹，在很長的時間，從種子、發芽、抽長樹枝，長葉子，開花、結果，而我們認識的樹，往往只是花，把花插在客廳，把果實切了分享，都會裡認識的樹會不會也只剩下了花與果實？

花被購買，果樹傾銷，和自然中花開花落、果實被鳥與蟲蟻啄食，哪一種才是眾生相？哪一種才是壽者相？

即將夏至，雨後初晴，我把籐椅搬到樹下，聽這個夏天激昂嘹亮如銅管高亢號角的蟬聲，光影滿地，喝一口鹿野的新茶，讀張岱在亡國後纂輯的《夜航船》，一段一段，隨時可以拿起，也隨時可以放下，沒有一定的章法連貫，不知道能不能多懂一點「應無所住」。

——原載二〇二一年七月二十六日《聯合報》副刊

蔣勳，祖籍福建長樂，一九四七年生於西安，成長於台灣。中國文化大學歷史系、藝術研究所畢業，後負笈法國巴黎大學藝術研究所。曾任《雄獅美術》月刊主編、東海大學美術系主任、《聯合文學》社長。著有散文集《歲月，莫不靜好》、《歲月無驚》、《歲月靜好》、《萬寂殘紅一笑中：臺靜農與他的時代》、《雲淡風輕：談東方美學》、《説文學之美：品味唐詩》、《池上日記》、《肉身供養》、《微塵眾》、《少年台灣》等；小説《傳説》、《因為孤獨的緣故》等；詩集《少年中國》、《眼前即是如畫的江山》等；藝術論述《漢字書法之美》、《新編美的曙光》、《美的沉思》、《天地有大美》、《黃公望富春山居圖卷》等；隨筆思想類《島嶼獨白》、《孤獨六講》、《生活十講》等數十種。

我睡覺的時候——馬尼尼為

我睡覺的時候就是去了一個新的地方。所以我也算去過很多地方，回過家很多次了。

我就睡在這裡，靠近我們的稻田。通往北方的火車，很多都荒廢了。我媽媽叫我洗菜。洗掉農藥，搓掉農藥。一把兩塊錢的菜，葉子一小片一小片地拔掉。掃掉狗毛，洗掉農藥，這就是不要死去的意志。貓的唇形一絲不掛在我面前，雜毛叢生。她出生六年了，起床六年了。我睡醒就看到這張臉。從牠的頭上我就看到了海。

我是一個稀有的人，有不會賺錢的天賦就是，有跟貓睡覺的天賦。除了這裡，我沒有可以去的地方。這裡桌子沒擦、昨天的殘局、昨天的垃圾、廚餘，還在房子裡，我還是照睡。一個人一天要處理的事是這麼瑣碎，因為我沒有好命到可以不用做家事、不用顧小孩。那些人，妒嫉到我眼睛掉出來，那些不用自己顧小孩的人。所以就不去想。每天到了傍晚家裡已經開始不成形，晚餐後更是坍塌。狗毛、貓毛、加上小孩掉的食物碎屑、湯汁、可能還有噴嚏、那些動物沒舔乾淨的屎刮在地板上。我沒有掃地機器人。我自己就是清潔工。每天的家事量很大。在人生總數裡會占掉一個可怕的數字。每天晚上十點不到我就想睡了。連滑手機的力氣也沒有。

自然光的床上，我就想睡。每天吃完午餐，我就想睡。那個時刻胸無大志，萬事以睡為先。睡起來都可以搞定。自然光的房間，我掛的是老家扛回台北的窗簾。舊的，我在二手店挖的。自然光的床上，我就回到小時候的家裡，赤道的房子。每天我走到陽台，才會覺得自己醒了。台北的房子去它什麼南北向最好，被四面八方擠在中間，完全沒有東南西北了。不只四方、上下、對角線滿滿都是房子。我就睡在台北這市值一千五百萬的大倉庫。

我只有睡覺的時候可以離開這裡。我的兩隻耳朵睡得很好，兩隻眼睛睡得很好。不過我一定要和動物一起睡就是。有那些軟軟的毛，就可以輕易到另一個地方。我在睡覺的時候去過機場、回過老家很多次。去過很多地方都忘光了。當我醒來，抱上我的貓，我又可以做那些徒勞的重複了。由貓來支撐春天、支撐家事、支撐腦幹、支撐我的多巴胺。

碗從早放到晚亂七八糟地丟滿整個水槽，冷氣壞了還沒力去叫修。我就照睡，正對著電扇睡去。我就去了很多地方。借一條船、借一棵樹、借一條路，我就在那裡跑了，我就在小時候的搖籃裡了。天色一點一點變暗，人一點一點增強，增強自己活著的能力。很快光就退了，很快就要下雨的樣子，而雨終於抵達了我的身體。我在浴室每天把自己洗得乾乾淨淨，就算沒有和外人見面，這就是活著，邊洗碗邊開火煮綠豆就是。我吸了貓的土色黑墨汁，直到她一腳踹開我也是。這些常見的東西就是活著。

我在被他們鄙視的時候，就睡在這裡。省電不開冷氣。熱壓在我心臟。我一天換三次衣，甚至更多。什麼冬暖夏涼的房子，冬天冷得要命，夏天下午室內和戶外只差一度，這就是台北市價一千五百萬的大倉庫，反正他們都鄙視我，說我不會賺錢，賺的錢就是那麼少。我只能正對著電風扇吹。

這樣的窮人、低收入戶，還去領養了一堆貓狗。我就是照睡，睡掉那些人的話，睡掉跟錢有關的事，睡成一個比較順眼的人生。

我去了老家。我老家門牌三五七號，獨門獨院。有一塊小草坪，上面有小白的大便。小白常躲起來睡，因為我弟弟、弟媳不喜歡牠。沒有人喜歡牠，沒有人幫牠洗澡。我忘了小白的樣子。兩年了，自這個該死的肺炎。我去了老家的每一個地方，每一個角落都變了。我去外面找螞蟻，抓狗的跳蚤，幫小白洗澡。這樣親密的地方都去不了了，這些親密的事都做不了了。我剛剛才和我媽媽坐在一起，我剛剛才在那片熱裡，就回到這個鄙視我的台北了。

我弄菜切菜弄了一個小時，爐火的熱由手臂滲進我腦袋，留出一條汗。濃縮成一瓶菜油。煮著煮著，我摸到了狗的手關節，瘦瘦彎彎的。我越來越沒法跟社會溝通了，瘦瘦彎彎的。把食物煮軟了端到桌上，太陽已經起床四個小時了。

靠近我們的稻田荒廢了，一大片的雜草。死的人太多了，風也不涼了。一條一條的枯死，一條一條的生命。靠近我們的公園也荒廢了，空空地矗立一座溜滑梯。滑板裂了，一條一條的草越長越長。旁邊有棵野生波羅蜜，我經過那裡走去老咖啡店。老咖啡店裡沒有人，好像我去錯了地方，好像所有地方都雜草叢生。沒有人去回答神的問題，死的人太多了。即便在睡覺裡，我都看到了那裡的死人。

我偷摘了路邊的芒果，準備給我小孩吃。野芒果的青色在我手裡，好像神給我的青色。路邊的草都長了，沒人割草。腳踩進裡面沙沙的，我在草地上跑了起來。全身熱熱的和起床六小時的太陽在一起。在睡覺裡的太陽不大，熱度剛剛好。

靠近我們的稻田東歪西倒了，分不清是稻子還是雜草。田裡沒有水，見到土地了。見到那麼多細瘦的蜻蜓，透明的眼睛見到太陽就飛走了。我媽媽坐在那裡看電視，她從那裡去了外面。我在煮菜的油煙中去了那裡，見到那紅色的蜻蜓，聞到那些發臭的水溝水。吸著廚房的熱，吸著鐵皮屋頂的熱。

靠近我們的巴士總站是空的。熱氣在滿頭白髮上。車站的攤販消失了。醫院的停車場總是滿的，跟野草一樣滿。熱氣在幾百台無人車子頂上。這種熱穿過我雙手雙腳，我像工人一樣流汗。熱一遍一遍來了，髒水從每一戶人家的廚房流出來。我媽媽叫我去買水果。在睡覺裡我一次一次幫她買水果、買吃的、買這個那個。她的腳走不動了。

出大門的柏油路滿滿的熱，我過世的小姑姑死白的皮膚在烈陽下打傘。她白成一場細雨，太陽雨，瘦成一條雨。我叫了她，她回頭望我。說，不用來看我。偶爾，我爸爸會想起這個妹妹。莫名其妙就死去的妹妹。臨走前，她都拒絕了探望。客氣地說，不方便。

我剛剛才和我媽媽坐在一起，我剛剛才在那裡開我老爸的破車，載我媽媽回她的老家。不管多老了人都想回老家看一看，即便老家根本消失了。老家那條沙土路睡著了，幼貓死在我手上。我去埋在第三棵樹下。我去買了能量飲料，廢飲料。人藉消費來減少消沉感，也太低級了。人就是這樣。我一邊寫著一邊找回了一點生活意志力。我的腦，喝了黑色汁液，肚子就空了一半。我的唇破了一半，就聞著我的貓。我兒子把時間遮住了，我正好看不見時間。我先生用強力清潔劑，噗嘶噗嘶的噴頭聲。我的貓長出手指，牽了我的手。我湊近她的熱。

那些是沒有人要的回憶。黑螞蟻爬上我的裙子，回憶這成串的熱。這沒有人要的熱，長成了一排黑色螞蟻，爬著來找我，爬上我大腿。熱成一群蚊子，隨便亂咬人。我在那裙子裡裝了滿滿的字，還有我媽媽的臉。她顫抖的腳抖著抖著我裙子就破了。我縫縫補補，貓舔著舔著。牠舔出來的熱比那些廟更撫慰人心。牠舔著舔著我的裙子就濕了。我滿身的、滿耳朵的熱，扶著我媽媽的臉。我裙子破了，破成白色的水鬼花。我媽媽的時間破了，軟軟的爛菊花。

當那種鳥從我頭上飛過，發出那種聲音，好像我正在變成那隻不祥的鳥，發出死亡的聲音。越來越多人的名字成為泥土，心跳聲成為鳥叫聲。我把熱用雙手合上，合在掌紋裡，滲出微微的汗珠，好像一切都順理成章地消失了。我把鳥叫聲抹在裙子上。

那裙子盛開了，開成一張少女臉，飛進去的是蝴蝶的無聲無息。沒有冷氣的巴士的涼風，少女的臉被吹成一顆乳房，吹成一隻幼貓。滿臉的眼屎鼻涕，站在水泥地上，拖著病步，我用手把她接過來。

我在那不祥的鳥叫聲裡醒來，我的雙手滿是汗珠，已經準備好要爬起來。我得維持正常作息，因為我兒子還住在我身體裡。早上我得叫他起床，送他到校門口。我的外套掉在地上，貓就去睡。我兒子的書包放在地上，貓也去睡。我兒子他現在的力氣，已經可以輕易把我推倒。當他沒法用語言精確表達感受、不滿，他會用盡力氣擠我，撲我。一天要討抱幾次。天色晚得快的夏天，渙散得快的天色。貓吃完肉泥去放了屎，身體很舒暢地去睡了覺。兒子吃飽去睡。和兒子在一起，一切都渙散得快，才剛剛摸到就消失了。

熱摸在大地上。我在曬自己。慢慢由熱度激起自己的求生意志。雖然沒有求死，明確自己沒有求死，但消沉也夠令人難受。我現在無病無痛不能消沉。強勁的沮喪窩在我心裡，我一小步一小步地挪，要把自己挪出去。要換一張臉，換成乾淨的白衣衫。我土生的熱還摸得到，在我身上洗不掉的。很多東西越來越矮小，一塊塊脫落。被遺忘的臉盛開在滿街的熱裡，熟成米被我吃掉了。

寫好的東西埋在我雙腳了，我站起來帶它們去散步，帶它們去邁開腳步做家事。字越來越多了，我很想向誰說。我到台北了，可沒人可說。我已經把字埋好了，埋在一本一本書裡。我得維持正常作息，因為我兒子還住在我身體裡。我得快快把字埋好，把命運埋好。我的手上還有洗幾百次都洗不掉的葬禮。

在我睡覺的黃色氧氣筒裡，這個月是回老家，下個月是小學同學會，下下個月是高中同學會。一路到底，就是我家。就會看見我的小白。我做了一些筆記，外公的臉在那裡睡覺，我媽媽的臉也在那裡睡覺。外公不會記得我的臉。陽光白閃閃，我又去了那裡。我家那條路，走到底，一直到底，現在是一間大型超市。

這些沒有人要的回憶，黃色的一條條，發黃的鐵路，發黃的月色，斷斷續續的、再也發不出聲音、不想再發出聲音的回憶，在我腦幹裡成為一座真正的荒島。我知道自己終將消失，這一大片貓的豐滿，軟軟的塗了我全身。

那麼年幼就死去的貓。月亮半圓著，就要缺了。我埋在那裡，只有我一個人知道，跟那些沒有人要的回憶一樣，可我留住了它們。我在這裡陪一隻病狗，散了很多的步。靈魂在那裡玩溜滑梯，他們是真正的孩子。表面是乾的，裡面還可以用。

天熱得很快，那些貓毛去過的地方很多。想起那些鄙視我的人，不能讓他們得逞。我得努力修好自己精神的破船，自己治好自己的恨神病，再划水前進。船身滿是汗水。

我媽媽的臉變了，我的雙手已經長大。狗用力地踢毛，毛落到我手上。貓強化了我的活著的意志，粗壯了我的手。到了熱又長出來的時候，跟這裡的人不一樣，我一次又一次期待熱的盛況。我又熱一次。變紅一次。

在這種自然的光線中，自然的熱裡，船身上的號碼已經剝落。眼睛自然吸收了貓毛，腦幹也變紮實了。我還沒找到一個好句子，跟動物們在一起時候那些都無用。在這種自然的光線中，我的身體才醒了，熱成那樣，電風扇正對屁股吹還滿爽的，吹成破爛的熱。在小小房間的床上，熱成漫無目的，我的身體被切成了一半。二分之一是小孩，二分之一是填飽肚子。

光線漸漸穩定了。第二本、第三本，輕一點、厚一點的書。沒有行李的睡覺，沒有我的睡覺。天黑有天黑的毛病，睡覺沒有毛病。

刺眼的熱氣很自然的消失了。兩隻耳朵慢慢的飛，在我回不去家的路上。車子開過的噪音一台接著一台飛過，我的記憶已經被毀壞。孩子的聲音那麼大，已經刺穿我身體，在我身體裡破曉。

——本文獲二〇二一打狗鳳邑文學獎散文組優選獎

馬來西亞華人，苟生台北逾二十年。三十歲後重拾創作。作品包括散文、詩、繪本，著有《帶著你的雜質發亮》、《我的美術系少年》、《馬來鬼圖鑑》等十餘冊。曾任台北詩歌節主視覺設計，獲國藝會文學、視覺藝術補助數次。於博客來OKAPI、小典藏撰寫讀書筆記和繪本專欄。二〇二〇獲Openbook好書獎年度中文創作、桃園市立美術館展出和駐館藝術家。二〇二一獲選香港浸會大學華語駐校作家、國家文化藝術基金會「台灣書寫專案」圖文創作類得主、鍾肇政文學獎散文正獎、打狗鳳邑文學獎散文優選、金鼎獎文學圖書獎。

科尼島・一直有光——何曼莊

二〇二〇年七月九日，紐約封城一百一十五天，全美染疫死亡人數超過十三萬，開始接受這樣的日子還要持續很久的事實，我決定搭地鐵去科尼島——只是二十分鐘的地鐵旅程，對疫情之年的我來說，已經是重大的突破。

沒有什麼比乾淨的紐約地鐵更讓人不寒而慄，飄著消毒水味道的地鐵只坐了七、八個人，人少冷氣更加凍人，海向地鐵已經出了路面，全天候壅塞、隨處有野雞車臨停叫客的教堂大道（Church Avenue）以南，是廣大的布魯克林庶民區，與紐約市區的摩登形象大相逕庭，平均三、四層高的舊樓房皆裝有鐵門窗，窗台上掛著沒能留住色彩的多人份床單，路邊停著的舊車，似乎每台都帶著一兩處碰撞的缺口，行經廣大住宅區，樓房看板上手寫的廣告從英語變成希伯來文再變成俄文再變回英語，科尼島海灘的總站是中產生活的盡頭、藍領通勤的起點。

夏日洶湧的人潮一去不返，但那有點變態的科尼島式明媚一如往昔。在以紐約為背景的長青電視劇中，科尼島至少要出現一次，這是紐約市民抽離現實最快也最有效的去處，沙灘上豔陽高照、白沙燙腳，近百年前紐約世界博覽會（1939 New York World's Fair）的科幻想像，成為現時的懷舊裝飾，老招牌上畫著人魚脫衣舞、巨人侏儒雙胞胎等獵奇節目，巨大的水泥樓房安靜地並列在背景中，那是年久失修的大型國宅，沿著海岸建造的別墅式新宅已被鹽分腐蝕，那個建案怎麼看都沒有起死回生的跡象。蔚藍天空下雲霄飛車的軌道安安靜靜，遊樂場大門被鐵鍊深鎖，只有一台投籃機的燈飾亮著，唯一一位投籃的顧客表現差強人意，守機大叔鍥而不捨地鼓勵他。

海灘正中央的Steeplechase渡口高台上，一支墨西哥小樂隊正在吹奏，棧道向外海方向延伸六百一十公尺，站在上面能拍出無人機空拍科尼島的效果，這時一對情侶禮貌地請我為他們合照，女人伸出左手先在我手上滴了乾洗手，再用右手遞手機給我。

「要拍到摩天輪吧。」我問。

「要的，要的。」他們連連點頭。

他們對我拍照的結果十分滿意。

這條渡口棧道是電影《噩夢輓歌》（Requiem of a Dream）海報拍攝地，主角兩眼迷離地沿著棧橋往外海跑去，他背後高聳入雲的鐵塔像朵張開血盆大口的食肉紅花，那是全美最早的自由落體遊樂設施，現在則成為一座領有古蹟執照的巨型立燈，每晚映照著旁邊的小聯盟龍捲風隊主場，《噩夢輓歌》在二〇〇一年上映時，曾因為過多寫實的吸毒細節而入選世界十大禁片，十餘年後，吸毒場景已成為隨處可見的影視題材，該片導演Darren Aronofsky從布魯克林貧窮區「升格」去拍曼哈頓黃金地段的《黑天鵝》了，只有科尼島依然故我。

科尼島命名由來有許多傳說，有一說是取自殖民早期在此開墾的荷蘭人家族名，另一說是荷語的「兔子」，因為島上曾有野兔養殖地，可以確定的是，科尼島曾經是島，直到填海造陸讓島跟布魯克林相連，成為紐約市最大一片公園用地，六點四公里長的半島完全沒有自然庇蔭，歐洲殖民者入侵之前，原住民蘭納佩人把這片沒有陰影的土地叫做「Narrioch」，意思是「一直有光」。

從十九世紀起到二戰前，這陽光普照的海灘便以暴發戶式的極繁風格聞名國際，作為美國最大的遊樂園區，最新科技與工程技術的資金在此聚焦，歐洲文人雅士造訪紐約，總要去一趟科尼島感受一輪，寫首詩憐惜自己被庶民造景辣到的雙眼，順便批判幾下資本主義那毫無遠見的占有欲，一九二九年訪問哥倫比亞大學的西班牙詩人嘉西亞・洛卡甚至在《一個詩人在紐約》說科尼島是「Vomiting Multitudes」（嘔吐之集大成）。然而紐約市民有個毛病，總認為紐約的缺點都很可愛，醜又怎樣了？怎麼廉價俗氣礙到誰了嗎？譬如說我，或者比我資深一百零二年的Lawrence Ferlinghetti（註），他老人家在詩集《*A Coney Island of the Mind*》中說「那種場合他們總是裸體的，因為畫的是他們的靈魂」、「天空中沒有聖壇，只有一座一座湧泉般的想像」（＃13），他提到很多其他地名，包括他後來常住之地舊金山的金門大橋（＃8），唯有真正的科尼島一次也沒出現，有沒有到過科尼島並不重要，那只是心靈自由與想像力的隱喻，每個人心中都有一處科尼島，有些人活出了黃金比例、美麗大方，但也有窮酸的、土氣的、歪斜的跟即將毀滅的人們，「他們是同樣一群人，只是離家更遠，活在水泥大陸上的五十線快速道路上，彼此之間隔著乏味的看板、描繪著關於幸福的痴愚幻象」（＃1）。

美國公路上的看板也許令人昏睡，但「怪美」科尼島的美術風格從不無聊。當地土產的啤酒商標就是科尼島的代表吉祥物，裸身秀出手臂刺青的藍髮人魚姑娘，注意這裡的人魚不帶「美」字，但招牌特調Mermaid Pilsner富含果味花香，清涼消暑。每年六月的年度盛事「人魚大遊行」，以「自我表述、引以為傲」為宗旨，上千參賽者打扮成人魚、海上女妖、海怪、魚蝦等海洋生物、或者扮成一片海漂的垃圾，封街海濱大道熱烈遊行，來自紐約五大區萬名群眾夾道圍觀，打扮越狂越受歡迎，遊行照片一披露，又在網上引發一陣女性是否有權在公開場合「上空」的熱議，但科尼島人不在乎這些小事，人魚不裸體怎麼游泳？再說，定期在科尼島海灘上曬鳥的老頭也沒有吃過罰單，如果多看人類一眼，還會被罵「Pindus滾蛋」。

Pindus是老烏克蘭人用來罵笨蛋美國人的話，緊臨別稱「小奧德薩」的布萊頓海灘有幾棟老人院，聽見老式外語國罵，通常罵的都是流氓般的海鷗。正如其他在本土瀕臨失傳的語言，卻在布魯克林小角落裡被保存下來。語言學家Erik Singer在*WIRED*雜誌的YouTube頻道上說，以一概之的「美國腔」英語根本不存在，當然也不會有全區通用的「紐約口音」，口音腔調不會照著行政區劃分，個人母語、教育程度、閱讀習慣、生活族群等因素都會影響語言系統，甚至每個人、每一天的口音都還會有點不同，這些還是學得了英語的人，至於那些彼此不相往來的封閉移民小宇宙裡，則是連英語都不用講，是以到現在許多在母國已逐漸消逝的語種，卻在紐約某個小區、某棟建築、某層樓裡稀奇地保留了下來，例如全世界只剩七百人使用的尼泊爾方言Seke，其中一百個人就住在布魯克林。

這麼一想，《噩夢輓歌》電影演員的英語，還是太過標準，Hubert Selby Jr.一九七九年發行的原著小說，倒是非常忠實地還原了庶民語言，那是BEAT詩人當紅的時代（Allen Gainsbourg對Selby Jr.出道作讚不絕口），他把當時最潮的寫作手法全都用上了：意識流、Gonzo、性工作者與毒蟲主角，這都不算什麼，讀者最大的挑戰是，書中沒有一個人的英語是標準的，滿紙文法錯誤、發音歪斜的奇妙拼字，有時必須得讀出聲音來猜測原意，也不意外為什麼電影都發藍光了但這本書一直沒有中文版問世（大概也不需要了）。Selby Jr.成長的地方是布魯克林灣脊區（Bay Ridge），拍攝電影時則選擇了鄰近的科尼島，無論哪一區，紐約市低租金集合公寓中總有那種令人窒息的光影反差，皮膚碎屑與舊時塵埃懸浮在空中，窗沿上被太陽曝曬得油漆剝落，房子另一頭卻永無天日且積滿霉味，總有個玻璃櫥櫃靠牆站著，裡面擺滿了從來不用的易碎餐具，奇蹟似地在戰火中渡海而來的水晶酒杯、白瓷碗盤，那是貧窮的歐洲移民生活中僅存的奢華片羽，作者是個慈悲但絕望的人，也許這跟他青少年時期因肺炎失去了一邊的肺、參軍後被「退貨」的經歷有點關係，他的小說人物經常因為夢想不能成真而陷入藥癮，而癮頭則讓他們走上自我毀滅的宿命，他的視角充滿憐憫，但是無能為力。小說出版四十年過去，美國人對藥物依然如痴如狂，影視中吸毒場景稀鬆平常，製毒販毒的寫實描寫成為熱門素材，然而真正毀滅美國人的，是合法販售的成癮止痛藥OxyContin，藥廠Purdue透過醫療行銷體系，讓數百萬名美國人無意中體驗了近似海洛因的藥效，並從中獲取了暴利，那些巨額財富其中一小部分，登上世界級美術館橫樑銘刻的慈善家冠名，嘲笑著群眾的無知。

世界荒誕得像噩夢，科尼島的天際線看似魔幻卻無比真實，是逃避日常生活、一日往返的捷徑，七彩繽紛的摩天輪隨著歡樂的罐頭音樂轉動，毫不在意周圍集合式住宅群陰沉的臉色，各色飛車軌道到處扭動如天女衣帶、海風將雲朵堆得乾淨俐落，無瑕藍天映照著藍綠色的深邃海水，遊客漂在水面上起伏，等待日落，無論是被逼到暴走邊緣的凡人或是缺愛的怪胎，來到科尼島，看到摩天輪，聽見月神遊樂園的龍捲風飛車上下翻滾的載著尖叫哀號聲，頓時便能安心下來，於是科尼島不只是一個場所，一個地名，它也成為美國文學作品中的一種心理狀態，無論是瘋癲、寂寞、闖了禍的人，都會在這裡找到安慰。在瘟疫的一年，我們失去通勤、失去擁擠、失去地鐵上的Big Band、失去面交、失去購物買貴、失去被觀光客雙語問路、失去表情解讀、失去為餐廳服務費心疼、失去在吵雜酒吧裡聊天失聲，失去婚禮樂手是新娘前男友的尷尬；比起這些，許多認識的人與不認識的人失去工作、失去親人、失去生活、失去家庭和樂、失去心靈平靜、失去生存目標、失去存在價值，但只要還有科尼島，便知日子還沒完蛋，還有空間容納綺麗無用的幻想，因為這片沒有陰影的土地，一直有光。

——原載二〇二一年四月十一日《聯合報》副刊

註：Lawreance Ferlinghetti生於一九一九年，二〇二一年二月二十二日過世，是享譽國際的舊金山獨立書店城市之光（City Lights Bookstore）共同創辦者、詩人、畫家暨出版家，生前創作數十本詩集，最著名是一九五八年出版《心靈的科尼島》（*A Coney Island of the Mind*）。

何曼莊，台北人，長居美國紐約市。畢業於台灣大學政治系，哥倫比亞大學國際事務學院，作家、海外特約主編、數位製作人，現就讀比利時魯汶大學法學院，專攻歐盟與國際智慧產權法。著有小說《即將失去的一切》、《給烏鴉的歌》、《EP：凍卵、兼愛、格差》；紀實作品《大動物園》；散文集《有時跳舞New York》。曾獲時報文學獎，並為美國筆會（PEN America）成員。

那些金色時刻——胡晴舫

大概因為太常搬家的緣故，我時常揣摩死亡的意思，並不是指人死了之後所進入的永恆黑暗，而是一個人離開之後的世界，應該就像一間搬空了的公寓，很快又有新住戶入駐，之前那個人生活過的痕跡完全抹去，無所殘留，好像什麼都沒發生過。我也常想，為了避免發生日本電影《令人討厭的松子的一生》的情形，最好自己動手，先把不想被其他人看見的東西早點清乾淨，千萬不要留下什麼令人作嘔的日記或任何會惹來奇異眼光的惡趣味物品。每回收拾行李時，我都在想像自己的死亡，從別人的眼光去看待自己的身後，只覺得驚悚，便有急迫感想要事先處理我這個人用一生累積而成的物品。真的是什麼都帶不走啊。在別人眼中恐怕皆是垃圾吧。連回憶我也很少認真去整理，沒有後代的人不會去規畫要留下什麼遺產，因為無人在意。

全球疫情發生，突然就不用搬家了，新聞每天報導著各地的確診數字和死亡人數，我腦海裡卻出現一間又一間公寓，不是淨空了的那種，而是內裝舒適，細節講究，裡面裝滿了照片、碗盤、內褲和球鞋，還有盆栽，代表了主人對生活的想像。什麼都不捨得丟，任何想要收藏的心思無非是一種對美好生命的眷戀吧。那些我因為不想變成「令人討厭的松子」而趕緊扔棄的累贅物品，突然變成過去鬼魂似的東西，從心底慢慢浮現。

也開始時常夢到當時在東京的生活。表參道底，青山道口，有一間麵包店叫「安德森」，每天我去那裡買日常需要的麵包。店家每日開門，假日也罕見休息，推門進去，香氣四溢，架上擺滿各種形狀的麵包糕點，口味各一，閉眼隨便挑，都不會錯。之後，沿著根津美術館長長白牆，提著各色新鮮蔬果，慢慢走回家。東京的晴空總是很高，空蕩蕩，一片乾淨。我買麵包時買得那麼漫不經心，好像春天該有櫻花、夏天該有菖蒲、秋天該有紅葉、冬天該有皓雪一樣天經地義，邊走邊皺眉頭，以為自己在思考（但我現在想不起、因此肯定根本不重要）什麼關鍵的人生命題，我真正未曾好好深思的是這幅簡單的生活畫面，背後該有多大的集體心力才有那樣美好如童話的街角麵包店，散發暈黃燈光，折射出溫潤的麵包光澤，讓一個普通不起眼的平凡人不須特別擎香向上天祈求，就能安安穩穩地隨時有美味麵包可食。也該有多大的幸運，世局如此靜好，麵包店能夠天天按時營業，扭開水龍頭就有熱水、開窗就有綠蔭鳥鳴，不愁沒咖啡喝，電鍋有香噴噴的白米，生活平穩如在鐵軌上行駛，浸潤於永恆的金黃色光輝，彷彿會一直一直這麼下去，直到天長地久，不會遭任何事打斷——像是海嘯，像是瘟疫。

我搬離東京那麼久，安德森也已經關門了。這些年之後，這間麵包店突然回到夢裡，推門進去的手感仍記憶猶新，麵包出爐的芳香盈鼻，一時不知那是何時的事。帕慕克小說《純真博物館》的第一句話，「那是我一生中最幸福的時刻，而我卻不知道。如果知道，我能夠守護這份幸福嗎？一切會變得完全不同嗎？是的，如果知道那是我一生中最幸福的時刻，我絕不會錯失那份幸福的。在那無與倫比的金色時刻裡，我被包圍在一種深切的安寧裡，也許僅僅持續了短短幾秒，但我卻年復一年感受著那份幸福。」

帕慕克描述的是愛情。對我來說，那間麵包店成了金黃色幸福的意象。當時仍算年輕的自己，雖無恆產但生活無憂，住在美麗豐饒的街道，周圍大部分人皆溫和有禮，就算我言行不當了，都願意包容我的失禮，那時候最大的煩惱似乎就是自己這個人如何安身立命而已。當然是回不去了。時空已逝，店家已換，這個人恐怕也變了不少，而全球新冠肺炎疫情更是事態凌厲地，一下子阻隔了所有時空的延續、交換、流動，再無任何可能回去行走原來那條街，收集過去的足跡。

當瘟疫變成一種日常，那間麵包店卻回到我的夢裡，顯得如此不真切，不像是這輩子發生過的事，不是如隔三秋，而是恍如隔世了。我已不相信自己曾經擁有那般金光閃閃的日子。夢中滑過時，好像在看串流平台上的韓劇，有種作戲的不真實，不屬於現實，更不屬於自己。

如果當時很快便覺悟，如此幸福不但有盡頭，不會再現，甚至連舊地重訪都不可能，當時的我會不會過得不同？我會不會一樣很快將之藏在回憶的深處，很少向別人提起？日子的盡頭是死亡，人類因為死亡的逼視，才會去思考生命的意義。

住在東京時碰上日本觀測史上最大地震，隔日福島核電廠傳出災情，周圍空氣頓時顯得可疑，本來用以維繫生命、最自然不過的呼吸變成幾近自殺的行為，家中門窗緊閉，戶外不宜久留，出門一律長袖長褲，戴上口罩，速去速回，商家架上貨品一下子淨空，因為災情，補貨變得困難，礦泉水、衛生紙等民生用品限購每人一日一件，那時候的心情就是每天怎麼驅吉避凶地活著，如何取得可靠的水源、上哪裡買到必要的民生用品，但究竟要怎麼呼吸到新鮮空氣，避免與死亡正面衝突，內心其實一點把握也沒有，只能多方收集資訊，觀察周圍的其他人怎麼做，當時心裡默默猜想，可能所謂的戰時生活就是這樣子，物資吃緊，個體的命運與集體綁在一起，人只能想著如何維持吃喝等基本生命功能，努力保持心情平靜，無法做任何長遠的打算。

當自己屬於捲入重大歷史事件的無名大眾行列，特別會明白自己與一棵樹、小狗、石頭沒什麼差別，我們存在於宇宙的方式是一樣的——思於此，寫作這件事其實也難免顯得有氣無力。

就某個層面來說，此時全球爆發疫情也是大自然的反撲。人類在地球上建造了一個強大的物質帝國，肆意掠奪資源，強力架構起一套豐饒便利的生活方式，人類一代代出生，不僅要健康長壽，且拒絕老去，那些日常欲念無時無刻不在製造億萬頓的塑料、萬年不滅的核廢料，城市面積不斷擴充，無用產品被當作資本燃料不斷被製造出來、淘汰、變成無法回收的垃圾，污染整個地球生態，對生命的貪歡已是當代人類的至高生命原則。因為有死亡的逼視，才明白生命的有限，如何珍惜並善用生命，但，在新世紀，生命的盡頭卻成了欲望的藉口。人類花費多少資源在維持自己的青春肉體，只為了活下來，但活著是為了什麼，似乎已經無人追問。

全球疫情令我駐在台北，兒時的城。生活重點在維持基本生活功能這件事，吃飯、喝水、睡覺，小心呼吸，讓自己活著。我忖度，是不是斷髮出家也就這麼回事，斷了一切浮誇的念頭，所有超乎生命基本需求的企圖心都散去吧，讓原本就簡單的生活更簡單，明白自己形而下的限制之後重新尋找形而上的自由。回到了台北，回到自己的童年，又開始閱讀厚厚的章回小說，加上新科技時代的網路武俠小說，熬夜慢慢翻閱，任自己墮入另一個時空。我從小熟悉這樣的心境，如何從一副瘦弱無趣的軀體飛脫出去，體驗現實生活裡永遠不可能經歷的時空，都說人類的想像力其實是旅行的最佳方式，翻一頁書，人已全身黑色勁裝上了明朝宮殿的琉璃屋瓦，像名功力高強的俠客，往下窺視腹黑的宮廷政治，滑一次手機，又進入了豪門名族政治，愛恨情仇糾纏不清。瘟疫並不是新時代的發明，而是一種歷史的永恆回歸，就像做完李白大夢，終究回到童年的起點，靜靜過起古典的生活。

然而，時空就算會重疊、交換，平行或跳躍，回歸並不是回到真正的原點，時間畢竟是線性前進。居家隔離、全球邊界關閉，時間彷彿靜止，地球仍然繼續公轉，四季自然仍循序替換，只有人類社會被迫留在原地，所有想要延長生命的人類依然持續衰老中。生命終止之前，人，要做些什麼呢？除了享受優渥的物質條件，拚了命打肉毒桿菌、換掉失效的器官，活著，所以能過日子；一直過日子的目的又是為了什麼？

因為近乎僧侶的生活，生命的核心反而如黑色礦石顯露出來。整理自己的心緒時，東京街角麵包坊就突然夜裡來到夢中。活著不只是享受生命的美好事物，更應該是為了創造真心相信的價值吧，而生活之所以必須趨於簡單，也是為了集中所有的心力，去做最重要的事情吧。若是明白了那是幸福的時刻，除了當下的珍惜，也應該學會怎麼去守護，縱使世上很多事情都不在個人能力範圍內。

台北這個童年的時空，使我憶起當初那份對未知的嚮往，不需要高科技、僅憑己身的幻想力，便打開宇宙無數個時空，那時候從文學認知的世界雖然看起來危險，詭譎而複雜，卻不標榜污穢，也不崇尚卑劣，仍有大是大非，追求真理的企圖、以及彰顯正義的決心還是可以寫到文章裡，每個人都要獨自面對自己的心魔，因為活著並不是一件容易的事，必須要找到衷心相信的事情才可以繼續。

原點，指的是心的純淨吧。

搬空了的公寓也可以說是宇宙開了另一扇門。世界終究會重新開機。

——原載二〇二一年七月《印刻文學生活誌》第二一五期

胡晴舫，台灣台北生，住過一些地方，寫過幾本書，熱愛電影和走路。

微城——蕭熠

回到台灣，是一個七月的清晨，天已經全亮了，淡藍的水色天空，我們剛從飛機上下來，在漆黑的機艙過了十五個小時，高壓的嗡嗡聲還在耳朵裡面，下飛機後填了防疫有關的表單，人人都因不太懂，臉上露出幼兒般的無知神情。陸續在手機上收到簡訊，才順利起來。領了測試用的瓶罐，在標籤上寫好名字。又被領了出去，排隊到分隔的小格子裡，往裡面吐了唾液，扭緊。交給工作人員。

我們在天光之下排著隊伍搭乘計程車。工作人員一旁奔走，在我們的身上行李上，噴灑上大量消毒酒精，示意我把鞋底抬起也噴了一些。

我從車窗內看著外面，遠處有山，翠綠多汁，和剛去過的美國不太一樣。載我的是一位女士，她對防疫的事宜顯然比我了解得多。防疫旅館規定我在入住前半小時要通報，然而我不斷打電話或LINE皆未果，她見我煩躁便說，防疫旅館裡面的人都很忙的，車子下了交流道，我也順利聯絡上，便靜下來。車子轉彎，順著路慢慢的開上一個山坡。

我在大廳套了鞋套，和行李一起進了八〇九號房。房間裡是一張書桌，大床，和面對著山的大面窗戶。我從行李裡取出睡衣和書幾本，行李便和鞋子一起被放在儲櫃裡。暫時成為一個裝飾品。

我進房便脫去鞋襪衣服，放了一缸水，洗澡洗頭。放水時我細細檢視著房間附的物品，肥皂兩塊，牙刷兩支，大毛巾小毛巾各數條，洗衣精，洗碗精，消毒酒精。我在水中沉浮著，洗去之前旅行過的痕跡。當我從水中再度出來，用飯店毛巾把身體頭髮弄乾，穿上居家的服裝，戴上眼鏡。我彷彿穿起隔離的偽裝。成為這房間的一部分。

最初兩日，旅行的震蕩才剛在身上止歇下來，房間內有大面面對山巒的窗。我倒一杯熱水在旅館杯子裡，面對著窗啜飲，看著車輛從腳下流過。這條是至善路，附近的建築物是故宮，在街的底端，有一家全家便利商店。白天安靜，到了夜晚則放著幽光。小小的人從裡面進出，走出來到我視線不能及處。

我和這個房間還不熟悉。在夜裡起來去廁所常會弄不清楚方位，需要開燈指引，然而過了兩日便熟起來。因為尚有時差，晚上七點多就上床睡覺，在四點半，天還黑的時候，有彈力一樣從床上起來，看天色一階階慢慢亮起。總是在我不經意的時候就全數亮好，營業，車流緩緩進來。山巒回綠，遠處的，近處的，然後行人。

我給自己製定了一個鬆散的工作計畫表。早上是看新聞，早餐，然後文字工作，與里幹事通電話。中午吃飯，做些地板上的運動，下午就畫畫，讀書，小睡片刻，晚上則晚餐後泡澡，看個電視。睡覺。

早餐都是八點送至門口。由於時差造成的新的早起習慣，我發現自己常從七點就開門張望，看餐點有沒有出現在門旁邊的白色小桌子上。不久我習慣時時看一下旅館的LINE，看到他們傳來的，今天的早餐已送至房門口，祝您用餐愉快。才會起身去拿餐。

餐點確實現做，並且難以預測。早餐會是一個夾蛋的饅頭，或是夾胡桃和cream cheese的三明治配咖啡。對餐點的猜測成了我的樂趣之一，雖然從來沒有接近過。吃完早餐我嘴裡含著體溫計一面在浴室洗碗，將溫度回報給旅館。九點前後，里幹事會打來，她大多花一分鐘問我的健康狀況，在我回答之後把話題轉向我的飲食生活。她似乎對我們飯店的餐飲極為了解，有幾次她在我的早餐送來前提早洩露菜色，在不知情下造成我些許的失望。然而她略為沙啞的聲音，她在告別之前每次都會說的加油喔，對我來說是個重要的儀式，有一個早晨，我猜她那天比較低落，我聽了她工作上的煩惱十分鐘之久。於是我也說了加油。覺得自己也給予得起一些人道的關懷。

午餐是十二點之後沒多久就送到，比早餐稍稍好猜。大部分是義大利麵。帶來的水彩教學書籍，我很有興味的讀完，卻發現自己完全沒有畫畫的欲念。在早晨安靜的工作後，我只想收看TLC旅遊生活頻道，看那些人怎麼改造那些房子。在家的時候我從不曾想看過，但我發現自己津津有味的看著每個房子的優缺點，給予我一種參與他人生活的錯覺。然後我會轉去看緯來日本台，看一個叫《日本一人祕境》的節目，節目從衛星照片尋找到一些山上超級偏遠地區的民宅，接下來是車子在狹窄的路上險象環生，然後尋到那個屋主。通常都會有一些還不錯的理由，是家裡的老房子必須有人照顧，於是脫離了山下的家人自己搬上來，然而照我看，根本都是些天生孤癖，喜好孤獨的人。雖然此刻親切的解說著家裡的建築和自己的營生，感覺在電視台的人走了之後會放鬆的大喊萬歲的類型。我看著他們，覺得我們站在同一邊，悠閒的看著對岸的人生活著。

下午我坐在窗前看馬路上的活動。我發現大部分的車子都是白色的，不知道怎麼回事。公車的車頂有各種式樣，有天窗的，有圓孔的。騎摩托車的人則像演員一樣，用肢體表演。有一個人騎車一陣子後，終於在街邊停下，她從後座拿出東西，展開後是粉紅色的雨衣，穿起來後又噗噗的騎走。或者兩人共騎著車在紅綠燈停下時，那緊靠著的裸露大腿會給我一種奇異的感覺，我覺得自己就好像剛買回來的金魚。還不能倒入新的水域中，於是和著一些舊的水裝在袋裡，隔著袋子在看著新世界，而尚不屬於它。

我的鄰居，感覺是位男士，有時候我會聽到他拉長的聲音，啊～的一聲，有種解脫的情緒在裡面，也許在伸懶腰。那多半是下午的時間。我進來的時候是個禮拜三，過了一天兩天，三天，就到了周末，雖然不關我的事，但周末還是值得開心的。街上多了人和不能預測的事，行人走路忽快忽慢，連大樓投下的陰影也變得薄了，透著橘紅。

晚餐來的時候是六點半左右，內容比較明確，多半是外頭買回來的便當，我把它放在我在旅行中買到的一個凳子上，坐在地上吃。像古裝劇裡的貴族。面對著有電視的那面牆，不管我怎樣提醒著自己，我總是會錯過夕陽。或總是覺得自己錯過夕陽。日落是一個綿延不斷的過程，而我不能掌握全面。每當我注意到的時候，天色已呈深紫色，車輛紛紛長出紅色的眼睛。而我穿著睡衣的影像倒影在窗戶上。我對自己搖搖頭，像是對自己說不用，還沒有用到你這個身體的時候。

過了第一個周末之後的周間，時間不如前幾天輕快，而逐漸展現它的重量。我發覺自己花費許多的時間在打掃。與之前外面的我比較起來，完全是天壤之別。每餐後的洗碗，擦桌子。地上是地毯，因此我時常趴在地上撿拾微小的碎屑。在浴室我拍打著地墊，把頭髮用衛生紙掃到一束，丟到馬桶裡沖掉，然後用馬桶刷刷亮馬桶。我在放洗澡水的時候用力洗乾淨內衣褲晾起來。在進來的第六天，為了給自己立下一個里程碑，我進行了一次大掃除，把所有的表面都清潔消毒，倒了垃圾，請櫃檯給我送了一套乾淨的床單和枕頭套。飯店的床單在前幾天睡起來的那種漿過的硬挺感和清潔的氣味，到了這時候已經慢慢散去。我上網看了示範教學，教導飯店管理的學生如何通過鋪床考試。我照著那個一步一步的實施，然後換了枕頭套，把被我污染過的床具照著規定，將它們塞入房間裡附的黑色大垃圾袋裡。這新獲的清潔會帶來幾日的新奇感。

我開始研究外送的菜單。在我進來之前，我曾暗暗決定過不叫外送。過了一周後，下午開始給自己點一些咖啡，在遲疑中叫了幾次晚餐的餐點。一些餐廳因應疫情推出的便當。上海菜就是東坡肉配上菜飯，炸雞拿到這裡外皮已經微濕。明白在疫情下的這種縮手縮腳，我仍吃得出那點意思。有些食物則很適合外送，像有一次的韓國豆腐鍋。我人在裡面睡著，還不等通知，已經被香氣叫醒，身體在吃完想吃的食物之後，會像夢幻一樣愉快。

冷氣開的時候有點冷，不開的時候又極悶，我在開和關之間反反覆覆，最後打了電話央我媽送家裡的小被子來。那黃色花朵的被子一進來這裡，就散發出令人懷念的居家氣氛，讓我從還要好幾天才能呼吸到新鮮空氣的想法中轉移。接下來的周末已經不如一開始的新奇，我的工作場地移到了床上，書桌上是吃過的早餐，還沒有收拾，時又值下午，下午是一個容易陷入消沉的時候，我感覺到自己的情緒和信心之類的東西，正在瓦解，心上沉重，有種莫名的滯怠，無計可消除。我聽到音樂的聲音從樓上傳來，就抬頭張望，顯然是樓上的鄰居決定重拾他的薩克斯風練習。先吹了幾個音階練習之後，就吹了一個稍微熟悉的曲調。我仔細回想，原來是卡洛金的You got a friend。

當你沮喪失意的時候
你需要一些關懷
而且一切都不順心的時候
閉上雙眼並且想到我
很快的我會在那
照亮你最黑暗的夜晚

我哼著那個曲調，感覺到身體的內部有點暖起來。我從床上坐起來，放鬆了下來，隨意的開著電視，看看朋友的動態，沒事的時候就泡澡，在澡盆裡唱起歌來。音樂會像水一樣流過心裡，唱歌產生震動，而人需要發出聲音。

皮膚很乾燥，而指甲生長的速度飛快，於是我早上起床便關掉空調，在網上訂了膠原蛋白粉，和指甲刀，照料著各種項目，水，肥料和空氣，好像自己是一個盆栽。我注意到自己就像在風中搖晃著拿著桿子走平衡木的人那麼容易搖晃，一點點的震動，心中的不安，沒有吃好或睡好，便反映在腳步上。我便調配著時間，吃飯量和喝水量，睡覺的時間。我察覺到過去對待自己身體有如暴君，習慣熬夜到兩點，不准它累，累了也不許睡。我因此九點便收拾好爬上床去，在十點前便睡著了。

周一是第十二天，照規定會有PCR車輛到旅館門口來，幫我們快完成隔離的人做檢疫。旅館說，可能隨時會來。於是我在前一天晚上就想像著外出，準備外出用的上衣和牛仔褲。把鞋子從櫃子裡拿出來的時候，有種怪異的感覺。

我晚上不斷的做夢，夢中自己錯過了時間。以至早上雖然已經準備好了，還是匆忙。走到戶外，所謂的防疫檢驗車是一輛公車改成，門口有全身防護裝備的人員。陽光燦爛的照在皮膚上，我可以感覺到太陽光和皮膚裡的一些什麼，正進行一些久違的作用。我已經做過PCR數次，但每次那探索的尖端直戳鼻子內部，還是恐怖。下了車我大口呼吸，空氣新鮮，從房間裡看到的山是鮮活沒有隔閡的，就像老派漫畫裡Boom! Bang! 那樣鮮明的色彩，衝擊不已。我眼睛望向遠方，看到一些超越我平常窗裡視線的地邊。原來這裡還有個在蓋的樓。而那裡是個平房。我緩慢的走回旅館。一隻白色蝴蝶在太陽下轉動著飛。

出去的前個晚上，我吃晚飯的時候把桌子調了頭，面對著窗外吃。天色不意外的越來越暗，偶爾突然紅霞閃現，鳥兒不時從窗前飛過，路燈亮起，照亮行人回家的影子。然後整個天空像翻了面一樣的變成霧面，就讓人領悟到，啊是夜的起點了。我移步去把燈點起。每天都有這樣的事發生，真是奇蹟。我眼睜睜的看著。

我整理行李，打開它們，外部的生活就向我撲面而來。以前慣用的物品就像被拋棄的想法一樣摺疊在裡面。我恍然發現外面和裡面的生活差異不在於房間內外，而是對生活的想像。在外面的時候怎麼延伸，在裡面就怎麼收束。在這裡面時候的餐具、用品都用完了，像褪下的皮一樣被丟進垃圾桶裡。該帶走的書和衣服則放進行李箱裡。我躺在床上，沒開燈也沒亂想，就暫且在裡面和外面，今天與明天之間，哪裡也不去。

——原載二〇二一年十二月十八日《自由時報》副刊

本文獲第十七屆林榮三文學獎散文獎佳作

蕭熠，台北出生。曾於美國、香港求學居住。建築所畢。作品曾入選九歌年度小說選，曾獲林榮三文學獎散文獎。著有短篇小說集《名為世界的地方》（二〇二〇），長篇小說《四遊記》（二〇二一）。

【星體】

在有冥王星的天空下

張惠菁

比如一個夜晚。比預想來得涼，也比預想來得靜。忽然就在那多出幾分的涼與靜裡無話可說。感覺有些歙歙地，似乎是擁擠的世間規範深植於我身上的某些制約，正在蒸發而去，細小魂魄一般從毛孔抽離散逸。一下子意識到，自己正在無所方向無所欲求之處。即便正走在路上，也並不覺得原來要去的地方真有非去不可的意義。如此，在時間與有限性的念頭再次湧上來之前，或許就是置身於荒野吧。而荒野，明確地呼吸著。

又比如那些周末的日間。因為家住在五層樓高的空間，正好是巷弄內樹木樹冠的高度。於是從清晨起，鳥聲便一直是背景音。倘若打開書，不，打開劇吧，這些背景音就會從意識中遠去，讓渡給劇裡的影像和聲音。其實是自願脫離日常，去跟隨劇裡的時間軸。而倘若又不是一齣足夠好的劇，常常就會邊看邊虛無地感到，自己為它放棄了點什麼，大概是時間的另一種可能吧。有時，也就聽著鳥聲再把自己的意識招回來，回到當下這個物理性空間。這個沒有殺人懸疑，沒有笑點或哭點，不以單一故事推進的時間。這個擁有歧義的此刻。

那些是意識到時間的線性的時候。也是意識到，時間的線性既是一種可能，也是一種陷阱的時候。是意識到在這一條線之外，還有一條平行的、還有一條歪斜的、還有不同轉速的時間的時候。

是生出置身在此時間之外的念頭，從另一個角度俯瞰自身的時候。

又比如有一次，在用銅油擦拭一個生了綠鏽的，手掌大小的憤怒尊像。一直覺得不夠乾淨。擦了一陣，開始發亮，放下時覺得還可以。過了一會再回來，又再看到，卡在細小的火焰紋路裡、火焰與底座的交接之處、腳踏的位置等等，還有更多藏得更深的鏽垢。於是忍不住又再拿起來清理。一直到有人跟我說可以了，不要再清了，叫我去做別的事。從實際投入的時間或許是如此，或許還有其他的事更應該做，又或許，當時那盯著無盡細小處的污鏽的我確實是在逃避著什麼。然而什麼是更該做的呢？那就像是站立在地面上，忘乎時間所以，沒有過去也沒有未來地打掃整理著一個小空間，忽然有宇宙飛船從上方經過，有人從那裡喊你。你接觸到的或許是一個更大的時間度量。而你真的應該拋下手邊的事，搭上那艘飛船嗎？

真相是，有我無法搭乘的飛船。它航行如此之近，彷彿正從頭頂掠過。我仰頭看著那飛船閃爍的底部，它巨大的量體令人無法忽視，然而我不在它之中。

倘若一個人錯過宇宙飛船不只一次，是不是註定他是一個無依者？或是，正因為不在船上，他見到那飛船，又見到那飛船以及其他的飛船，系統與其他並行運作的系統。見過那些敘事，有的光輝熠熠，有的龐大。見過許多卻一直不屬於其中任一，游離逗留在它們之外。每次見到飛船都同時看到飛船之外更大的黑暗的宇宙，並且無法把眼光從那虛空移開。倘若一個人是這樣，那麼或許對他而言，多系統而無究極的歸屬，無法據為己有的廣大，便是世界的本質。

*

寫《給冥王星》的那段時間，我的生活經歷很大的變動。離開前一個在博物館的工作，接受了一個在上海的私人公司職位，於是打包行李，搬到對岸去。

現在回頭看那段時光，其實很不可思議。

再把時間往前倒轉個幾年，父親在十分突然的情況下辭世。我和家人都沒有心理準備。因此父親的死並不是個結束，而比較像是一個潘朵拉盒子打開。很長一段時間我們各自在心裡一遍遍淘洗，父親的驟然離去、他所留下的空白，死亡，對我們意味什麼。我和姊妹生活在距離遙遠的城市，因此我們是各自孤立地面對這道題。而它在時間中不斷以各種變貌出現。

最初那段時日，對我而言最艱難的，或許不是從父親轉移到我身上的家庭義務，而是一種對敘事的抵擋。我在抵擋著，母親從無意義中尋找意義的企圖。母親在父親逝後，嘗試過各種敘事，試圖定義那個男人的一生。她會忽然開始數說，他做錯了什麼、為何不能做得更好。她經常在吃飯的時候，在走路的時候，忽然就數說起父親來，一遍一遍，夾帶著情緒的衝擊。起初我試圖為她開解，後來只能沉默以對。

更後來我才理解，那無數次輪迴的述說，其實不是關於父親，而是關於母親自己。在父親之死帶來的忽然變動前，母親需要一個解釋。然而她能夠找來充作敘事支架的，只有那些最世俗的價值：這個男人是否成功，是否負責，我們的家庭是否符合別人眼中的美滿幸福，讓丈夫那樣死去是不是一種失敗，丈夫放手離去是不是對我們這個家的一種背棄。這個敘事空間，其支架落定的位置實在太被世俗標準所決定了。母親並不是個不智的人，但當人太想在標準中肯定自己時，是無法從標準中脫身的。

就像建築在風中的沙堡。我們一隻眼睛已經看穿，那是禁不起拆穿的幻影——它的每一粒沙子，即使確實出自父親生前說過的話做過的事，其被建構安置的位置也只是呼應某種（對我而言十分）專制的價值觀。然而，在現實生活中，我們又因為建築這虛幻沙堡的正是我們的親人，而投鼠忌器。從這點說，我們對父親的送別，其實沒有即時完成。那場按著習俗走的告別式，那套司儀在儀式中理所當然講述的，充滿世俗語言的亡者人生回顧，實際上是行不通的。用世俗價值捏塑一個人人生的敘事，是一件過小的緊身衣。一旦意識這點，便回不了頭去相信。日後我在還會不斷遭到那敘事的伏擊。伴隨著我自己人生的失敗，那由虛幻的沙粒構築起的城堡的形狀，總在每一個歧路的時刻發出地鳴。那沙風暴在說，你既已不信，為何還要走進來？

還要到累積足夠多的失敗以後，我才逐漸學會，或許，確實是有可能一隻眼睛看穿虛妄，一隻眼睛建構（為自己為他人）在此世安魂的敘事。那是一個選擇，出世與入世。或許，早有許多人即使不說，也已經這樣在做。這是人類做為社會性動物的命題：拓展敘事以安置那些被排除的無處容身的事物，與看清建構的虛妄而解消那些失效而成為魔障的敘事。兩者同時發生，相互轉動。再解消再建構，再建構再解消。

這大概是西元兩千年初，我處在的一種狀況。世界大環境似乎是樂觀的，網路正發展，「全球化」三個字經常浮現，不久便出現了像《世界是平的》這樣的書。台北蓋起了一〇一大樓。我在故宮工作，那也是一份不易的工作。但是不久故宮開始籌備南部分院，而且將是一所亞洲博物館。新的事物在發生。然而世界蓬勃的表象下，改變或許並沒有那麼快。在我人生的許多角落，我仍然與各種陳舊的敘事搏鬥著。它們自四面掩至。家人，社會，有時也是我自己。

二〇〇六年，我在故宮做為機要祕書的職務，隨院長任期結束而終止。我去了上海。

*

父親過世後兩年，姊姊的兒子出生。母親開始經常住在姊姊家，幫助照顧孩子，我有比較長的時間一個人生活。之後，我自己從故宮離職，自己做了決定去上海，自己開始收拾行李，準備到另一個城市生活。本來我也準備自己買好機票，就自己搭車去機場，但母親堅持要從美國回來。

母親回來那天，我打開門。「啊，你理了光頭。」母親說。「很好看。」

母親在開門瞬間的這個反應，我大概一輩子會記得吧。那時我已經皈依藏傳佛教，吃過一陣子素，每天做功課。去上海之前師父讓我理光頭，我照著做了。也開始迎向這新的外型帶給我的衝擊，路人的側目，朋友的評語等等。我沒有事先告訴母親，但我很清楚，舅舅其實早就在越洋電話裡告訴她了，或許這是她要專程從美國回來的原因吧。

但母親隻字不提，實在很沉得住氣。那次，她也沒有批評我的決定，對光頭和對上海都沒有，甚至開心地說好看。這次經驗使我感到，若非時代限制和那巨大世俗的綁縛，她其實有可能是個見識更不凡的人。她或許，也以她自己的方式在看見沙堡的虛妄，以及自由的可能吧。

*

二〇〇六年我所抵達的上海，和現在的上海很不同。

大概所有曾在九〇年代與兩千年代之初置身於中國的人，都會立刻明白我所說的不同吧。就像共同去過一個已經消失的國度，在幾句話之間認出彼此都是有那彼岸經驗的人。也都幾乎一定會感慨，當時的上海或北京如何在十到二十年內消失得無影無蹤。

那個上海，對我而言最適合描述它的方式，是它到了夜裡還有一半在暗影之中。當時我住在西蘇州河邊，隔著河，對岸是閘北。現在閘北商辦大樓林立，夜裡也是燈火通明。但是當時，河北岸只有少數的大樓會整夜亮著燈。沿河是低矮的平房，過去應該就是王安憶的小說《富萍》裡寫的，一下大雨就淹水的貧戶區吧。從我住的樓房走出，有一段路兩側也都是低矮的平房。市區也是，還有大片未被改造成高樓的地方。那時中國的政治氣氛和現在也很不同，報紙和雜誌可以看到有深度的報導，網路上的言論空間也比現在更大得多，沒有那麼快被消音。有一種可以稱之為樂觀的，事事都還在生長變化的氣氛。我做著一份網路公司的工作。周末在家裡讀索爾・貝婁、納博科夫、普魯斯特。對這座城市感到奇妙的體驗，每周一次用專欄寫下來。

和那個上海的關係結束得很突然。二〇〇九年我因為故宮官司的緣故，回台北應訊。官司一打就是三年。三年後再回上海，已經是一座不同的城市。城市開發得極為迅速，夜裡，沒有哪塊地還在暗影之中。市中心名牌精品店一棟接連一棟，從挑高樓面落地窗傾瀉而出的光線，銜接成一條河。與兩千年代之初我住過的上海相比，就像是人生無法兩次踏入的同一條河。

既然，世界已變化如此之大，如今重出《給冥王星》是否還有意義？

當我自己重新閱讀這些書稿時，它帶給我些微的刺痛感。不是青春、懷舊這種天真的情緒，恰恰相反。《給冥王星》中的寫作者，是上海這座蒼老城市中的一個「新參者」。但她也已經是個，在自己的人生裡，多少看見過風中沙堡之虛無的人了。我能看見她在這世間影影綽綽的幻象之中，突圍的企圖。那也是用盡了全力的，一下下揮拳。現在的我已經多一個站立位置，是在日後見識到更多、受過更重的傷、有更頑強的自以為是被打破，曾經粉碎得更細過的我。然而，有些事她竟也已彷彿自管中窺見，甚至預知般地寫下一二了。這些文字中隱有棘刺，是她在那變動時代中張望，試圖看得更透，結果也確實有些視線穿透時間而出，到達此刻，甚至未來的我跟前。「原來當時的我已經知道，也寫得出這樣的體會，後來卻還是跌跤與疼痛。」想到這裡，有時覺得人生近乎喜劇。有些命題從來一直都在，自己未能辨明，於是在更多的經驗裡再受教訓、加倍印證，直到咬入肌理。換一個方式對自己說：「你已經在時間裡埋下理解的種子了。」

於是收下這所有的經驗。再現的，迴旋的，一再重複、或無法重返的。接住所有那些從時間裡刺穿而來的。有時是考題，有時是種子生長的信號。

*

這當中很有趣地交疊著的，是有關冥王星的一兩件事。冥王星在二〇〇六年被從九大行星除名。二〇一五年我在北京時，冥王星又一次上了新聞，這次是它被人類的太空船拍到影像，首度傳回地球。影像中的星球表面，像是抱著一顆心。〇六年那時，我特別留意了冥王星的新聞，記得當時聽到的說法是，冥王星的軌道恐怕未必是完全繞行太陽的，因此不符合太陽系九大行星的定義。現在我再上網查，查到的說法是，冥王星被降級為矮行星的原因，是它雖然大體繞行太陽，但無法從軌道上排除其他星體。

這兩種說法應是一體的兩面。因為其軌道無法排除其他星體，冥王星移動著一條不完全以太陽為中心的路徑。它在那黑暗的宇宙深處，做著更不可測的運行。

倘若我能解消一切虛妄的事物，甚至也解消自己的存在，乃至無有所依，或許最為單純。倘若不能，在世界繁複的歧義、多種並存的質量牽引力中，試圖突圍，有時也往前建構，一更廣大，容納著自我也容納著他人的路徑，或許是此生做為人類這種社會性動物，被給予的預設性考題吧。

行星、矮行星，整個宇宙過去現在未來的飛船，都在天上路過。

這是一個有冥王星，有各種不可知、不可化約事物存在的天空。

二〇二〇年五月二日，於台北家中

——原載二〇二一年六月五日《自由時報》副刊

原篇名〈虛空燦爛——在有冥王星的天空下〉，收錄於《給冥王星（二〇二一經典版）》（木馬文化公司，二〇二一年六月）

張惠菁，台灣大學歷史系畢業，愛丁堡大學歷史系碩士。著有小說集《惡寒》、《末日早晨》；散文集《流浪在海綿城市》、《閉上眼睛數到十》、《告別》、《你不相信的事》、《給冥王星》、《步行書》、《雙城通訊》、《比霧更深的地方》；傳記《楊牧》。現為衛城、廣場出版總編輯。

飛行器的執行週期——湖南蟲

歌手郭頂睽違兩年多，無預警發了新曲，夾帶一句：「說吧！發生了什麼？」慣於耽溺的我，他唱什麼都聽，連帶附上的字，也複製貼上，存為文件，檔名就借用他專輯《飛行器的執行週期》，擱置於電腦桌面，久久未能打開。

兩年時間，沒想過已足夠發生這麼多，又放下那麼多。槍砲過後，病菌抵達，再鋼鐵的意志終究洞穿、消融，甚至無所謂了，有動人的歌就好。歌手蟄伏期間，我持續為工作產出文字，指尖碰觸鍵盤動作，有時令我想起許久未見的電漿球，透明玻面不隱藏任何，能直接看見核心翻騰如雲湧，射線四處遊走，誰接近了，就落雷示威。

我一直好奇那原理，第一次看見，就好想哪天能伸手碰一下，如解鎖了身體的新功能，怎捨得不用？也捨不得不使壞，想把它砸地上，看摔破後會流出什麼？

可惜沒有機會接觸那神奇玩具，僅日日在公轉自轉的巨大球體上生活，假想底下也有閃電企圖抓我。兩年前，我因出差來到島國東方的另一小島。正午，陽光燦爛人慵懶，路邊休息的工人用一台老舊收音機播放音樂，是黃妃唱的〈星星知我心〉。應是錄音帶，磁損讓歌聲顯得滄海桑田，如今想來那不可逆的朽敗其實是一種美，而覺得它美的我大概也磁損了，物傷其類。

午後，受訪者和我們相約在海邊談話，過後又領我們沿那條當年為了運送核廢料而建的道路前往山中。深林裡無路無梯，偶爾得四肢並用行走，讓人活回一隻蟲或獸。陽光稀疏，只能從葉與葉之間開的小窗潛入，如蒸籠的透氣孔，而我們在裡頭高熱不退，汗不斷從我的身體逃竄離開，浸濕衣褲，飽和後滴下，像在澆灌那些從地底汲取養分、如天線開展的樹木。我一邊聽受訪者講話，一邊想：何時能結束這一切？

我總是想著結束一切。寫稿時候，看版時候，將印好的雜誌裝入信封袋寄出的時候，寫信邀訪另一個受訪者的時候。沒有厭，只是倦，從此地移動到彼地，相逢某人，問出故事後解散，原也是令人興奮的勞動，但幾年重複下來，難免變得像只是在不同的操場跑步。

寫了那麼多他人的故事，我還有辦法寫自己嗎？愈加強烈地，我只想安靜待在一處，感受地磁，等待電流從遠處以光速奔向我，如〈創造亞當〉畫裡人神指尖即將交會的一瞬。雖然我不確定能否寫出那樣電光石火迸裂、將無機物劈成有機物般的文章，但總想從自己的核心裂變中掏出些什麼，來回答那句隨著歌名〈5:15〉發布的問句。

問句如迷陣，我不斷繞道，回頭取消自己。某天，忽然想，若將歌名指涉的五分十五秒，看成五月十五號，不正是全國進入三級警戒的日子？被期待盡可能禁足的漫長時光，我大把大把浪擲在一張電腦桌前，還以為那就是我急欲結束其他換取的自由。工作持續，通訊採訪，遠端連線開會，接收了來自他人的電擊後，手指彈奏起來，敲成發光文件檔上的字。偶爾需要音樂，也更習慣乘著舊歌，飛行，儘管一場大疫讓世上多數的飛行器都失去動能，擱置在停機坪上。

我也一樣，站在球體無數的端點之上，人不傑地不靈，電路塞車，交通癱瘓，如過期的飛行器，零件待換，軟體待更新。舊掉的人以舊事自我滋養，我想起那回出差，在蘭嶼的最後一天，又入了山，不久後巫雲密布，語降下來，淋得我全身情話綿綿。那時的我何其幸運，又何其天真，還以為甩甩身體潑墨出去都能是一篇文章。我和同事騎車穿行山路盤旋，如飛行器降落，回到海邊，途中天空不時轟然，黑雲通電發光，時近時遠，我以為自己也有顯影內心暗處的能力。

不知道那其實是個嚴禁解鎖的黑盒子，不知道自己有天會變成被摔破的電漿球，什麼也沒有流出來。貼著一行問句的檔案大片留白，因為我實在說不出，發生了什麼。

只能說，好想回到那年的海邊，的山裡，的我自己。我急欲逃離的地方，終將成為我無法回去的所在。我的劣根性，與我透過文字訴說的能力，是否都被留在那場異地的大雨裡？收藏在從異地傳回台灣的簡訊，給終究沒有了任何關係的人？工作結束，我們搭小飛機離開，海面之上，我一直想，飛鳥是如何判斷自己還有返航的力氣？離岸多遠，才能到一個什麼都沒有的海中央？

沒有答案的夜裡，我聽著錄音檔打逐字稿，聽見一陣又一陣浪花碎裂，聽見林中我們踏過枯枝落葉發出的脆音，聽見我脫下衣服企圖將其擰乾的掙扎，找不到一顆按鍵輸入那些聲音。

就像如今，我找不到一顆按鍵，重啟飛行器的執行週期。

——原載二〇二一年九月二十五日《自由時報》副刊

湖南蟲，一九八一年生，台北人，淡水商工和樹德科大畢業。著有散文集《昨天是世界末日》、《小朋友》；詩集《一起移動》、《最靠近黑洞的星星》。經營個人新聞台「頹廢的下午」。現任職於媒體。

為了要讓紙魚游起來——陳宗暉

那是隨時可以盛夏擴張或深夜降臨的時節，在鴿群尚未入侵的南陽台，交換這趟旅行的地圖與鑰匙，循線開啟文學院轉角的六十六號寄物櫃，發現艙內平躺一本《祕術一千種》。在文學課與寫作課之間的每一部精裝書與經典選集之間，日日夜夜在對方的寄物櫃投放昨天的日記，交換日記與今天的紙條。寫信的朋友也是寄物櫃的朋友，負責保管內心劇場與每一本讀不完或捨不得讀完的書。不讀書的時候寫日記，日記裝訂成回憶。讀書是進入一種異常狀態，讀詩是進入另一種更異常的狀態。日常通常不讀詩，夏宇在《腹語術》說過，不讀詩的時候，讀《祕術一千種》。

使紙魚游水法：「雄狗膽、鯉魚膽各一枚，以其鮮汁和勻塗厚洋紙上。剪成魚形（如製成魚形尤佳），放置水盆內，須臾則游走與真魚無異矣。」

有時缺乏膽量、有時一身是膽的年少時代，讀書就像搭便車，沿途張望每一次借來的聲光與景色，續借再續借。搬進大學宿舍的第一天，還沒打招呼就先偷瞄書櫃，在姓名學號之外，那些書名可能是更準確的自我介紹。「新潮文庫」就是一種洋紙魚形，塗抹膽汁協助消化脂肪。讀書有時是燃脂增肌，有時是漂浮徜徉。

新潮文庫的隔壁，通常是洪範書店。「朋友在一起都做些什麼呢？難道整天談詩？」當《一首詩的完成》做為一種「文學概論」課本，書裡說：「少年時代很依靠這種怪異的交談，來支撐那無窮大的幻夢。」譬如，哪裡去找鯉魚膽？為了要讓紙魚游起來。

我們分別讀過哪幾本書才可以在這裡相遇交談？如果躲在圖書館過一夜，那一定不會是徹夜讀書，我們會亂談到天亮。白日讀書，夜間筆談。青春憂傷而不無聊。聊天一回三小時，質感殊異的三小時，花蓮台北，自強號也是三小時，那是常規的三小時，三小時可以讀完一本書。讀書就是來回搭火車，那時從來不覺得自己回不了家。那時背包裡一定有書。

為了考試，為了畢業，總會有一段時間必須把自己關在圖書館。白天進去，出來黑夜。在一個沒有黃昏的縱谷，這樣的閱讀工程是午後而作，日落不息。揹著背包，走路去圖書館，聽著〈晚安曲〉散場，需要再走一段長路才能消化，流汗總比流淚好，一邊散步一邊回想，穿越志學街，走到圖書館四公里外的火車小站，去看一看天橋，去跟停在車站外面淋雨的腳踏車說對不起，我來接你了。有點悲傷有點倔強的啃讀歲月，剩下我在這裡牽著腳踏車走路，背包裡一定有書。埋首讀書的時候，一個人也有會合的感覺。在路上翻讀《鯨與海豚圖鑑》，在房間對窗翻讀《雲圖鑑》，為了指認，為了遙遠的嚮往與相望。

現代散文選課堂的名家名篇逐一選讀，選來選去還有一本心中有名的曾麗華《流過的季節》沒有被跳過，這樣的書名，也是一種清澈湍急的青春回首深流，「只有流淚的時候，我才覺得全部的天真重新回來，並且怒詛著外面的雨水多得真蠢，然而比起黃濘的街道，雨水堪稱是潔白的。」遠看以為傘內也在下雨，安靜而節制的雨，傘下的人思想清明微溫。我們不是在淋雨，我們就是雨。單身媽媽撐傘牽著兒子。

有些書讀起來會覺得自己是落單的小孩。「喂，我明明說過很多次，不要在賣場裡撐傘。」店員責備。「這個不是傘，是我的家。」八方遊蕩的小孩反駁。翻開書頁有時就像撐起一把傘，在自己的雨季週期裡，重讀松本大洋《Sunny》也是一種走路回家的方法。

草鞋一雙涉行千里法：「以鯨魚鰭，漬爛泥中，冬五十日，夏三十日，然後取出。用木槌打碎，使之柔軟若苧麻，製草鞋穿之，可步行千里不敝。但草鞋內須襯布片，否則恐足受傷作痛。」

學會開車以後還是習慣走路，開車去一個比較遠、離海比較近的地方走路。三個小時是一個單位。從此以後，我們都說，讀完這本書就是從台北到花蓮，讀這本書就是一種挑燈探路。紙魚成為鯨魚草鞋，涉行千里不敝，內裡有預先安襯的防撞布片。閱讀的危險與撞擊是必須的，我們都知道有一種傷害是具有療癒性的。那些未曾經歷過的他者的傷痛有一天也會滲透我們。有時我也會羞愧自己的傷感怎麼這麼人類中心主義。只有你會告訴我：地球只有一個，你也只有一個。

五月的第二個星期天，去了一間一推門就看見一疊《邱妙津日記》的書店，店主喜歡的書，就會私心多進幾本。架上有書，角落藏書。牆壁後方備有椅墊，隔牆有人，隔牆有書，地下室通往另一個寬廣縱深的書櫃。書店是分享，讀書是隱藏，「有些客人不希望讓別人知道自己正在讀什麼書。」可以坐進放心的角落試讀，把書頁讀成鯨鰭。

讀書是祕術。古今祕術的揭露，只是一次詩意的示範。看山川土地知晴雨法。黑夜中照路不用燈火法。知水善惡掘井法。各家方法有效無效，人生諸多苦難諸多建議諸多教訓，倖存者的通報可信可不信，一邊讀書一邊走路，修習與復健沒完沒了。《一首詩的完成》給出一個提示：「詩不複製具象事件，詩要歸納紊亂的因素，加以排比分析，賦這不美的世界以某種解脫。」在不美的世界裡，為了出口而潛入一個水下洞窟系統而覺得美。一首詩的沒有完成也有完成感。二十歲那年有約沒約但是我們會在繞路的多年以後各自赴約。有一天我們會搬進一本書裡，共享一組ISBN門牌號碼，旅行之家，住在曾經過海邊的火車裡，紙魚游水，當我們團聚的時候，我們就是祕術第一千零一種。

——原載二〇二一年九月十六日《Openbook閱讀誌》

陳宗暉，東華大學中文所（華文文學系）碩士。著有《我所去過最遠的地方》，曾獲Openbook年度好書獎、台灣文學獎蓓蕾獎。

感情百物——張亦絢

OK OK繃

我對OK繃有些講究。

肉色OK繃，因為最古典，一眼即知「我受傷」，我沒那麼喜歡。有次我買到漂亮得不得了的天青色。好不容易受了傷，終於用到。簡直像什麼時尚玩意。那個當下，看著被美化的指頭，還真覺得，不翹著藍色手指去個什麼舞會，只能自己看到，有些可惜。

做為一個做著低危職業的成年人，我受傷的機會並不多。不過，偶爾切割傷或燙傷之類，一年大概也會有一回。我通常很小心，會馬上「包紮」。因為指頭傷了就不好打字，必定要避免惡化，血也不能到處滴。只要護惜傷口，不使它碰碰撞撞，痛幾天，不方便幾天，OK繃就功成身退了。

現在的OK繃，說是美國嬌生發明的。但法國人果然動不動就思古，會說史前時代就存在，上古史籍裡就有紀錄。拉伯雷的小說裡出現過，狄德德的百科全書定義過。法文的「處理傷口」panser與「思考」penser，兩者共用字根。我雖然曾講述過「創傷與創造」這類講座，但兩者在語源上如此接近，還是最近才發現。葡萄牙語看起來更相鄰，難道，葡萄牙人看到OK繃，都會想到「思考」這個字嗎？那倒也好玩。

去年腳骨小傷，問題不大，但沒法穿鞋，所以急著要好。藥房給我結實地上了一堂冰敷課，藥師彷彿看穿我般道：「不是越冰越有效，也要避免凍傷。」我本（洋洋得意地）要來個超低溫急凍速療法——沒想到這等野蠻心理一下就被道破。制止發炎的原理非常美：首先要避免發炎面積擴大，讓它侷限於小面積中。再來才消炎。

這也是處理痛苦的原則。OK繃讓我們清楚看到「傷口是小的，傷口在哪裡」，很多時候，這就「差不多癒合」了。有次我問悲傷的朋友：要不要在你額頭上貼一個OK繃？他應該沒有照做，但他覺得非常好笑，他笑了，也就沒那麼悲傷。這是我喜歡送朋友OK繃的原因。小傷口小破皮，通常自己處理即可，但難免有些小哀小愁。這時候，如果有趣味的OK繃，「我終於可以耍可愛」的感覺，就會蓋過「我怎麼那麼倒楣」。如果人生持續此種興致，也就相當於，十分幸福吧？

換季與高領

高領有幾種，高領毛衣，以及穿在裡衣外的緊身上衣，簡稱「高領」——這其實是在台灣才常穿，因為我們冬天不開暖氣——有暖氣的地方，高領不怎麼實際，在室外雖然非常保暖，在室內就太熱。所以我還是回到台灣之後，才又重新有高領的需要。

年紀很小的時候，一年當中，會有一天，母親宣布：「今天開始要穿高領了。」通常那是深秋的某一日。等到或許是我八歲那年，我自己也懂得觀察氣溫，在天氣漸漸轉涼的時候，就開始等待

「宣旨」。但是日子一天天過去了，不知道母親是忘記或是心不在焉，始終沒有如往年那般，給出「高領開始」的手勢。

這是怎麼回事呢？應該開口問，天氣冷了，我該開始穿高領了嗎？但想一想，難道我需要媽媽回答我這樣的問題嗎？答案很明顯，就是該穿嘛。天氣一天天變冷了，再等待，應該會生病了吧？

雖然沒有指令，我終於決定，自己要開始穿高領。而「原來我已經不需要大人告訴我穿高領的時刻，自己就能判斷並且決定」——就如成年儀式般，留在我的心底。

這件事，也沒有像其他事那樣，在事後，突然被母親發現，說「好能幹，不用說自己就會了」——「長大」就這樣完成了。

想當年，心裡還上演了不少小劇場：媽媽忘記了嗎？今年怎麼回事？

我母親對我的教養，混合了緊迫盯人與視而不見兩種極端。那與她自己大約國小五、六年級就不再受父母悉心照料，大概有關。如果是她小時候有收到照顧的部分，她通常會加碼付出，但是如果是她小時候就被忽略的東西，她也同樣會加倍缺席。媽媽是會像斷電一樣斷線的。做為成年人，我對這一切都能理解，不過，對兒童來說，媽媽會熄燈且打不開，有時是滿可怕的。

關於高領的回憶，是這類事中，較不悲劇的。雖然寂寞，但並不悲傷，這就是高領給我的感覺。

受傷者披薩

《29棕櫚》是一部電影。因為是很久以前看的，雖然記得片名是數目字加棕櫚，但數目字有點模糊了。我不死心，用「法國電影，里爾導演」下去搜尋，第一行就跳出導演名。

那麼費事的原因，並不是要談電影，而是要談披薩。

雖然整部電影都拍得非常棒，但好得讓我幾乎要發出尖叫聲的細節，是因為女主角問男主角，要不要吃披薩——或者說她已經買回來了，才問他要不要——是一個非常悲慘的愛情故事。但愛情本身並不悲慘。

我是和朋友一起去看的，「披薩那一幕。」「對，披薩，真的，但不知道為什麼那麼棒，是因為披薩的關係嗎？」——我們會這樣討論，並不是因為肚子餓了。我說：「因為披薩是少數分食但又像在一起吃的食物，想想看，在那樣的時刻，若是一人一個三明治，那就一點意思都沒有。」雖然炸雞也有分享餐——但是在悲劇之後吃炸雞？其他更有風味的食物，也很怪。但披薩不突兀，最重要是兩人面臨了某種絕對性的分離，是那種活著卻天人兩隔的狀況，披薩完全翻譯了「在難以付出感情時的感情」。

在那之前，我沒研究過披薩。即便在吃的時候，也沒分神想過它是什麼——可是它之所以可以成為電影的某種低調高潮，表示在那之前，我已經累積了某種「披薩意念」。

也許披薩的原型是「餅」——就算現代人只偶爾吃吃蔥油餅或喜餅，餅還是在語言中留下了很深的痕跡。「把餅做大」——我們都懂，我們卻不會說「把飯做大」或「把麵條做長」——據說麵是比較晚出現的詞，甚至也是從餅來的——把餅撕成一片一片，就成了麵。

披薩的慰問不像雞湯那麼藥，不似巧克力那般糖，也並非酒精那種「神」。披薩是：「你是一分子，其中之一，在場還有別人。」——如果這樣感覺，披薩幾乎就要變成「重獲接納」的代名詞了。這也難怪，遞給受傷者披薩，會顯得那麼痛楚、善解人意，與哀矜。

——原載二〇二一年九月三十日《中國時報》人間副刊
收錄於《感情百物》（木馬文化公司，二〇二一年九月）

張亦絢，台北木柵人。巴黎第三大學電影暨視聽研究所碩士。早期小說作品曾入選同志文學選與台灣文學選。著有長篇小說《愛的不久時：南特／巴黎回憶錄》（國際書展大獎入圍）、《永別書》（國際書展大獎入圍）；短篇小說集《性意思史》（二〇一九Openbook、鏡文化年度好書）；評論集《小道消息》、《晚間娛樂》、《看電影的慾望》。《幼獅文藝》專欄「我討厭過的大人們」獲金鼎獎最佳專欄寫作。二〇一九年北藝大駐校作家。自由副刊專欄「我注意」、BIOS Monthly專欄「麻煩電影一下」、《FA電影欣賞》專欄「想不到的台灣電影」作者。二〇二一年作品為《感情百物》。

風來之時——崔舜華

那陣子，我流連於一家又一家的咖啡館，為了與他相遇，坐在他身旁，看他從沾滿污漬的托特包裡，有如執行一場重要的儀式，謹小慎微地依序拿出畫冊、筆、顏料和盛水的小杯。他會將我從未領略的顏色重新捏塑，化作線條或者暈染的色塊，重新降生於米白色的畫紙上。

在那短短的兩或三個小時之內，我們隔著兩杯咖啡、隔著木桌與單人椅沉默地對坐。我的視線緊隨著他的手指移動，像絲線意圖繫住一道水流。然後，往往是什麼也握取不了地，他偶爾開口，為那紙上尚未成形的形體權宜地命名，教我心底充滿純粹的崇敬，和無藥可救的傾慕。

除他之外，我從來沒有如此專注地凝視過一個人畫畫的樣子——我總是太巨大地關注著自己：我的憤怒，哀傷，失落，孤獨，愛而不可得的寂寥……我動用厚重的油彩，奢侈地訂運來一批又一批各種尺寸、材質的畫布。那些麻與仿麻物皆裱了簡潔的木框，掂在手裡像預言的重量。當我凝望著布之空白，繪畫的欲望隨之升起。

剛開始畫，在沒有上過任何專業課程與訓練的狀態下，我仔細地觀看那些我喜愛的畫家：克林姆、莫內、梵高、席勒……我依傍著他們的痛楚和愉悅，清醒和瘋狂，將油彩擠兌為信號而隨意塗抹，試驗著各種新鮮如異星球上諸種植卉的色彩，將它們混合、攪拌，甚而不惜成本地以平頭大刷整片整片地塗抹，僅僅為了見證各種顏色本身所藏匿的輝光。松節油與亞麻仁油散發出果實熟成的酸甜氣味，尖銳地警醒感官的苞蕾，使我更恣意且妄幻地試探筆觸的邊界。

想當然爾，成果往往是不盡滿意的，只有極其僥倖的時刻，我能製造出和諧而無突兀的色調，如巴哈的平均律，而那通常開啟於藍亦終結於藍，藍遂成為我某段時期的色系密碼，惟有觸碰過憂傷之人能輕盈地解碼。

但是我沒有見過一個人像他這樣畫畫：他善於操縱墨水，夜黑與鮮橘與石藍與茶綠，一隻水彩筆，或者一根隨手揀拾的樹枝，他便能不分時間、地點、氣溫或晴雨地畫將起來——然而，他通常是偏愛在咖啡館作畫的，跟隨他，我們混跡於台北每個區域的咖啡館，從公館到師大到東門，從水源街到潮州街到虎林街……擁有空曠戶外座位的咖啡廳，藏匿於小閣樓間的義式手沖，豢養著豐滿溫暖的白色貓咪的文藝咖啡館，標榜精品選豆而要價不貲的高級咖啡店……每踏入一家店，無論那店是熟稔或初識，首先，他必將習慣性地先將身軀巧妙地放進座椅，些微地調整至最自在的坐姿；再來，則必須先要一杯溫熱的拿鐵或花茶，佐以檸檬塔或藍莓派（若有的話），掏出菸盒、悠逸地向虛空吐盡一隻菸的長度；爾後，從布包內取出隨身攜帶的畫具，按照其自訂的紀律，整齊排列於桌面：經常是兩或三本紙冊並肩攤開，以便能自由地同時施展雙手，左右共舞地恣意齊畫。

這樣的場景，我見過一次又一次，每一回見識那悠緩流暢如華爾滋舞步的畫姿，仍一如初見般，深深著迷於那創世般的手勢——神說有光，便有了光。而他欲有色彩，於是萬花齊放。如同枝梢沾點清晨的露水，筆端吮上薄薄一層顏料，極輕盈而任性地，憑由筆遊走墨蛇行，或重染或滴灑，像一名極不上心地替薔薇灑水的園丁，日光遍淋，雨花齊放。而後，他會尋一張紙卡拓印、吸取多餘的顏料，路邊的花貓，持傘獨行的路人，枯萎的植株，以及許多許多無可名狀亦無可描述的：線條、色塊、點墨、暈染由此塵埃落定——那是我這一生所見證過、世界上極其稀少但確實存在著的敏銳流溢的直覺與才華。

他萬分地珍惜著親手繪製的每一幅畫作，不輕易贈人亦從不兜售，那份珍視近乎吝嗇，讓我羞赧於自己的浪費鋪張：許多的畫，在一時情緒激動之下，我暴烈地割破畫布、一疊疊地捆起扔進垃圾車——我不夠好，總是因此而羞愧而自棄，但因為遇到他，我竟也開始珍視起自己的每一幅畫，縱然那充滿瑕疵，或者構圖的偏頗，或者用色的泥濘，我也視如珍寶地按照尺寸堆積在狹窄的房間裡。

因為他，我學著練習珍重自己製造的周邊之物。也因為他，我也開始帶起畫布、筆、刮刀和一袋子顏料，去咖啡館畫畫。

然而，如同常有的事理，所有越軌的美好皆伴隨著無垠的謊言。為了與他見面，我向伴侶釋出大量的藉口——即便我們僅僅如往常地對坐著畫畫，因為那樣的相見奠基在隨時將破裂的謊言之上，每當為他的揮灑運筆而凝神傾心之時，我卻也總是慌慌地分心的，每一分鐘，都像如履一步薄冰，教人心神戰慄，貴重地捧在手心，但終歸要流失要分離。

對於當時的伴侶，我不能夠違心地說沒有感情，或者半點不愛了——事實上，恰恰相反，我動用了所有現實的時間與心思傾注於對方：他的衣食娛樂，肉與心的需求。我嘗試過一切的可能性，與他進行冗長卻無法抵達任何地方的談話，那些談話多半是關於，我問：你覺得愛是什麼？承諾是什麼？一輩子有多長？你心底最深沉的恐懼是什麼樣子的？

而他經常地靠在床畔，滑著手機：這些事情，都不用問吧。

或者：你明天又打算去哪裡寫作？還是畫畫？

明天我會去哪裡？我默默地爬上床，將掌肘按壓在他因久站整日而疲憊僵硬的腰背，感受肌肉和骨頭之間微弱而溫熱的腫脹。不久，輕微的鼾聲響起，我又再度回到一個人，一個無法得到任何答覆的人。

因此，我暗下燈光、掀開筆電，在螢幕上輸入貝多芬的〈月光奏鳴曲〉，我知道伴侶一旦睡著，是什麼聲響也擾亂不了的。

我打字給他：「吃過飯了嗎？」

「吃過了。正在無人書店，閒晃。」

他傳來一張張原文書的照片，擺列極美，光澤流燦，更像古老的瓷器而不似真實的書籍。我知道那些書他想要極了，但他連自己也給不起。許多東西他都無力給予。我明白他的狀況。所以他不斷地畫。僅有畫，是他能贈予給自己的、最昂貴也最廉價的禮物——時間本身。

時間即真實，即堅硬的幻覺，鯊齒的陷阱，默許的流沙，吞噬每一刻每一分相隔而彼此掛念的人們。我隔著螢幕吐露：我想念你。他默然不語，那長長的沉默裡蘊藏著無盡生機，埋伏於時間的沃土底下，等待機遇熟成。

登入我的電腦螢幕打on-line game的伴侶，發覺了我感情的異樣，連連詰問：他是誰？你們怎麼認識的？見過面了嗎？上過床了嗎？我簡單交代了前兩個問題，其餘者一律搖頭否認，畢竟，沒發生的事理所當然地並不存在，而發生過的也可以不鑿留痕——確實，他尊重（或許更接近忌憚）——我已婚的身分，萬分謹慎地絕不輕慢地觸碰我，那怕只是端遞咖啡時，指尖短暫的交疊——

但我想要他。千真萬確，不由得自欺欺人。

伴侶猶疑了一段時間（可能僅有短短的半個多月），在度越舊年和新年的當天凌晨，我們帶著醉意和滿腹熱湯離開朋友家，回到旅店，伴侶突然坦言：自己願意結束這段關係，好成全我心底的不完備。我想不出自己有什麼不完備的地方，但我選擇誠實，坦白當下的心思：「我喜歡他，我沒有辦法說謊。」

一切運轉得太快，卻又行進得太慢。回到台北，三天內，伴侶將自己的衣物和電玩全數搬離，我躲在遠處的咖啡店，戍守著每一次手機的震動、對方傳來一則則不摻情感的訊息，告知搬遷的進度。第四天中午，伴侶（或許該不能再這樣稱呼了）現身在戶政事務所，辦理離婚協議的過程中，他全程滑著手機、撥給女孩子（那話筒的音量實在響了些）約定午餐時碰頭。我努力將視線集中於櫃檯玻璃窗後面年輕女辦事員的臉孔，白色的口罩遮蓋了她大半的面容，低頭給文件蓋章時，額角散落的兩三綹髮絲便跟著輕輕地搖動，像躲在陰影裡的細長的水草。

「那等下見囉！」我聽見身旁的對話終於告一段落，女辦事員此時抬起臉，示意我們轉換窗口領取新的身分證，手續幾乎要完成了。

我們——我和已成過去式的前任伴侶——隔著一排塑膠椅子坐著，他依舊埋首於手機之內。我不想看手機，也不想收訊息，只好呆愣著望著叫號的LED燈示。不出十分鐘，領完身分證，他正眼也不瞄我一眼地闊步離開，我走得很慢，等著電梯緩慢上升、開啟。一名老婦急匆匆地踱進電梯，又退出，抬頭確認樓層，我不趕時間，可以觀察她在電梯門口猶疑盤桓，原地躊躇了五六秒鐘，才再次走進電梯，按下屬於她的樓層。

而我該抵達哪裡？我感覺自己像一握被硬生生撈起的泥草，失去原本隸屬的沼澤。我從口袋拿出手機，顫索著呼吸搜索他的名字、按下號碼，他很快地接起電話，「你還好嗎？」他問。

聽見他的聲音，我突然失去一切答覆的路徑——我神色恍惚地佇立在綿細微密的冬雨裡，發覺自己竟然還有力氣站著，幾乎接近奇蹟。我安靜片刻，調勻吐息，問他：「你在哪裡？」

他尚未回應，我感到體內正崩裂著巨大的斷層，岩塊摩擦岩塊，發出尖銳的意識的金屬聲響。

我去找你。他說。

他將來到，找到我。我等待著。雲很快地裂開又闔攏，雨在那間隙不斷地落下。風就要颳起來了。

——原載二〇二一年七月二十五日《聯合報》副刊

二〇二二台北文學季攝影／提供

崔舜華，一九八五年冬日生。著有詩集《波麗露》、《你是我背上最明亮的廢墟》、《婀薄神》；散文集《神在》、《貓在之地》。最新詩集《無言歌》將於二〇二三年三月出版。曾獲吳濁流文學獎、林榮三文學獎、時報文學獎、創世紀詩獎等。

青年旅館——林妏霜

五扇漆成藍色的鐵門開了中間兩扇，照進老家裡的陽光與蔭影各半。母親坐在流動夜市買來的桃紅塑膠椅上，低著頭，眉頭皺起，拿著小剪刀仔細拆著一條運動短褲的內襯線段。昨夜車好的一批衣料原本已被載送到成衣工廠去，但內襯與外布的配合應該前短後長，母親卻處理成相反，被工廠重新退了回來。踩踏針車時很快就能向前縫綴過去，但一條條線段的重新挑起，然後拆除，卻是加倍的困難。

「一工賺無一包鹽。」母親近日常常這麼自語。

母親是平車車縫的外包作業員，以「裡面的人」稱呼工廠員工。二、三十年來，這些成衣半成品總堆積在前廳，陳年的棉絮總是到處沾黏，在高處的櫃子上，或在低處的鞋子上，每日掃不盡。在這個門戶向外洞開，彷彿能隨意被路過的人指點的地方，時間總是陡然的慢了下來。她在這樣的建築特性中察覺自己的堅壁。僵直的性情彷彿與此地互相抵消。

現在她依然覺得這棟祖父母名下，四十多年的房子更像是一座大型倉庫，寄放著不屬於她們的雜物。也可以這麼說：一窟四處皆醬色，有人住著的廢墟似的。存放了長年都寄生在這棟房子的她們一家。

因祭祀而回鄉的親戚們，從筷盒的一把筷子中獨獨取走顏色不同、她為了自己而新買的筷子，最後沒有還回來。也胡亂取用明明有物主的杯子。連廚房用紙巾都要整數帶走。彷彿這棟屋子裡的能見之物都不會是她們一家的所有物。

父親一系四親等曾吆喝多位友人來訪，母親抱怨他們像住進民宿般的一窩蜂，不問一聲便拿起架上的即溶咖啡沖泡起來，還對味道嫌棄。她以為她能守護的還有她自己的房間。但她不在家時，任何來遊玩過夜的人都可以不經同意地侵入她的房間，或者隨意打開她的抽屜。另一位父親一系四親等邀請與她同社團一起騎車環島的男男女女，中途休息時住進這裡，露營營地般，一行人躺在她的床上或地上，用她的枕頭棉被，沒有重新整理洗滌也沒有人告知她。

曾經一回家，她發現有誰搜括了書櫃上她一點一點存錢，一冊一冊收集的漫畫書，但最後不知為何整個裝滿的紙袋就這樣丟在地上。聽母親說那是父親的允許，讓他們「喜歡就拿走」。很夜很疲倦工作完回到自己房間的一天，卻有很沉很響的男性鼾聲從她隔壁本應無人的房間傳過來。一個說是父親友人的陌生男子就在那裡住了一周。

也有過幾次，父親不經商議便丟棄她放在客廳書架上的書籍、唱片錄音帶，不是因為占了位置，只是他的情緒來去，和他以為的權威。

往後她便明白什麼是「積沙成塔」：一天一天的死亡，不亞於任何死亡。

為了省電省水，所有人的衣物從未分開洗。無論類型，或者顏色，都簡簡單單一整桶洗衣籃的髒衣直接倒入洗衣機裡。那些因易褪色而最後沾染了所有的特定幾件衣物，都必須經歷過一次失敗的經驗才能另外明白。純色變成粉紅花綠，宛若一張張被外力強加轉換，澈底變異了的臉孔，卻十分輕巧無所謂的掛晾在那裡。一整排看過去，那景觀就像一夜之間從地平線那端突然湧來的東西。就像那些不知道為什麼會發生在自己身上但就是發生了的種種事物，倘若能尋出一份原因，不過就是歸咎於自己過於弱氣罷了。一切已有固定的習慣，固定的流程，是母親的不成文規定，後來發覺要改變其中一件，就必須牽扯後面千千萬萬件。她並非覺得這是專屬於母親的工作，只是這個家裡從沒有人比母親更早睡、更早起，也從沒有人像母親一樣，成為她的直系血親之後就一直待在這個空間裡。

再後來，她買了許多細網洗衣袋，當作一種各有各的隔開。就像是這個家的一則隱喻。她想起曾與母親討論是否更換某一款帶有香氣的洗衣粉。母親皺眉，「查埔人衫芳芳，毋是勁奇怪嗎？」她則忮憎母親一直以來的自我限制：彷彿這棟房子的一切都必須綁縛在一起。彷彿家人之間的斯德哥爾摩症候群。

她只說：「為什麼不行？」

她沒有說出口的是：「那我需要與想要的呢？」

或許是這樣，她變成一個很重視物件及其界線的人。

又好像在一個親屬、雙方關係裡，只剩一個人在負責。痛苦的時候她的確說過：家人不是這樣當的吧。

無口與隔離的狀態。以為沉默可以在這裡安棲，但喃喃的都是混亂，吐出的都是尖銳怨氣。沒說出口的最後都成了這房子的牆。那些虛構的文字只能一點一點吃著現實基礎。更多的蠶食或啃噬。她覺得這些改寫其實都是非常致命的。

像父親的刀曾砍出一道痕跡，就嵌在一張木椅的扶手上，證明她有過的記憶。有時他把洗好不久還沒晾乾的衣服從大盆裡傾倒在地上，有時把自己吃不完的餘物丟棄在地上，每每需要別人為他收拾殘局。有段時間他著迷於將樹枝切成小段，放在桌上香爐裡燒，自己離開家裡，讓呆在家裡的她們只能窒息。生理性的涕淚，偷偷施以物理性干預。直至今日仍可以看見被煙燻得黑黑的天花板。為什麼？不知道。每個人有自己的鬼怪與魔障。

或父親硬是懷抱著一隻他說是別人送他的，早已經取好了名字的狗兒，準備站上她買東西附贈的體重機。那台體重機因母親工作累積的那些棉絮看不清指針，其實擦一擦上面的壓克力板就可以了，他卻一拳擊碎了壓克力板。見怪不怪。反正他也總將一時打不開的任何包裝，大力甩在桌上或地上。世界都欠負了他。幾個月後，那隻每日跟著父親坐上摩托車出門的小黑狗，不知去了哪裡，沒有再回來。

有次在街上遇見父親迎面走來，他卻沒有認出她，宛如路人一樣擦身而過。幾乎像是那種毛骨悚然的民間傳奇：有人說了一輩子的謊，而你一輩子從不真正認識這個人。總是讓東西消失的父親。她就活在這樣的故事裡，若無人想要交換，應該也不算平庸。但她以為這些都是屬於低度的創傷，只能回到自己的房間裡，選擇關上燈，或閉上眼睛。家應該是一個能夠獲得心理安全的基地，但，好像她們的日常風景到底就是那些微小的歷劫歸來。只是彷如母親車過的衣料，外與內混淆了般，翻了過去。

她也彷如在一份虛構故事裡，浪費全知視角的讀者，就算事件明明白白攤開在那裡，她也仍然無法理解，完全不能理解。每個人都是第一次過這次的人生，沒有引路，回到一個蒙童般狀態。

＊

只要聊到所謂的將來以後，母親就會問她現在還要「讀多久」？母親中學畢業，一直是手工勞動者，多年的經驗卻無法有效的積累。絞在一場彼此傾軋卻莫名存續的婚姻裡。雖然怕她重蹈自己的覆轍，但還是希望她趕快進入婚姻。而她若干年後重新回到學校讀書，是以為往後永遠孤身，或許能有其他的職業可能。但依然住在這地方，就意味必須在單日內往返三座不同的城市。

從東部、北部，一直到西部，計算時間與距離的花費過後，開始選擇每周裡有一日，提前一晚住進台北的青年旅館裡。

訂房網站上找到的第一間青旅，位在西門町的食街。在有一般住戶的舊公寓裡。一樓進來右邊隔出一小片地，原本應該是保全的櫃檯，如今堆滿了用紅白塑膠袋包裝起來的雜物。一台老舊映像管電視機。電風扇橫擺著在地上。公布欄上貼了一張些微破損的靜思語。一張恭賀新年的大紅印刷春聯。一些累積至今的公開齟齬與住戶紛爭。而這些物件裡有屬於人們過往的故事，卻也有總是囤積舊雜物的老家既視感。

九樓公寓共用的唯一電梯門開後，便是一長條櫃檯。燭光極低。周圍擺滿旅遊宣傳品與明信片，立面展示了某訂房網站的評價分數。她沒有什麼旅行的經驗，甚至高中之後沒再參加過畢業旅行，一方面怕人多，一方面沒有錢。那是第一次到訪青旅。穿著黑色套裝的短髮女孩俐落地向她要身分證，帶她跑完整個入住流程。她便成了女性C室五號。用三百多元交換能躺下歇息的台北一夜。

遇上過於熱門的假期時段預約不到西門町的青旅，第二間選擇住進的青旅在東區。住宿費是西門町青旅價錢的兩倍，但包含免費取用的早餐（雖然六點多就要退房出門乘車的她通常吃不到）。間雜住過台北車站附近的幾間青旅，節奏更緊張急迫些，因為轉車方便，評價較好的幾間訂房也更困難些。時不時遇見來台跑單幫的代購者，將大行李箱的東西一件件鋪平在房間的共用走道，只說聲Sorry。

每間青旅的空間設計有所差異，入住流程大抵相同。她第一時間總先巡視一下交誼廳，去到新場所總先找好垃圾桶、洗手台。青旅的空氣裡總會讓人想起童稚時期養過的蠶寶寶與桑葉，充斥過度清潔與過度冰涼的固定氣味。像她毛織棉料衣物上老是吸滿父親吐出的菸臭味，浸骨似的。旅人們吹著頭髮，淋浴間留滯著轟轟的熱氣。

打開了各種旅行用包裝的她，明明延續著原來的自己，卻也感到一種生活的變形。感覺到了不同的空間，就在裡面變成不同的人。

在不同的空間，就放進不同的自己。

有次，她同樣在清晨六點起床梳洗，對鏡整理衣著，一個白雪頭髮的熟齡女子，和善地向她搭話：「天氣好像越來越冷了。」女子的語氣中帶有適切的距離，她一時沒有反應過來。這個看來不像背包客，也不像來家族旅遊的白髮女子，視覺年齡很接近母親。不知女子為何也選擇住進青旅？因為她幾乎沒有在任何一間青旅好好睡過覺。常遇見那些太將青旅當作「自己家」活動的旅人，總希望一切壁壘分明的她，在這裡實在太難了——有腳氣的室外鞋拿進沒有對外窗房間的人；在禁止吃食的床鋪上揉著塑膠袋吃食的人；整夜不停刷刷拉著某條行李或衣物拉鍊的人；每動作一次口袋裡的零錢便互相碰撞的人。每個房間裡六座腔室般上下構築的單人隔間，一百九十公分以下才能睡的床，只要有一個鼾聲如雷，耳塞也無法屏蔽的一夜旅伴，她便無法真的睡著。天方板上方總有什麼掉落下來的聲音，加以不能睡過頭的不安，她往往只是待在黑暗裡，壓抑自己的不解，放平了自己的骨頭。

她不知道白髮女子是否和她一樣，是無法停止漂浪的人。她只向鏡子裡的自己點點頭說，是啊真的好冷。她曾經想記錄下什麼，但不管怎麼重新描繪都有種不在現場的感覺。她有時也覺得已經沒有餘力再去傾聽他人的故事了。敘述，與敘述他人的敘述，都好累了。或許是知道倘若還有機會，交換的將不會只是各自的故事。說得出來的都能成為故事。但如果缺乏語言系統的完整表達，是否永遠無法讓人看懂那些藏身在淡漠臉孔其後的痛苦程度？母親大概是這樣的吧，只是倒過來成為一種誇張敘事的演出。而她的沉默不語也是。

她們每每無法將話題延續下去。母親曾疑惑：怎會生出這麼「無仝款」的女兒？她知道那些自己絕對不會對孩子說出口的話，但她卻無法阻止母親對她說。她不想用一種故事化的虛構語調去提呈，或許她也害怕發現自己是被自己的故事吞沒的人。

天上的雲，地上的泥。她以為生活應該是自食其力。但這些不知意義之微物，卻輕易使人全部歸零。如同某日預想申請學校宿舍，但學費、學分費加上住宿費，過於龐大的金額，她無法一次全額負擔，遂到某家銀行申辦人生初次的信用卡，試圖分上幾期零利率，加減延後付款。其後兩周，接到了一封電話簡訊：「本行依您申請所提供的資料，經電腦系統綜合評審後未能核發，特此通知，敬請見諒。」她走到提款機前，一張卡片一張卡片的查詢餘額。她不知道這樣一個制式女聲：「請選擇餘額顯示方式」，滋滋遞送「請收取明細表」的重複行為竟會讓人感到心酸。存支相抵後，月底三個戶頭加起來不到一千元。但她後來也學到郵局的提款機可以領出百元鈔。領出最後的三百元，鬆了口氣，剛好可住台北青旅一夜——可以說不算窮還有三百元不是嗎。

她記得先前在台北租屋，看房時，其中一個房東要看工作證明文件，還要成年很久的她拿到雙保證人意即家長的簽名，不斷強調絕對不租給年紀過大又沒有正式工作的單身女子。抑或在某夜，她走往西門町青旅的路上，發現眾人圍觀一西方女子，她絲巾蒙上雙眼，微微張開雙臂。地上置放紙板以英文寫著：Maybe you want hugs?下方漏了筆畫的中文寫：「也許你想要擁抱？免費。如果你能幫助我在旅途中捐錢。」這些西方意念總以為你情與我願便能以一次性的擁抱交易短暫的居所。

在青旅終於累到睡著的某天，她夢見在黑暗裡打破了東西，卻找不著碎片。但她已經是成人了，她以為她可以自己丟掉不想要的東西。她卻只是不斷離開無法屬於自己的房間；不斷將其視為過渡的，不重要的時間。

像這幾年母親對她抱怨太多次：這輩子什麼都沒做，怎麼就忽忽老去。遂開始要緊起她坐三望四的身體，暗示她快來不及。在這個被認為懷孕生子的難度逐年升高的年紀，她漸漸察覺到一個被拓出的空間，脹大的氣球般，外部是減不下的腹肉脂肪，內部是溫暖子宮。子宮與房子已是過於舊式的譬喻相連，就像身體的故鄉與鄉愁，而她早已忘記曾經來自怎樣的子宮。像她明明在家卻時常帶著想要回家的心情。

所以她只是說出了平常會說出口的話：「我還沒有這個打算。」從來沒說：「拜託讓我從這裡逃出去。」

鑿刻在某種唱盤似的。一次又一次地迴轉。有聲音傳過來：好弱。好弱。你實在太弱了。

這不是一個「發生了什麼事」，幸好走過來了的敘事，而是一個寫到後來，該平均分配好的比例全部歪斜了，現在仍在發生，或許未來也仍然繼續不變的敘事。

＊

下課回程，重新經過台北，示現在她眼前的，已像是烏比莫斯帶般的熟悉風景。窗外全是黑色的畫面。她不知道能祈求的遠方有多遠，能踩出一個轉圜的餘地？還是換了一個形式卻留在原地？就像她在一份寫作補助的申請裡，發現自己快過了社會的青年定義；就像她已經過了青年時間，卻仍然只能選擇住在青年旅館裡。支付一天就只能住一天。

她夢裡的地址已經成為她現實裡的夢。她有時會想起母親說她已經「沉到了底」。就好像她們是不值得過好生活的一類人。但即使躲在階級的名義下，她也不知道這種生命到底經歷了什麼？而她也不是為了覺得自己的一切都算「可惜」，才繼續活下去。

還在她生活裡的，已經不在她生命裡。她們只是變成了不共享未來與日常的關係。不是只有消失的才感哀傷，在身邊卻想讓它就此消失的也同等哀傷。好可怕。她無法想像從哪裡到哪裡是束手就擒的她的命運；哪裡到哪裡是可以調動的她的意志。降下來了，就是永遠地卡在那裡。她們都仰賴那棟房子維生，所以只能消去自己。永不能修復。彷彿再無別事。噠噠噠噠。如同踩著針車的母親一次也沒有理順自己的人生。

她並不想知道她們這樣重複的線段會有多相像。但她沒偷懶。不，或許她與母親都沒偷懶。她們只是將臨頭與即身的各種問題暫時先保留，擱置，不知怎麼去處理。那就像會發生在誰家的故事一樣平常。那就像在某日訂房，她發現自己被網站列為等級二的「旅行常客」。

突感覺到一個不能僥倖的時刻，卻僥倖且奇妙的過去了。

——原載二〇二一年六月《印刻文學生活誌》第二一四期

收錄於《滿島光未眠》（印刻出版公司，二〇二一年十月）

Wu René攝影

林妏霜，一九八一年生。台北出生，宜蘭成長。清華大學台文所碩士畢業，現為清華大學台文所博士生。著有小說集《配音》；散文集《滿島光未眠》；合著《百年降生：1900-2000臺灣文學故事》。曾獲聯合文學小說新人獎評審獎、林榮三文學獎小說三獎。碩論書寫解嚴後台灣電影（王童、侯孝賢、楊德昌、吳念真）中的歌曲，及其展演的異質記憶，曾獲台灣文學館台灣文學研究獎助。博論方向則是：東亞文化文本裡的「金城武」符號。

攝影迷境——蘇紹連

天暗下來了，我好像閉著眼睛還在路上走。其實腳底下踩的，不像是一條路，而是植滿林木以及許多矮屋之間斷斷續續的土地，有時會遇到一片曠野，有時則是狹窄小徑，或蜿蜒曲折而無確定方向，有時繞著圍牆和鐵絲籬笆，有時沿著水邊潛行，狀況不一，難測終止於何處。但天真的暗下來了，我不知是否能走得出去。

回想上午我在天未亮時出門，搭了最早班駛往市郊的公車。車窗像是一個相機的觀景窗，因為車速，窗外的景物和光影不斷移動，只能短暫映現於窗玻璃上，和我靠著窗口的臉龐重疊，彷彿加了浮水印。車子是要到另一個市鎮去，而我只要在半途下車，像一行長長的詩句突然斷句，分為另一行去，我在斷句卻沒有標點符號的半途下車，那裡有一支孤獨的公車站牌。

我預定走到一個自然光線較少的地方去攝影。自然光線無非只是太陽的光，先被天上的雲遮掩，漏下來的陽光因雲的移動而移動，所以地面呈現奇異的光影變化。如果風速加快，雲飄浮亦快，則地面的光影有如萬馬奔騰，甚至踩踏著我的帽子、手臂和肩胛，讓我為之驚呼，趕緊將光影收入我的相機鏡頭裡。而這種現象的情景機會不多，尤其在安靜的天色下，我很少能拍攝到動態的光影。

我想要到的地方很偏僻，它是在一個小村莊的尾端，屬於小村莊的轄區，卻又不受關注，原來村莊人口外遷，移往城市，留下來居住的僅剩一些種地的小農民，有些房子無人居住而任其荒廢、任其崩塌。這樣的地方，雖在城市的磁場邊緣，住民卻也一樣被城市吸引，漸漸從自己的家鄉離散而去，今天我來攝影，在攝影思維中，出現了「這裡，曾經」四字，成為我想要探索此地的攝影主題。曾經繁華，現在荒蕪嗎？不，這裡不曾經繁華，它不像城市人煙稠密、車水馬龍，不該用繁華二字形容它。

它，讓我在拍攝它時，找不到一絲一毫富麗的痕跡，我不禁聯想起盜墓賊掘開棺木而發現沒有任何金銀財寶之類的古物，卻只有一副泛著寒光的白骨那樣的令人不寒而慄。但我以攝影者的需求來看這個地方，它雖無像寶物那樣華麗的亮點，卻更沉澱了平凡物件淡然的省思。平凡物件，就是生活上的用品，被留下來或說是被遺棄的東西，它可以平凡到被遺忘，就像任何平凡的人。我想，我就是要在拍攝平凡的物像中，找到自己平凡的記憶與愛。

可是，任何一個地方都會因有了記憶而產生變化，致使真實與虛假無法分得清楚，所以，我似乎再怎麼走怎麼尋找，鏡頭裡的景物都一直在偏離記憶的核心。記憶中我在這裡走過，但是，不是現在這樣子。記得有一面約十公尺的土塊圍牆，抹上一層混合水泥的白堊粉末，在陰鬱的周遭裡，異常明亮顯眼，就像白色布幕，凡是時間挪移空間的光影投射在上面時，彷彿上映著一齣詩一般的電影。我對它無比的著迷，曾經坐在圍牆下待了一整個下午，看著蝴蝶帶著影子飛到了牆面前，顫抖薄翼讓牠的影子變成翅膀，我把這樣的幻想裝到鏡頭裡，好似拍攝到了一位仙子。

在這地方的昆蟲類生物倒也不少，或許是因為有一條隱蔽的小溪流，淺淺地穿越，沒有水聲，沒有波紋，似乎不被發覺，反而孕育了那些卑微的生物，擁有自己存活的繁殖空間。我蹲在水邊，試著把水光中的倒影放入觀景窗裡，卻衍生出令我驚訝的異象，例如：天空經過樹梢枝椏及葉片的縫隙之間而投照於水面的，竟是一張張孩童的稚顏，讓我想起鄉鎮上一間已經歇業的照相館，那館裡掛滿的人物相片，老人肖像的，結婚照的，全家福的，或是學校畢業班級紀念照的，那些泛黃的舊年代相片裡的人物面孔，卻在這條小溪流的水裡一個個盪漾顯現。拍攝水光中的倒影，竟然拍攝出人物影像，或許是我記憶中暫時的幻影轉移吧？

幻影轉移的經驗，誘惑著我無法自拔地陷入攝影的迷境裡，一再挖掘記憶的深洞，卻難以預知記憶能否復刻於現實介面，而被我拍攝成影像。這是因念而生迷，若一念而不覺，或若無明而妄動，我便會在這時刻亂了攝影的方針，甚至是茫然無助至癱軟於地。我離不開水邊，心中只想等候水中出現更多可能的幻影，例如：一隻魚在停止呼吸之前突然從水底翻躍出來、一片落葉捲著蟲卵墜至水上像救生艇發出求援訊號，我就能夠拍攝到這些影像。我離不開水邊，似乎還有一些記憶尚未浮現，但我並未住過這裡，卻感受到有一種回溯這裡的力量進入我腦中，彷彿捲動膠片播放過往的影像，我需透過我的相機將之翻拍下來。或許，是那些不存在的人借用了我的身體，要看見他們昔日的景象。所以，我離不開水邊啊。

在一陣暈眩後，我聽見幾束光線貼地而行的顫音，由遠而近，有些交錯的陰影得列隊閃避於兩側，讓光線通過。草葉微微瞥見其實那是一陣風，一陣風先是帶來短暫的光線，隨後是濕潤的雨滴流淌下來。下雨了，我起身想躲到不遠之處一座廢棄的屋子，然而那座房子卻像被包裹在透明的膠囊裡，我努力把自己的身體一寸一寸地擠了進去，才免去遭受更大的雨水襲擊。屋內陰暗少光，但誰知被光線捨去的角落隱藏了一些傢俱，或許，還隱藏了一些我能拍攝出的人物。我拿著相機在小小的房屋空間裡迴轉身體，透過鏡頭凝視，拍下屋內足以象徵歲月的累累灰塵和殘缺蟲網，它們在人去後進駐，卻因屋內無人寄生時失去了生機，連生物也一一離滅。我正好用相機拍下所有生命離滅後的那種感受，不是只有灰塵和蟲網，還有那些損毀的桌椅櫃子，以及躺過歲月軀體的床。

以及牆壁上幾個生鏽的釘鉤，原本掛著的相框都不見了，我試著想像相框裡的人物影像，是老人家嗎？是小孩生日照嗎？是結婚照嗎？是全家福嗎？而今他們像那些灰塵落往哪裡？或飄出窗口，尋覓一條離去的路徑，通往另一個生存的疆域邊緣？我欲追隨而去，拿著相機向屋外拍攝，卻見屋外的光在雨停時變得像一層油，抹在沒有玻璃的窗框和破損的門板上，產生一種水漬的逆光之美，亮與暗的對比更為強烈，周遭的屋牆和樹木形體如同一幅浮雕，似乎也把往日的家園記憶刻削出來。我調整相機設定，降低對比度和銳利度，如此才不會對逆光下的現實影像和記憶造成傷痕，只有變得朦朧而無法辨識的景象，才能夠在觀賞者的心理上有了一種療癒的效果。

天又暗了下來，此時不是陰雨的暗，而是時間的暗，無比的暗。黃昏已過，日光即將消逝，我要走出這間房屋不是一件容易的事，心中吶喊著：「我需要空曠感！」攝影若被侷限或視野被狹隘，則看不見空氣流動的方向和形成的線條，也就拍攝不出影像的節奏和韻律，只有在物與物的間距越大，才越有空曠感，供給空氣流動時，就會像無數的音符一樣有了五線譜。我知道房屋左後方五十公尺處是谷地，那裡真的是一片空曠，記憶中美好的童年，幾個小孩躺在石塊上仰望星空，「星若墜落，不會在眼睛裡毀滅，而是到了另一個世界。」誰這麼說呀？然而空曠無人，我透過相機的觀景窗，看見谷地在暗夜中像深淵那樣的沉，無法拍攝，無法留下記憶的瞬間裡，那幾個小孩像星星一般的眼睛。

我只有默默退出那片谷地，憑著記憶的路徑急行，返程卻由熟悉走向陌生，令我心生驚恐。我像無法掌舵的小船，失去了自主的能力，在湍急中晃盪，在漩渦裡迴轉，整個頭顱開始暈眩。我陷入一種迷境之中，四周林立一張張負片式的影像，現實空間成為記憶空間的鏡像，那我究竟在哪一個空間裡，才是真實？這些我拍攝的影像作品，現在於記憶中反過來拍攝著我，致使我羞愧而不斷的在逃避。我像無法找到母親的小鹿，在幽暗的樹林中張皇失措，在記憶中的鄉間公路上車燈照射的瞬間急奔過去，也瞬間地橫躺在公路上。

那是我最後拍攝到的畫面。

我從低角度的視野裡站了起來，手中的相機沾黏了一些頻頻掉落的泥土，頭頂帽子的上方似有夜鷺飛越，我臉轉向天際遠方的月亮，堅認那是走出去的方向，依據視覺線索，我不會迷失。我把輕快的步伐變成騰空的慢動作，一步一步踩出了路徑起伏的旋律，前方似有一個巨大而閃耀著藍色虹膜的鏡頭瞄準著我，凝視著我，拍攝著我，迎接著我。我相信，還有許多不同的迷境存在於世界各個角落，等待我去歷練自我的焦慮和孤獨，找出可以和記憶對話的拍攝題材。我以鏡頭回眸，再看一眼背後的迷境，竟然我非他者，我是原本站在迷境中一個閉著眼睛的攝影者，沒有離去。

——原載二〇二一年七月十二日《聯合報》副刊

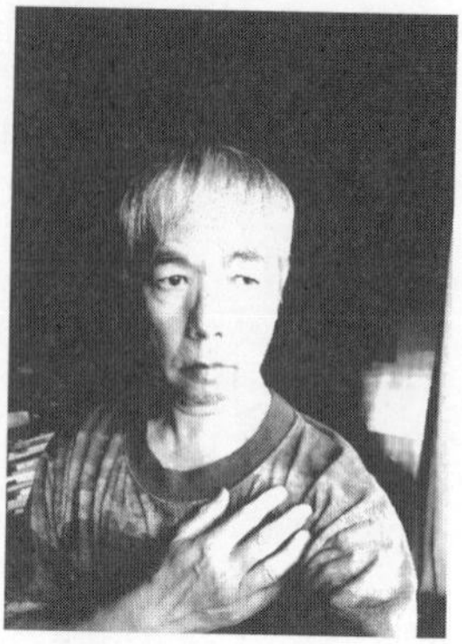

蘇紹連，一九六五年開始寫詩，曾創立「後浪詩社」、「龍族詩社」、「台灣詩學季刊社」等三個詩社，並創編《吹鼓吹詩論壇》刊物。曾獲時報文學獎、聯合報文學獎、年度詩獎詩人獎。全心致力於散文詩、超文本詩、無意象詩、非現實詩、混搭語言詩及攝影的創作。著有散文詩四書、時間詩集三書、《無意象之城》與《非現實之城》雙城詩集，以及攝影書《鏡頭回眸——詩與影像的思維》、《你在雨中的書房我在街頭》等近二十本著作。

如何拍攝一部公路電影？——言叔夏

寫作以後有一些作家朋友，但只有過一個寫作的朋友。寫作的朋友其實是，寫信的朋友。當我想用一個詞來除以寫信的朋友，卻從帽子裡拉出了一長串的花朵。比如，烏鴉，比如非洲象，比如冬蜂與蝴蝶。找不到一個詞來整除的寫作的朋友，就像世上所有的道路，會自己通往另一條道路。道路開花。遇海跳海。沒有紅燈是過不去的。沒有一個世界是可以被整除。寫作的朋友從不與我交換寫作。我們交換地圖與日記。比如說，一列午夜志學出發的慢行莒光。比如說，通往西寶的中橫山路，沿路高麗菜寶寶。

再比如說，一種外環道傾斜轉彎壓車法。同樣適用於腳踏車。練習道路駕駛。練習在一個成年後的城市裡「在車上」。練習紅燈停綠燈行。尤涅斯柯式。高喊方向盤一圈半輪胎回正。那就是一條中港路可以從城心抵達海的唯一口訣。練習不在黃燈亮起時孤注一擲（壓抑某種賭徒性格）。為了海。偶爾，會在某些深夜時刻，一條荒涼的西濱快速道路底下，遇到一個路牌極私密指示：「金星右轉」。噴漆的紅字是一種宇宙訊號。你接住我的拇指了嗎？

多年以前有個少年說，他會在黑夜的山路裡搭上那種車。

那種載你一程，從某個路燈把你打撈上岸的車。那種像要開往金星，卻中途停靠的車。

陳珊妮有一首歌叫作〈寫給這個下午〉。歌詞是這樣寫的：雨水打穿鏡面／我開車從遠方來找你。

二十數歲還不會開車的時候初聽這首歌，就有這樣的預感；就覺得多年以後某一天，雨水打穿鏡面的下午，我一定會開車從遠方來找你。

＊

要如何拍攝一部公路電影呢？要如何集合演員？要如何讓一條長路的盡頭延長再延長？要如何才能不下車？如果，一條公路其實從來不筆直：「世界是記憶的圓環。」波赫士說。「我們所以為的創造，不過是被我們遺忘的事物。」寺山說，那就是父親不在家的結果。於是我沿著螺貝的旋不斷往內，像一條環山公路不停旋轉下墜，進入一個記憶之谷。擋風玻璃就是電影布幕。一艘夜車是一部公路電影也是一座夜間電影院。如果你剛好中途坐進後座，為我沿途講述那些我們共同的記憶與場所，我從照後鏡裡看見你夜色的臉孔，那就是一瞬間與電影裡隱身的畫外音人擦身而過。如果你的聲音啟動了我腦海裡的畫面，投放在擋風玻璃的電影屏幕前，這架移動的深夜電影院究竟是一部電影還是一座年少時代的電影放映室？車一直駛。有人講著講著下了車。有人臨時打撈搭便車。只有你會從後座遞來明信片，駕駛座後方十五度位置，靠右窗，只有你會給方向盤上的我傳來錦囊小紙條。

車過北七路。再往前一小段就是統聯綠色大帳棚。二〇〇五年〈乘客〉MV播出時，有人說沒想到乘客竟然是搭國道客運來的。十五年後車過北七路，有人說沒想到我會在這條路上聽見這首歌。高架橋過去了，路口還有好多個。太陽餅島沿路熄滅。生日蠟燭都吹完了以後，第一盞路燈就開了。「世界是記憶的圓環。」於是我旋轉木馬般原地不停奔跑不停奔跑，公轉與自轉，想一圈一圈彌補圓周率的缺口：世上可有任何事物比雨中奔跑的旋轉木馬更憂傷？世上可有任何事物比不斷後退又遭逢的高架橋更憂傷？

也是在這樣的一個雨夜。不停下雨的某年九月木柵。鐵皮屋頂被雨敲得好大聲。在一座年少時代的地底洞穴裡抱膝坐起，真的以為就此失去了那列往東的列車。

「世上可有任何事物比雨中靜止的火車更憂傷？」

想起年少時那些北迴線的深夜。好黑好黑的窗外據說是海。好遠好遠的光不知道是路燈還是船。單腳老冰淇淋鐵桶人從一個昏黃的小站上來，幾站以後，又從另一個小站下去了。那些深夜的站台像一座小小的島，幾盞路燈打在車站外細小的路。冰淇淋鐵桶人能蹬著他的一隻腳跳進芒草盡頭什麼樣的地方去呢？他要遞給什麼人一支鐵桶裡的草莓甜筒冰淇淋？沿路跳高。沿路長高。黑暗裡只要有海跟上來就好。

也真的有那樣一列靜止在雨中的火車，在單線通行的寂寞鐵道上，靠邊等待對向的來車。經常都是慢車禮讓快車通過。經常負責等待的都是一列老舊的藍皮平快車。好像它天生那麼慢就應該等待世界通過。有誰會在意一列跑得最慢的火車是否準時抵達？於是它可以再慢再慢，慢到靜止，靜止到最靜最靜一刻，一列自強的白光唰唰從窗外閃過，對窗乘客的臉來不及辨識已經五官迸散，在震顫的耳鳴裡四處飛散。一眼萬年。時間的河湍急如光束。一眼就把溪河裡的碎石沖得更碎更窸窣。

而你一直在那列雨中靜止的車上。靜到突然。突然是加速。

彷彿那趟旅程最終抵達的是，直到世界末日。

直到世界末日。眼盲的母親戴上一種眼罩機器。他荒漠旅行整個地球想為她找到那個關於觀看的祕密。於是他一直走，一直走，走到世界盡頭。走到這個世界該看的他都已經全部看過。他知道，母親即使失去了雙眼，只要還會做夢，她就能一直看見事物。

*

二〇〇七的日記裡有些什麼呢？「二〇〇七日記」的資料夾，舊硬碟裡只有一個叫作「西螺」的檔案。為什麼是這一天而不是另一天呢？為什麼是這裡而不是別的地方？已經過去的二〇〇七如果非要記住一天不可，我一定不會忘記。這一天是遠足前一天。公路電影發車以前，引擎暖機就像在冬夜裡想盡辦法生一盆爐火。多年以前，我們都去了那個叫作崇德的小站，遇到同一個芒草站長。如果能重回那一天，撿拾漂流木生火我也會為你放一部電影，告訴你這些年我去了什麼地方。告訴你不管去到多遠的地方，單手持攝影機的我們搖搖晃晃終究會回到同一個地方。

那部電影據說是這樣的。

〈西螺〉

每次搭國光號回家，一定必須整點班次。整點西螺。半點朝馬。國光號高雄↓↑台北的世界是這樣成立的。

不過，太久沒有拜訪朝馬先生，有一天偶然去看時，沒想到屋頂已經掀飛掉了。整個車站像是道路旁邊的島嶼一樣，高出陸地一點點，等車的人，賣關東煮的阿婆，還有廁所（他現在是露天廁所了可以邊尿邊看星星），都親密地挨在車站月台上，可憐的朝馬，沒有頭髮的禿頭的朝馬先生，下雨的時候該怎麼辦才好呢？（請為關東煮撐傘）

儘管心中替朝馬感到不可思議，不過每次到車站買候補票時，如果剛好買到整點的位子，雖然很對不起朝馬先生，但是內心還是像中獎般地歡呼起來：西螺。西螺。台北↓↑高雄中間如果不是台北↑西螺↓高雄是無法成立的。我這樣定義著研究所以後的每段回家的旅程。

到西螺通常已經是黃昏。

一天裡面，你最喜歡的時間是什麼時候呢？很久以前，有人這樣問我。

「我最喜歡的是早晨喔。」

「所以，到黃昏的時候就會覺得好哀傷好哀傷。」那個人這樣對我說。

我也搭過夜晚的巴士，到西螺已經是深夜了。深夜的西螺車站，關東煮也熟睡了也不滾了也慢慢地慢慢地沉浸到黑裡去，我在車站外拉緊了外套的領子，看對街十字路口僅有的7－11招牌。那是非常寒冷的冬天午夜，我抬頭看了一下西邊的天空，是紅色的。便覺得心安了起來。

經常經過的西螺的黃昏，非常美麗，一點也不哀傷。

稀落的回家的高中生，騎著腳踏車，緩慢地在道路的兩旁悠繞著，有時是雙載，有時還隔著馬路（那可是十米左右的馬路）毫不客氣地交談，明明是卡車與汽車唰唰駛過的道路，竟然能夠順利談話，我在車上看著覺得不可思議極了。

道路兩旁的民房，有黃昏裡亮晃晃的水塔，和耀眼的鴿樓，鴿子在天空裡圍繞著紅旗子飛翔，仰望著那樣的天空，有時會覺得心臟都美麗得疼痛了起來。是夏天了，而且是二十五歲的夏天了喔！不是二十二也不是二十七，我在這裡，因為那嗆鼻般的疼痛而確切感到自己的存在，在中部一個陌生的小鎮的黃昏，不是旅行，也不是居住。

西螺的郵筒，隱藏在什麼地方呢？我曾經想如果能在這裡寄一張明信片的話就好了，不過西螺車站的周圍，除了烤鴨店、7－11、醬油工廠和85度C，就什麼也沒有，每次一下高速公路的交流道，我就一直伸著脖子尋找郵筒，好不容易在某某高中門口發現了它的蹤跡，巴士卻沒辦法隨意地讓我下車的。

「停一停！請停一停！請讓我在這裡把重要的黃昏寄出去。請讓我跟對方說，也有不怎麼哀傷的夏天傍晚吧！」

這樣的心情，怎麼樣也無法傳遞到對方那裡去了。

巴士不停地往前行駛，經過了醬油工廠（簡直是樹林般林立著的醬油工廠），經過葬儀社、小小的民房、經過燦坤3C、經過矮矮的矮矮的黃昏的餐館，終於停在西螺車站。

羊去倫敦前，一起搭車回高雄的路上，「以後可能不回來了，所以請跟我一起回家好嗎？」金星雙魚的羊經常使用「以後可能不……所以拜託……」的方式說話，金星水瓶的我於是總是假裝不在意地從鼻子說：「好啊！」國中同學羊總是說三十歲的時候一起去印度好嗎？好啊。三十五歲的時候一起去墨西哥農場工作好嗎？好啊。

那個下午，在西螺休息的十分鐘，羊說：一起去更遠的地方冒險好嗎？

好啊。我說。

我們沿著車站對面的馬路走了走，其實只是個平常的散步而已，既不是印度，也不是墨西哥農場，我們一直走到了下一個十字路口，在路旁的土地公廟前一起合掌。

黃昏的西螺，是夏天的顏色。哀傷的西螺，在夏天頂樓的紅色旗子裡，一圈一圈地被旋轉木馬般的鴿群圍繞著。鴿子離開了很多地方，都會回來的吧。沿著那像是紅色信號般的燈塔，我想起他說過西螺的外婆，為了讓他回家，所以在頂樓蓋了一座小小的、小小的游泳池。每次經過西螺的黃昏傍晚，我都抬頭在發亮的頂樓水塔間尋找著那像是夢中的游泳池。

CP，西螺的夜晚，天空也是紅色的呢。就像去海邊的那個晚上一樣。

雖然我還是沒遇到紅色的西螺大橋先生。

我現在很少搭乘火車了。火車必須是東邊的。

——原載二〇二一年二月《幼獅文藝》第八〇六期

言叔夏，一九八二年生於高雄。政治大學台灣文學研究所博士班畢業。現為東海大學中文系助理教授。曾獲台北文學獎、林榮三文學獎、九歌年度散文獎、國藝會文學創作補助等獎項。著有《白馬走過天亮》、《沒有的生活》。

非人世界／身後沒有門——韓麗珠

非人世界

已經有一段很長的時間，我厭倦了「荒謬」這個詞語。做為許多失效之詞的其中一個，「荒謬」在這城市裡所代表的，不是紛陳的亂象本身，而是想要叫喊卻找不到字詞，想要言說卻丟失了言語的一種被剝奪感。

在描寫二戰後蘇聯勞役營的紀實文學《呼吸鞦韆》中，主角雷歐在勞役營被困了五年後獲得釋放，回到家鄉，某天，他發現自己的同鄉，跟他一同被抓往勞役營的徒爾・普里庫力奇被殺，前額被斧頭從中劈開，嘴裡塞進自己的領帶，屍體被棄置在橋墩下。徒爾・普里庫力奇從小就是個虐待狂，知道如何操控他人，並從中得到利益。他曾經想當傳教士，失敗後就轉而從商。後來，他在勞役營中找到適合自己的位置。在那裡，他擔當營區指揮部的副官，跟俄國人一起榨取自己同胞的免費勞動力，讓他們挨飢受冷，在寒冬中因營養不良或失溫致死，而他自己則不必上工，有足夠的衣服和食物。在勞役營中，雷歐就已經想過無數次，殺掉徒爾・普里庫力奇。

但我們不是雷歐，沒有所謂的釋放。

常常都有人說，這城市早已是一個大監獄，也有人說，這裡像個集中營。勞改營和集中營都是，非人的世界，同時是反社會者和虐待狂的樂土。不過，非人的世界並非只存在於勞改營、集中營和環境惡劣的監房，它常常存在於，失衡的關係中、一個家庭裡，甚至，一個陷落的社會裡。香港並不是一個集中營、勞改營或監獄，如果是，就意味著，這個監獄、集中營或勞改營之外，會在一個正常而人道的世界，在等待著我們，那麼，逃生的出口，和釋放的日期就是可見的。可是，香港就只是香港而已，一個不斷被創造和爭奪定義的地方。起碼有兩種力量在這裡角力，一種是屬於權力的，它所定義之下，這裡仍然是個，而且永遠都是個安定繁榮的城市，由於有一小部分暴力的群眾破壞和煽動，所以，隨時隨地的拘捕，沒有足夠證據都可以先把可疑的被告押往法庭，然後通宵聆訊，不可保釋，讓被告沒有睡眠和休息的時間，而辯方律師因為要回到法院而被捕。他們竭力讓這些違反人權的事，對人的身體、精神和意志的折磨，成為日常的一部分。如果這裡是一個監獄，那麼，就會訂定監獄的守則，同時，囚犯也會得到相應的保障，如果這裡是一個集中營或勞改營，則會遭受國際譴責。

可是，在一個空殼般的國際城市，終於成為了日常微小枝節的暴力、監控和剝削，滲進每個制度裡，直至人們難以一一清晰地指認和說明，生存為何如此困難。非人世界的惡在於，它改變了正常世界的法則、價值和美德，目的是令人掏空意志地屈從。非人世界像污水，它也是流動和具有滲透力的。它最初捲走了走在最前的反抗力量，然後，溺斃了走在中間的反抗者，接著，湧進了每家每戶的窗子。做為一種龐大的惡的力量的非人世界，最終的目標是席捲這個城市以外的地球。

要不，成為了污水的一部分，要不，參與定義和創造腳下的城市。維持和保全一個正常世界的正常法則，在這裡。因為，無處可逃。地獄和出口可能是重疊的，都在自己的腳下。創造是一個不執著於目的和成果，只是跟隨自己的熱情和意志，走到最遠的所在的一個過程。所謂的創造，非常微小而恆常，只是盡量活著，保持呼吸、進食和喝水，良善公平地對待每一個人。

——原載二〇二一年三月二日《獨立媒體》網站

身後沒有門

K就像那個年代的許多人，押上了性命、安全和完好無缺的身體，以不同的不可思議的方式，離開北方的國度，投奔自由。他們的自由，是一座名叫「香港」的城市。

K念書至中一，出來工作。自那時開始，她就生出了投奔的想法。「根本沒有選擇，留在那裡，死路一條。」她說，她的計畫，自十多歲開始，橫越了整個青春時期，抵達目的地的時候，她已年過三十。那之間，她在不同的省市工作過，尋找路徑和機會，被騙過、掉進過不同的陷阱、損失過金錢或其他、絕望過、懷疑過，包括，因為一個人對她說，可以給她弄到門路到香港，而和他結婚，幾年後才發現，那是沒法兌現的承諾。她把錢交給過不同的官員，那些官員表示可以給她弄到通行證，後來卻不見蹤影。在多次的失敗經驗之後，她終於老練了一點點，在某個機會之前，她對官員說，要去那城市探親（同時撒了一個謊），也多給了一點錢，那官員竟然，把她放行。

那時候，這並不叫「犯法」，而是「求生」。

她是幸運的。

有更多跟她懷著相同理想的人，沒有其他選擇，只能鍛鍊身體和游泳的技巧，在夜裡，結伴跳進黑暗而冰冷的海裡，如果他們沒有因為筋疲力盡或中途抽筋而溺斃，或，被飢餓的鯊魚果腹，或，上岸時遭槍擊，便可以成功進入，這城市的邊界之內。但，為數太多的人，已葬身海裡。

「為什麼你不害怕，被逮捕，或，在陌生的地方，無法適應新生活？」我問K。

「如果人在年輕時沒有夢想，年老後就什麼也沒有。」她說。

或許只是，她（他們）身後，並沒有一扇可供後退的門。

那些有幸到達自由之地的勇敢的靈魂，遭遇了語言、文化、環境和貧困等各種衝擊之後，終於在這裡被生活騰折得披頭散髮、蓬頭垢臉，然後安穩地生活，成了別人眼中的師奶或大叔，不久後，又成了，婆婆和伯伯。

所有的事物都會改變。「香港」成了自由的反義詞。但自由並不是任何具體的事物，而是一束意志，藉由這束意志顯化成各種不同的東西。那年代，對K和他們來說，自由即投奔香港。我問自己，我的自由是什麼。如果遠走是一種夢想，留下也是。夢想是不能被理性馴服的症狀。這樣，「香港」也可能不是一個地方，而是由許多追求自由的個人共同創造的暫時之地，後來又成了一個概念。

我不止一次聽到K重述出逃的各種細節。她只是在那年代眾多嚮往自由者的其中一個。有些已成了死者，帶著他們的故事到了另一個世界。有些以沉默守著肚腹裡的經歷，只是把某種冒險的基因，傳到子女或兒孫的身體裡。

現在，我所看見的，寃獄、大搜捕、嚴刑、各種扭曲和荒謬，在日常之中，各種不安和怯慌，或許類近，他們在漆黑的海裡，看到的別人屍骨、鯊蹤、同伴的血和呼救，或，官員的敲榨和逼問。這個海有多大，要經過多少年才能抵岸，誰都不知道。K在她的海中，浮游了十多年。

或許，世上別的自由之地，也是如此，被許多殘忍，一點一點地鋪砌出來。以前的渡海者，遺傳了到達彼岸的決心，給這片土地上的後來的人。有時我感到，自己夾雜在許多人之間，橫渡一個看不見的海。身後沒有門。彼岸是什麼，我尚未知道。有時，所謂自由，就是未知。

——原載二〇二一年一月七日《獨立媒體》網站

韓麗珠，著有散文集《半蝕》、《黑日》、《回家》；中短篇小說集《失去洞穴》、《風箏家族》、《輸水管森林》、《寧靜的獸》、《人皮刺繡》；長篇小說《縫身》、《灰花》、《離心帶》、《空臉》等。曾獲香港藝術發展局藝術家年獎（二〇一八）、香港書獎、二〇〇八中國時報開卷十大好書中文創作類、二〇〇八及二〇〇九亞洲週刊中文十大小說、香港中文文學雙年獎小說組推薦獎、第二十屆聯合文學小說新人獎中篇小說首獎。長篇小說《灰花》獲第三屆紅樓夢文學獎推薦獎。《黑日》獲二〇二一台北國際書展非小說類大獎。

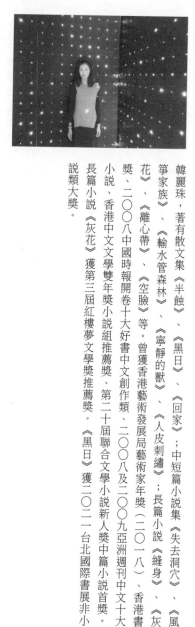

【畫像】

一天——顏一立

直到現在，和他的見面多在年夜的中午，吃完午飯，他便去午睡，沒有誰說再見，也沒人知道什麼時候再見，但另外有一天，有那麼一天，沒有重大事故，也非人員傷亡，往往是個投票的日子裡，天氣正好，我無路可逃。

這天早上的我，起床後老喝太多的咖啡，吸過量的菸，工最細的梳洗，白、最白的上衣，坐在我們的淡米色沙發，看我們的觀葉植物，看我們的訂製百葉窗，再看看自己，可真是窗明几淨到了一副什麼德性。

男友在床上昏昏沉沉，問起了他，而我說的全是謊。

從考大學到進部隊，出社會到談感情，我一次次地編輯整理，一回回地校對設定，他的版本像是作業系統，不知更新到了幾點零。我必須非常地小心，小心地說，以及小心地不說；我向來也相當地疲倦，時不時累倒在錯誤和正確的模糊裡面，比方怎樣是正確，例如錯誤，又是之於誰。我常常在想他上電視節目訪問時，主持人介紹的那個，什麼為街友申請補助的盲傳教、什麼幫助弱勢的弱勢、什麼黑暗之中見光明的人，是不是他自己的版本幾點零。

他是誰，他到底是誰。

前去見他的路上，我習慣等一班來日不多的公車，等它沒了氣，我便大可不必在分鐘的車程裡拚命地回想過去，好像想起他從前的糟糕，可以把我的現在全部抵消，但怎麼個難過，如何個苦痛，又是個為什麼、年幼的我計畫著殺了他或是殺了自己，記憶失去得乾乾淨淨，所剩無幾的只有謎。

他曾經全身是血地監視我的功課，送去急診，死了又活了。我也見過一地赤裸的傢俱，床埋在魚池裡，梳妝台倒臥在車庫中，桌椅認不出原形，有的不見蹤影，傢俱被比喻成了我們的死，死狀極為難看。或者他在家裡的牆上哭著寫字，大量的字，悲字、怨字、哀字，那些字是呼救、是詛咒，我看不懂，不懂我們正在步入的，是未來的不明之中。

我這個東西，說來是在那般極端氣候下種植出的作物，所以我再也不哭。

下公車後，我跟著動物內臟發出的負面氣息，一路找到位於市場之上的老公寓，打開了門，他每次都站在門後，兩手抓在柱子上，向我身旁誰也不在那裡的地方，用台灣話叫我的名字。

「什麼人？一立嗎？」

「你兒子。」

他這麼問的時候，眼睛都好像我見過的一場大霧，灰茫茫的全是光亮，我往霧裡看，永遠是空無一物。

快要中午，他著裝，襯衫、皮鞋、手錶，西裝褲和太陽眼鏡以及小型收音機，其實真的只是出門投個票，我們的打扮也太好笑，但前年一起出門是投公投，前年的前年投總統，出個門是改朝換代，誰又知道下次出門的那天他在不在。

等待的時間裡，我會按床位順序問起他的室友，睡下面的、睡窗前的、睡門後的，但室友的名字我記不得，也不方便記得，因為名字一旦不在，多半是不在了。

他告訴了我三個故事，而他是這麼說的。

第一個是被老公打的女人，打到頭腦有問題，跑出來忘了怎麼回家，跑來這裡又跑出去，再也沒回來的女人，忘了家也忘了這裡。

第二個是一生只上到老婆三次的男人，覺得自己垃圾不如，有家不回去，快死了。

第三個去給人家幹屎孔，幹到得愛滋，死在路邊了。

說到室友，他的視角總是往下，在他眼中，人世間哪裡都貌似地獄，差別在於他從地獄往下看，有的是十八層地獄。

從他的住所走到投票所，我們十指交扣，手挽著手，一步拆成三步走，不到半公里的路，一個人走是六分鐘，二個人走是六十分鐘，天氣冰涼，我卻汗如雨下，每到今天我才看得仔細，路不平不安，有陡有坡，再普通的風景都過分銳利，而我是眼睛，我得是眼睛。

「我們出門了。」

「我們要下樓梯。」

「我們正在等紅燈。」

路上他說話老是被我這樣打岔，有次我笑出來，他問笑什麼，我沒告訴他，這些提示聽來簡直太像什麼事情的練習了，我說沒事，剛剛有狗跌倒，但話說出口，我才聽到自己在說什麼。

他正好是在眼角膜移植手術的隔天跌了一跤。

美國的眼角膜三十萬，印度的〇元，他在〇元的等候名單上待了七年，七年過去，他登出了我們，眼角膜登入了他。之後有兩通陌生的電話打進家裡，第一通說手術順利，術後視力恢復的百分比，可以從預估的百分之五十提高到八十，第二通說跌倒了，從此機率為〇。

我記得那天，聽到消息的我，不知怎的想起他過去長期養在家裡的一種、名叫血鸚鵡的魚，魚每次都在他出事時，紅得出血，跳出魚缸，一條一條死在地上，所以每次他沒事回到家，總笑笑說擋煞了，沒兩天又有新的魚來到家裡，而我非常討厭那魚，但那個消息也像是自殺的魚群般，不講任何道理，成為冰冷的事實。

「你兒子來帶你投票喔！這麼好！」

魚販這麼說，肉商這麼說，賣房賣春聯賣二手碗盤的都這麼說，他走得越來越快，我說沒有啦，謝謝啦，以後多幫忙啦，投票搞得像拜票，一票一票投給他兒子有多可笑。

「你是找不到一個好工作嗎？」

「不是找不到，我已經找到了。」

「可憐，你看你講北京話、講英文、講日本話，啊台灣話是講得了幾句，我們一直被他們欺負，你就是從小被他們洗腦，笑死人。」

他不知道，現在的我講台灣話，因為我講的時候，他也看不到。

抵達投票所前，我們先得穿越他的國家困境，行經他的婚姻問題，路過他的人生不幸，再折返回他兒子的沒出息，但，我要如何向失明的他說個明，什麼叫平面設計。

我記不得他是從哪天開始再也看不見我，更不要說工作、生活或者夢了，剛剛那個誰告訴他兒子很帥，他只好往前走，看他那副一天比一天更陌生的外表，我在想，他又有多久沒見到自己了。

我們是怎麼走到今天這步的，我被設計學院退學後、考上藝術大學前空白的時間裡，我們也是每天在家聊天打屁，開開心心，一起走去家樂福買東西的，但我走出了空白，留下他一個人在那裡。

走得累了，他會停下來抽出兩支菸，他一支，我一支，他看不到我掉包成了自己的菸，看不到我抽著菸、拍著他不在那天可以用的照片。

我發現他說的第三個故事，八成是聽說了我和男友同居的事，他就是這樣，我沒問他是幹屎孔不行，得愛滋不行，又或者是死在路邊不行。

上次我們如此逼近性向的時候，也像今天不停地走。

那天的他，到錄影帶店的小房間裡接我，我因為偷了一捲同志電影被抓了進去，正趴在桌子上假裝哭泣，他把我帶走後，回家路上什麼也沒說，當時風吹得很強，那風聲聽起來，好像沉默本身的聲音。

我後來才明白，為什麼只有那次，他沒有打我。

投票所是間借來的國小，隊伍從教室排到了校門口，我們等得沒話好說，只聽見他的收音機發出地下電台的賣藥噪音，止疼治牙去痔瘡，有人聽得煩了不爽了走過來了，突然裝聾作啞，他們看到了，那是瞎子和他兒子。

教室裡分四階段，身分證明、選票領取、選票圈選和票箱投入，共有八位監票員，有幾人等於必須說明幾次的他不方便可否由我代勞，但是他總在我交涉到一半時向他們破口大罵，於是他們也如常地建議和等待我們共同進入投票間。

在壓縮的空間之中，在瑕疵的系統之中，我想問的是，他就這麼信得過我嗎？

買菜回診搞補助，他多的是方法、多的是人幫忙，但只有今天、只有這件事，非兒子不可、非我不可，想到這或許是我瀕危的孝了，我消化不良、頭昏腦脹，怕自己蓋錯了章、廢掉了他的希望。而他像是看見我的沒用，宏亮地把票上的名字叫了出來，他們拍打我們的隔板，他被打得怕了，我也向他們破口大罵。

回去的路上，我又想起那天，他犯下的罪，從時間裡浮了上來的那天。

我當時人在降落傘上，那是傘兵訓練的最後一個考試，軍機飛上平原，從降落到著陸前，有不到三十秒的滯空時間，空中的我失去了重力，沒有了聲音，一片祥和得我以為我是自由的，但電話從家裡打了過來，說他不知去向。

他的房間留在原地，從收音機到夏用草蓆，沒有帶走一件東西。我至今全部忘記家人怎樣了、家怎樣了，只記得我回到家時，像是有人把窗全打開，非常的涼快。

再見到他，是在一棟帶有宗教和收容功能的建築物旁空地，空地上的人孤魂野鬼般，有的發呆，有的在笑，有的向樹說話，我在人群中看見了他，他站在那等的是我，樣子，卻是一無所有。

誰可以告訴我，他是什麼人，他是惡人，是生我的人，也是老了盲了失去了的家人。

回到他的住所，飯菜都在桌上等著，我先把蘿蔔湯微波，白飯再蒸一下，滷肉開小火，碗筷放至他的手中，告訴他這是碗筷，即使我從來不知道自己幹嘛說這是碗筷。

我們在電磁、水氣和火光之中，聽廣播開票，待食物回溫。這時我看見了，我看見他在家裡煮東西的畫面，那是切菜剁肉削水果、滾油沸水大小鍋的事，他是怎麼做到的，沒有人看到，而今天的碗裡也有那些、焦掉的蔥般的黑色小型生物，一點一點，那是他的盲點，我閉上眼睛，一口一口吃進肚子裡。

「好吃嗎？」

「好吃。」

「好吃再多吃。」

傍晚吃完飯，他走回房裡，為我開了燈。

坐回床上聽收音機的他，向我更新近期具有代表性的夢。夢的內容，是一天他午睡時走出了肉體，一路走上天花板站在那裡看自己，我沒問他，所以夢中的他看得見嗎，夢中的自己，看起來怎麼樣。之後他說出了夢中的日期，是幾年後的幾月幾日星期幾，他告訴我，他會死在那天。

他問人生是什麼，我沒有答案。

閉上眼睛前，他又問桌上那本家樂福的型錄在特價什麼東西，家樂福，我尷尬地打開來一頁一頁讀，讀啊讀的，恍恍惚惚的我，回到了我們很久以前的家，找他的冰箱有什麼，找他的櫃子有什麼，找他的點心盒有什麼，找到了什麼便讀什麼，貢丸八十九、方塊酥七十九、竹葉青一百二十九……他像是睡著，或許聽得到或許聽不到，收音機同時越來越快，越來越吵，三百一十七萬票、四百二十三萬票、五百六十七萬票……他像是說夢話，說了一句話。

我抵達廣場時，是漫天的紙花，鼓敲得響，電子螢幕閃閃發光，我一面走，一面喝便宜的酒，他說的話是個什麼意思，什麼叫作三個故事裡面有一個是他，他想告訴我，有什麼事實我看不到，我沒告訴他，我不知道該怎麼思考，我看到了，但我不知道。

我有時以為人生是一個巨大的幻覺，而我在那幻覺之中清醒或者昏迷，這樣而已。

時近午夜，我被人流沖進分隔島，坐在椰子樹下，我打了電話給他，告訴他，我代他投下的一票，好像是史上最高票，他說他知道，他問我是不是在哭，我說沒有，今天好長，他沒聽到，再問了一次，我說沒啦，剛剛被椰子打到，他說哪有可能，哪裡有椰子。

「爸，你又看不到。」

——原載二〇二一年十二月十七日《自由時報》副刊

本文獲第十七屆林榮三文學獎散文獎佳作

顏一立，一九八五年生，彰化裔台北人，國中畢業。陸軍特戰指揮部傘兵退伍，淺草くるま屋人力車伕退役，現為平面設計工作者。作品曾獲金蝶獎、林榮三文學獎。

食客——田威寧

雖然生性內向且不擅人際往來，很幸運地是我竟從小就不缺好朋友，只是嚴格來說朋友並不算多，尤其近來實行斷捨離，生活簡單到可一言以蔽之，朋友圈簡直是迷你眾。繁弦急管中，每天累到倒頭就睡的我根本沒有機會想起許多人，要不是那天被朋友帶去吃自助餐，我也許不會突然想起小乖。只是，和小乖分別三十年了，我也三十年沒有吃過自助餐了，我非常訝異怎麼一想起她眼淚就掉了——原來她是我的「好朋友」嗎？原來我會「想念」她嗎？

在我小學時，父親常忘記回家，我和姊姊是在看到餐桌上的兩百元時，才知道父親回過家了。當年我常幻想：要是能每天在自助餐裡吃免費的飯菜，就不用擔心挨餓了。再也想不到這願望居然有成真的一天。

剛升國一沒多久，父親開的房屋仲介公司遭員工捲款潛逃，我和姊姊隨著只剩八百元的父親在清晨倉促離家，在寒風中到處躲地下錢莊的人。那個冬天是我遇過最冷冽的冬天。我們躲在花蓮縣吉安鄉卜蜂冷凍食品廠的貨櫃屋裡，每天從冷凍櫃搬出雞腿，再將雞腿浸在橘色大塑膠箱裡解凍、分裝。在工人生活中日子也就一天天地過去了。父親撥打生命線求助，讓我以最隱密的方式插班進了吉安國中，沒想到一和故舊聯繫，就被裝了監聽器的地下錢莊發現蹤跡。輾轉來到台北，藏身在木柵巷子裡一夜五百元暗藏春色的旅社裡，每夜都得躲警察臨檢。身無分文的父親聯絡上年輕時的友人，他將我們介紹給在木柵巷子裡開自助餐的朋友，說明我們的處境，我記得將近一百八十公分濃眉大眼的小平頭老闆與將近一百七十公分同樣濃眉大眼的短髮老闆娘立即表示：「我們這裡什麼都沒有，就只有飯菜多，不嫌棄的話，每天來這裡吃飯！」

隔天起，父親早上八點多就把我們帶過去了。

老闆在客運公司擔任維修技師，平時鮮少在店裡。外場有一位歐巴桑負責夾菜，老闆娘在尾端負責添飯和算錢，內場有位專門炒菜的廚房阿姨。我和姊姊幫忙理菜、洗菜、剝菜、削皮、切菜、端菜、清桌面和倒垃圾。我後來固定做著洗米和煮飯的工作，每次一掀開和手臂一樣寬的鍋蓋，撲鼻的白米香總帶來滿足感與安全感。午餐時間大約十點五十就會有人上門，晚餐時間也是四點半就會出現客人，休息時間五個人面對面地坐在用餐區，每人眼前一塊木砧板或白色塑膠瀝水籃，剝著豌豆莢、用小刀撕去花椰菜梗的硬皮再切成小朵狀、刨胡蘿蔔絲……我們聊著哪位客人愛吃哪道菜、食量大小，或是聊一些台視午間劇場、中視花系列的劇情，有時也聊近來聳動的社會新聞，老闆娘常講她熱情參與的慈濟功德會……用餐尖峰時期我在結帳處邊聽台視《天天開心》主持人的笑料邊添飯，隨時注意用餐區與裝湯區的桌面是否需要整理，也會主動補充湯桶旁鐵盒內的尼龍繩與塑膠袋……打烊時用白身紅縫邊的抹布把桌子擦乾淨，把一張張紅色塑膠椅倒著平放在桌面上，掃地拖地……一天很快就過去了。沒書讀但有事做，每天在柴米油鹽醬醋茶與客人、街坊鄰居、國光藝校的學生的招呼中過著簡簡單單的日子，有時都忘了國一的我應該在學校而不該在自助餐。

老闆夫婦有三個孩子，與我和姊姊的年齡相仿，大女兒和姊姊同齡，小女兒則跟我同齡，只不過，她就讀的是普通小學的啟智班，當年的她是六年級，有時半天就放學了。那女孩叫小乖。小乖遺傳了父親的長腿與立體的五官，加上母親的白皮膚與紅唇皓齒，配上及耳的濃密微鬈的黑髮，除了因腦部開過刀而斜視，其實小乖美得像是雜誌上的模特兒。我已經算是高的，但小乖比我還高半個頭，且她抽高得太快，褲子沒多久就不合身，她的褲子幾乎都在腳踝上面就沒了。在自助餐當食客的那段日子，小乖是我最好的朋友，因為她是我唯一的朋友，反之亦然。

沒多久，和姊姊同齡的大女兒帶我們去她家玩，家裡和店裡一樣完全沒有裝潢，舉目所見之處都是功能性的家具，櫃子是深褐色五斗櫃，桌子是木製貼皮摺疊桌，椅子是最笨重的深色有靠背的木椅，床是廉價的學生租屋處會有的彈簧床配上桃紅色大花厚被褥，到處都有堆放的箱子，令人很難走直線。大姊姊就讀私立家商，耳下三公分的髮未染未燙，戴著黑色粗框眼鏡，帶我們去是為了和我們分享她喜歡的卡帶，她把床頭的錄音機拿來，按開卡匣，放方季惟的〈悔〉和王傑的〈一場遊戲一場夢〉。之前其實我們也有那些卡帶——那年頭，誰不聽王傑呢？只不過在逃亡時聽到同樣的歌，真有恍若隔世之感。小乖是不聽那些流行歌的，她不懂那些歌詞裡複雜的人生，她的世界沒有那些苦痛與矛盾。但看著大姊的房間熱鬧，小乖也會過來，跟我們擠在一張床上。雖然感受得到彼此的體溫與鼻息，但我很早就知道我們幾乎沒有共同的話題，也聊不太起來，但當我試著把自己想成更小一點的孩子，我發現自己就比較能理解小乖的喜怒哀樂了。

小乖要的，不過是有人在她旁邊。有人陪著，她很容易開心，她做不來微笑，只會哈哈哈地仰頭大笑，隨便說個笑話給她聽，明知她不一定聽得懂，她卻還是抱著肚子說好痛。不過，她有時也會突然生氣，生氣時會用力跺腳，我不理她，她就會大聲尖叫。她興奮起來會手舞足蹈，有時會不自覺地拍我的手臂，有幾次拍到我的手臂瘀青，還有幾次作勢要咬我。小乖可以自己走路上學，放學時因為父母都在工作，哥哥姊姊也還在上學，所以她都自己走到自助餐。她放學的第一件事就是找我玩，我們常在巷口踢球，總是穿著學校體育服的她永遠接不到我踢過去的球。我們常比賽跑步，腿比我長的她總是衝得比我快，且跑過約定的終點線時永遠忘記可以停下來了。尖峰時段我需要幫忙時，她就坐在用餐區仰著頭看電視，隨著電視內容或大笑或罵兩句髒話。第一次聽到她罵髒話時，我詫異到說不出話來，後來我才明白那是因為她並不知道那些詞彙的意義。小乖會自己刷牙洗臉、上廁所、洗頭洗澡、買東西，也會基本的數字計算。她寫字很慢，但一筆一畫寫得端端正正。她唯一安靜的時刻，大概也就是和我頭靠著頭一起聽歌的時刻了。

那段日子我完全不必擔心挨餓，但非常饞，當小乖從結帳處的三格式零錢盒內偷偷拿出十元，到巷口的雜貨店買一條當時廣告打得很凶的蓋奇巧克力和我分著吃時，大概是我最罪惡也最興奮的時刻了。小乖每次都是咧著嘴，露出一口白牙，瞇著眼看我吃。小乖把她有的都主動跟我分享，我看她的書，玩她的玩具，用她的文具；而我能給她的，不過就是我根本用不完的時間。雖然情感不能量化，但即使是當年的我心裡也非常清楚：我們之間的友誼並不對等。我無論什麼時候找她，她即使已經在打瞌睡，都會立刻睜大眼睛，一邊哈哈大笑一邊跟我衝到外面踢球或在用餐區玩她一定輸的撲克牌。無論我說要去哪裡，要做什麼，她都是咧著嘴說「好！」而我發現自己在長時間跟她單獨相處後，會感到異樣疲累，有時甚至會不耐煩——雖然我始終壓抑著自己的情緒，從未口出惡言，但若她需要上整天學時，我會大大地鬆一口氣。

小乖真的是我的朋友嗎？已步入中年的我發現我竟然無法給出一個直截的答案。

在人生最寒冷的冬天來臨時，是小乖一家無條件地給了我們溫飽，而小乖則給了我此生獨一無二的友誼——長大後的我再不可能遇到把跟我在一起玩當作全宇宙最重要、最神聖的事情的朋友了——那樣純然而毫無一絲雜質的友誼對我是有著無可比擬的重量的。三十年的時光就這樣悄然無息地過去了，而當小乖再次出現在我的腦海時，我的耳邊立刻響起此生再也沒遇過的無所顧忌的哈哈大笑聲，和此生聽過最宏亮的、中氣十足的、從未遲疑的「好！」小乖真的是我的朋友嗎？我還是不能給出一個明確的定義，我只知道，跟她在一起時，有一股極為純粹的說不清的什麼，讓三十年後的我一想起心裡就漲得滿滿的。我只知道，小乖的笑容，是我此生見過最美的。

——原載二〇二一年一月七日《聯合報》副刊

田威寧，政大中文所碩士，碩士論文為《臺灣「張愛玲現象」中文化場域的互動》。自碩三始，除了二〇一三至一四年在上海感受一輪愛玲姊的春夏秋冬之外，一直任教於北一女中國文科，以愛玲傳教士的身分長年在各班舉行佈道大會，夢想是「凡入北一女者，必聞愛玲教」。要在退休前進入二百五十個班級，傳愛玲教給一萬個北一女學生。

喜歡費德勒和達洋貓，喜歡喝茶。曾獲台北文學獎、台灣文學獎、教育部文藝創作獎、林語堂文學獎等。二〇一四年出版散文集《寧視》。

我很醜，可是我很溫柔——宇文正

小學時，一群同學玩鬧，班長跑過來抓她，說：「我要把你抓回去當押寨夫人！」很奇怪，在那個年紀，小女孩會把這話當真，心底萌生模糊的愛慕，「世上可能只有我記得這個小事吧！」

我的朋友阿環，告訴我她從小長長的暗戀史。她一直愛戀很會念書，呆呆笨笨，不會講好聽話的那種男人。當我說要採訪她，要她為自己選一首人生的主題曲時，她回答我：「我很醜，可是我很溫柔。」

我感到尷尬，我和阿環是國中同學，高中聯考前我們一起念書，中午幾乎都在她家吃飯。她一直是略胖的身材，但很可愛，記憶裡大概沒有跟她處不來的人。「只是微胖，哪有醜？」她說：「沒關係的，我覺得不重要，如果我覺得重要，可能很早就努力想要改變自己的外貌了。」

我沒想到我們的話題是從外貌開始的。

「我記得很多年前就說過羨慕你，好多人追。那時你跟我說，這樣也沒有比較好！」

我差點噎到，「我真的這樣講？太壞了……」

「不會，我一點都不會覺得你壞，我知道你有你體會到的東西，你只是自然而然跟我分享你的感覺。那時候你在時報，對於辜負與被辜負，感到混亂痛苦。我從小就羨慕你，即使痛苦也是屬於你的感受，雖然我無法理解，因為從來就不是被大家注目的焦點。那些追你的男生有的我也看過，有一幕，我印象很深……」

阿環描繪了一個場景，我搖頭：「我不記得這個事……」

「忘了好！那時候你很不快樂。」

多年後，我才明白少女時的自己多麼自我，總是阿環陪伴我，看著我的煩憂。大學畢業後，我在各形各色的媒體之間流浪，前途茫茫，也在失心瘋般的愛與不愛間徘徊。這世界只剩下我自己，我不知道我的同學們都在做什麼，是否也有錐心的苦惱。

阿環說，大四那年，大家都在考研究所，她也準備了一陣子，某日，被雷打到一般地，忽而問自己：奇怪，我到底幹嘛要繼續念書？我並不很想念書了啊！阿環是C大中文系，「我一直念得不錯，其實只是分數不錯，表現從來不突出，小說散文詩都寫得不怎麼樣。我是普普通通的人，只是比較會考試而已。再繼續考試、念研究所，不是我想要的。」於是她把研究所的資料全部送給同學，「我就回台北了，而且沒有參加畢業典禮，因為我很怕離別這件事。」

阿環去找工作，在羅斯福路一家小出版社潤飾日文翻譯書，「我大學有修日文，懂一點，但內心裡想要教書。只是沒有教育學分，公立學校不能去，就去私立學校試教，也沒錄取。我想著，中文系老教授總跟我們說：你們念中文系的，將來反攻大陸，每個人至少當個縣長沒問題！」

「蛤？你們老師這樣講？」我爆笑出來。「真的，以前教授常常這麼說，怎麼現實上找工作這麼不順利？」我們東海中文沒有老師這麼說過，倒是我大一進哲學系時，有同學問學長哲學系出來可以做什麼？學長說：「賣綠豆湯啊。」

找工作不順利，阿環決定到日本看看。阿環父親二戰時去日本做過「台灣少年工」，舅舅也是留日的，她從小就接觸日本文化。

第一年在日語學校，阿環日文底子好，下半學期就有日語老師幫忙介紹教授。那時東京教育大學已經搬去筑波，她得到筑波大學旁聽，跟著一個教授做實驗，加入他們研究自閉症小孩的team。那時在日本，考研究所之前要先當旁聽生，他們叫研究生。

阿環第二年搬到筑波去，「第一天去就碰到一個台灣男生K，他是由保證人帶去的，第一眼看到K的感覺：這人怎麼還要人家帶，好遜啊。」

K去念醫學工程，宿舍在阿環隔壁棟，她說：「他是一個很特別的人。」

我問：「怎樣特別？」

「有點讓人討厭的那種人。」

我哈哈大笑，阿環解釋：「主要是他不太跟人來往。當時台灣留學生大約十個，除夕夜足夠湊一桌年夜飯的，但是他跟台灣人格格不入，他比較徹底融入日本人的生活圈。」

我說：「這種人才是真正要念書的。」

「是啊，但是大家很討厭他。台灣人習慣聚在一起，他們經常跑到我房間來聊天。我們一人一個房間，共用一個廚房，有時候大家會在廚房煮一點小東西，吃吃喝喝。K從不跟大家混在一起。但是可能我是他來到筑波第一個認識的朋友，他會帶我去他們醫學院醫生的浴室洗澡。」

「洗澡？」我大叫。

阿環白我一眼：「我們去洗澡是要花錢，要投幣的。醫學所的醫生都有淋浴間，我們一般留學生不能去，他會偷偷帶我去，使用那邊的設施，有點小冒險。對我這種模範生來說，已經非常刺激了。他也會找我聊天，慢慢就覺得這人也滿好玩的。」

「所以台灣留學生對他評價不是很好，只有你跟他處得好？」

阿環說：「基本上我跟每個人都相處得很好。K在東京有熟人，有時他去東京，會帶一些小禮物給我。」

「有牽過手嗎？」

「沒有。」

我還要問下去嗎？阿環大概是這世上我認識的人裡最純情的了。

「你喜歡他嗎？」

阿環搖搖頭：「不曉得。我好像都被人當妹妹，不管在哪一個階段，始終是讓人安心的妹妹。」

我心想妹妹個頭！哪個男生真那麼想要妹妹！

一年過去，阿環考研究所，沒有敗在日文，卻敗在英文上頭，「我就是英文不好才來日本啊。」有同學跟她一樣沒考過，留下來準備再考一年，阿環思考許久，決定鼓起勇氣回台灣吧，沒念到書就算了，她想清楚了，終究要面對現實的，來日本一遭，並不是真有再念書的渴望，只是因為找工作的挫折，延緩了自己的抉擇。

放榜後台灣同學們結伴去爬筑波山，阿環腦子想著自己要回台灣、不再逃避的決心，不知不覺步伐越走越快。那天K反常的也參加了，看她走得飛快，喘吁吁地追上來：「我以為你要去自殺咧！」怎麼可能啊，她並沒有那麼傷心。

回台前，恰好裕仁天皇過世，機場封鎖，除了搭機者，閒雜人等不能進出。阿環獨自搭車去羽田，冷冷清清的機場，令她整個心也淒涼起來。過客一場，回頭看看這個待了一年多的地方，啊，居然看到K朝她走來……

「好驚訝！怎麼會！整個機場門禁森嚴，不知道他用什麼方法進來的，那一刻我真的感動了。」

職涯上的挫折，必須從工作中找回自信。阿環一回到台灣就到一家知名的上市公司上班，擔任董事長的日文祕書。「辦公室有地毯，有冷氣，但是是一個非常傳統、保守的家族企業。董事長要叫人的時候，就搖鈴鐺。搖一聲，是叫行政祕書，搖兩聲，是叫英文祕書，搖三聲就是叫我。」我噗哧一聲笑出來，你們是貓嗎？「他不滿意的時候會把公文揉了丟地上，行政祕書得去撿。他一來我們就如臨大敵。」阿環後來才聽說，她能進去，是因為原來的老日文祕書快要勞退了，老闆不想給她勞退金，索性把她給辭了。

「好爛喔！」

「還有呢，」阿環說：「那公司連薪水都不平等，國立大學、私立大學價碼不同，男生、女生起薪也不一樣。有時候，我還會被老闆叫去他們家，幫他看日本電器的使用說明書。」

而更重要的，阿環最想做的還是教書。公司大樓對面是敦化國中，「每次中午吃飯休息時，女生們有的結伴去逛街，我是跑到屋頂上，看著對面的國中校園，想著有一天，一定要在可以頂天立地的地方工作，不要關在玻璃帷幕裡面。」

喜歡唱歌的阿環，有時獨自在大樓屋頂上唱起歌來。那時，正流行趙傳的〈我很醜，可是我很溫柔〉（李格弟作詞、黃韻玲作曲），歌詞深深的打動她。「我想著，為什麼自己到現在還孤孤單單一個人？就是因為我不漂亮啊！人家都喜歡漂亮的女生。可是我知道我不壞啊，也知道我滿有勇氣，我也算是一個不錯的人，我知道我以後一定是個賢妻良母……」阿環喃喃說著，她很早就有乾眼症，我分不清她的淚眼是不是哭了？

「我阿嬤說，你趕快找個人嫁了吧，只要是會寫字的就可以了。我怎麼連個會寫字的人都找不到呢？在那大樓屋頂上，自己唱起歌，覺得這首歌正是我心情的寫照，『在一望無際的舞台上，在不被瞭解的另一面，發射出生活和自我的尊嚴。我很醜可是我很溫柔……有時激昂，有時低首，非常善於等候……』它可以給我勇氣，相信自己也許醜，但是溫柔而堅定。」

那家族企業雖然保守，倒是辦了個帶員工去日本旅遊兼交流的行程，阿環雖是新人也跟去了，因為他們需要日文翻譯。那年代沒有網路、手機，意外重回日本，阿環趁機打電話給K。K又驚又喜，知道她在日本，每晚撥電話給她聊到深夜。

「是的，我們真的談得來。」分開一段時間，阿環更確定這件事了。然而旅行太短暫，回到台灣，「一時卻變得不太習慣，覺得和他之間，好像是有機會的？我衝動打國際電話給他，打了一兩次，他就跟我說：你要實際一點，看清楚，你覺得這樣遠距離有可能嗎？他說，你應該去做一點有用的事，比方你可以去考駕照啊。」

「然後呢？」

「然後？我真的去學開車考駕照。」

我一頭霧水，這是什麼邏輯啊？

「聽他一說，我想，是啊，我為什麼變得那麼柔弱？我怎麼可以為情所困？回台灣一段日子了，人生好像什麼進展都沒有！」

青春，不就是用來為情所困的嗎？

阿環說，「他覺得我不切實際，我也覺得他說的沒錯。剛好公司突然要派我去工廠駐廠，那邊需要日文人才，可以又當翻譯，又當工作幹部。我去觀音工業區住了幾天，過著廠區生活。前面是辦公室，後面是宿舍，中間是餐廳，一天二十四小時全部在那塊地方。我不要！這不是我要的人生！於是我就辭職了，賠錢離開，賠那趟日本旅行的機票錢。」

後來阿環去一家童書出版社工作，向理想靠近了一點點，稍微開心了一點點。那年夏天，K回台灣過暑假。他們在兄弟飯店飲茶，照樣愉快的談天，飯後，K送她去搭公車，他們走得很慢，每一步都像在測量，測量彼此的未來。來到站牌，K打破了沉默，看著她說：「不會把握你的人，很笨，對不對？」每個字，阿環都聽進去了，只回答他一個字：「對！」公車來了，她立刻上車走了，沒有掉一滴淚。這是他們最後一次見面。

我感到哀傷，也覺得K的內心，其實是有掙扎的，「上車後你有回頭看他嗎？」

「沒有，他話都講這麼清楚了。我不回頭看，是自尊，也是自信，我覺得至少我知道我是什麼樣的人，人最悲哀的是看不清楚自己。從小學、國中，被問你的志願是什麼？我除了想當老師以外，就想要當一個賢妻良母，連剪貼簿都貼滿報紙上的食譜。」

阿環善於照顧人，天生喜歡照顧人的工作，老師和母親，這兩個願望她都做到了。

她一邊在出版社工作，一邊準備中小學教師資格考試，其實工作忙到根本無暇念書，善於考試的阿環還是順利考過了教師甄試。峰迴路轉，回到教書這條路上。「教書以後我很快樂，到現在還是很快樂。現在教一年級，我一直喜歡教低年級的小朋友，即使現在常被說像是阿嬤帶孫子了，我還是好喜歡，也一直被家長信任。」

這是阿環一開始就該走的路，卻繞了遠遠的路，從東北亞繞回台北，也許只為了命運裡那段混沌曖昧未成形的愛情，似乎沒有開始便已結束，卻比她之前對我說過的每一樁暗戀都進了一步，更看清自己一步。

阿環開始教書不久，便有熱心的老師幫她介紹男友。那位老師有一本手帳，記載著他認識的所有單身老師的各種資料，他專門幫「老師配老師」。

「你們算是一見鍾情嗎？」

「算吧，而且我阿嬤很喜歡他。」

「因為他會寫字嗎？」

「對，因為他會寫字，今年我們家春聯就是他寫的，他真的會寫字！」阿環笑了，眼淚滾下來，我始終弄不清楚她什麼時候眼睛不舒服，什麼時候哭了。

——原載二〇二一年五月二十日《中國時報》人間副刊

收錄於《我們的歌：五年級點唱機》（有鹿文化公司，二〇二一年十二月）

小路攝影

宇文正，本名鄭瑜雯，福建林森人，美國南加大東亞語言與文化研究所碩士，現任《聯合報》副刊組主任。著有詩集《我是最纖巧的容器承載今天的雲》；小說集《台北卡農》、《微鹽年代．微糖年代》；散文集《那些人住在我心中》、《庖廚食光》、《文字手藝人：一位副刊主編的知見苦樂》及傳記、童書等二十餘種。作品入選《台灣文學30年菁英選：散文30家》，《庖廚食光》獲選「二〇一四年開卷美好生活書」、講義雜誌二〇一五年度最佳美食作家。二〇二一年出版散文集《我們的歌：五年級點唱機》。

美人——袁瓊瓊

母親把我抱起來，說：「你看看人家小夏。」

我個子沒有竹籬笆高，母親得把我舉起來，讓我能越過竹籬笆看到隔壁院子裡。我就只略瞄了一眼，母親就把我放下了。實話說，我其實沒概念究竟看到了什麼。不過不打緊，母親會告訴我。

我娘只要覺得我不乖或不懂事，就會來這招，要我看看隔壁家小夏。

母親把我放下來了，不過我聽得到小夏軟軟的聲音在喊：「袁媽媽早。」我母親回：噯，小夏乖。

我貼著竹籬笆的隙縫看。小夏在隙縫間若隱若現。她蹲著，面前是煤球爐子。我媽問：「煤球紅了吧？」小夏說：「紅了。」仍是那種慢條斯理，軟軟的聲音：「謝謝袁媽媽。」

我媽拉我回屋子去，一邊抑低了聲量說：「人家小夏都會生爐子煮飯了，你會什麼！」小夏跟我一樣大，都才六歲，剛上小學一年級。相比小夏的能幹，我連衣服鞋子都穿不好。我娘不是那種潑辣婆娘，不打孩子。小孩要犯了事，留著等我爸下班回來打。她就只帶我去看小夏。我有時覺得她可能是小夏的媽媽，不是我的。

小夏媽媽是個瘦長條女人，非常瘦，近乎前胸貼後背。連我這個六歲小孩，都有種她跟其他的媽媽不一樣的意識。她總是在家睡覺。什麼事也不做，大概只做一件事，就是打小夏。她打孩子不在屋裡打，拖出來在院子裡進行。只聽得啪啪啪雞毛撢子抽皮肉的聲音，邊罵。小夏總是雙手抱頭，臉埋著，整個人蜷著蹲在地上，也不哭，一動不動，像睡著了。最初小夏挨打鄰舍們都來勸，來拉。後來發現這會讓小夏媽媽打得更來勁，後來就沒人管了。而小夏從來也不哭也不喊，神遊物外，像那身子不是她自己的。等她娘打完了，回屋裡去。小夏才慢慢站起來，繼續做先前正做的事，洗衣服，或是生爐子燒飯。

我從來沒看她哭過。

這樣的小夏，卻是村子里的美女。綽號白雪公主。她跟我同校同班。坐教室裡一進門第一個位子。就像天生就該坐那個位子。任何人進教室都先看到她。兩根麻花辮垂在肩上（她自己紮的），白白的臉，烏亮烏亮大眼睛，緊抿著的鮮潤的小嘴。身上制服潔白筆挺（她自己洗燙的），腳上的黑皮鞋油光賊亮（她自己打點），像個好人家的孩子，屋子里有傭人，出了門有司機那種。只有我知道她過的是什麼日子。

小男生們都喜歡她。追在她後頭喊：「白雪公主！白雪公主！」小夏並不回應，半垂著眼，挺直腰桿走路。比任何小孩或大人都更像個真正的公主。

小夏媽媽在家裡踩縫紉機，咔躂咔躂響。她會做洋裁。村裡頭媽媽們只要聽見縫紉機聲音，就會拿了布到她家找她做衣服。要屋裡沒聲音，那多半是她還沒起床。她做衣服有時候做到深夜。隔著牆，半夜裡那聲音沉悶而混濁，帶著節奏，欲進不進。很像遙遠的怪獸用粗拙的喉嚨呼吸。並不影饗睡眠，我們還是聽著聽著就睡去了。

後來小夏的媽媽就出事了。他家屋子裡傳來尖聲哭泣，夾著咒罵。大門關著，可是門外頭還是圍了一堆人，豎著耳朵聽屋裡的慘叫。眷村裡從來都把聽壁角當成福利，非常有默契的屏著氣，耳朵貼在門板上，聽清楚了一言半字，就盡責的悄聲轉述給其他人聽。

屋子裡小夏媽媽扯直嗓門凶喊：殺人了！殺人了！這時才有人開始擂門，喊小夏爸爸的名字：開門啦！開門啦！別鬧出人命了！

半天，門開了。小夏開的。她像電影院收票員一樣，冰冷的站在門口，面無表情。門外看熱鬧的則一股腦擠進門去，拉的拉，勸的勸。我塞在牆角，從大人們身子隙縫間看過去，小夏媽媽滿頭血。衣服也扯爛了。有鄰居媽媽拉了被單替她擋胸口。小夏的爸爸垂頭站著，忽然很寧靜。除了肩頭時不時一顫，看不出動作。後來有人遞毛巾過去，小夏爸爸把毛巾摀在臉上，仍舊維持著肩頭時不時的顫動。有人義憤填膺：「女人不守婦道，放在過去，那是要騎木驢的！」小夏爸爸沒回話，專心的肩膀一震一震。看不下去的人伸手去壓他的肩膀。沒什麼用，被壓住的肩顫動得更厲害了。

小夏爸爸駐在外島，很少回來。不過這之後，他就申請退役，開始待在家中。而同時，小夏媽媽失去蹤影，再也見不著了。小夏接管了從洗衣到燒飯的全部責任。小夏爸爸時常喝酒，喝醉了就趴在桌上，肩膀一顫一顫，大聲哭泣。小夏就這樣，國小畢業上中學，又上高中。人越來越美。小同伴們不再喊她白雪公主。男孩們假裝無意，守在她上下學必經的路上。女孩們不喜歡跟小夏結伴同行，她太漂亮，把所有人都比下去。小夏也不介意，脾氣非常好，總是默默離開大伙兩三步遠，像是跟我們在一起，又像是全無關係。我們談話哄笑時，她也笑。露出漂亮的小酒窩，和一口玉一般的牙齒。

高三畢業後，小夏家要搬到高雄去。花了好幾天在家打包整理。我去看她，小夏忙得一臉紅通通的，眼睛清亮。美人就是一身灰塵髮絲撩亂也還是美人。地上堆著準備扔的垃圾，裡頭有張男女合照。約是攤開的書本大小。我撿起來，是小夏的爸爸媽媽。照片有點髒，長年掛在牆上，給陽光曬得焦黃。照片裡小夏的爸爸媽媽，頭並頭微笑著。小夏媽媽比我記得的模樣要胖一些。臉孔圓潤，笑出酒窩來。原來小夏的美貌是繼承母親的。

熟識這樣久，我從未問過小夏對母親的看法。也不用問了。小夏從我手上抽走照片，折考試卷似的，對折，再對折，再對折，照片給曬脆了，有微黃碎片屑掉下來。小夏折到再沒法折的地步，輕巧的，又扔回垃圾堆裡。

小夏不交男朋友，雖然那麼多人追她。我不知道小夏為什麼要告訴我。她不說沒人會知道。她說，輕輕軟軟的：「我男朋友住在美國。」小夏上高一時，跟那個人開始通信。當年流行交筆友。小夏說：「聖誕節他要來台灣，看我。」美國，男朋友，聖誕節，在當年都是異常富刺激性的字眼。我問：你不考大學嗎？小夏說：我去美國念大學。我一瞬間頭昏，覺得這位童年好友跟我相距了不知多少光年的距離。同樣是十七歲。我還在為聯考焦頭爛額。小夏已經為自己安排了成年的路。

美國男友比小夏大二十歲，很有錢。小夏的美國大學是他安排的。小夏去了美國，會跟他住一起。我問：你們會結婚嗎？小夏說：「為什麼要結婚？」她詫異的看我，眉頭微微蹙起：「我的天！他是老頭子噯！」

我忽然明白了，小夏雖然從來不炫耀她的美貌，其實是知道其威力的。她會用這個當武器，當敲門磚，當名片，叩開世界的大門。同樣生長於小小的閉鎖的眷村，她的世界比之我要開闊和更龐大。

她說：「我才不結婚。」她說：「我才不會像我媽那樣。」

——原載二〇二一年八月《文訊》第四三〇期

袁瓊瓊，祖籍四川眉山，一九五〇年出生於台灣新竹，專業作家及電視電影舞台劇編劇。一九八二年赴美參加愛荷華國際寫作班。最初以筆名「朱陵」寫現代詩，繼以散文和小說知名。曾獲中外文學散文獎、聯合報小說獎、聯合報徵文散文首獎、時報文學獎首獎、九歌「年度散文獎」。已出版著作涵蓋小說、散文、隨筆及採訪等共計二十八種。《自己的天空》入選「百年千書」。有三十年以上編劇經驗，戲劇作品散見台灣與中國大陸。曾入圍金馬獎最佳編劇提名。

三月一日——江鵝

三月一日是美咪滿七，記這天不為習俗儀式，只是一度對這個日期感到緊張。

她的離開不是驚嚇，我有心理預備。預備隨時要向兩隻老貓道別的心情已經許多年，但是事情真的發生的時候才知道人能預備的是理智，而且最後關鍵的一個月，還是美咪逐步帶著我備齊了所有未曾預見的理解。人的理解到位之後，貓安靜清潔地走了，滑順得像把最後一塊拼圖按進空缺。

屋裡人貓安安靜靜，公車陸續駛過，社區裡的外來種八哥從來沒停過聚眾喧嘩。我開著電腦但做不了事，一看到臉書上的水晶賣家貼出新礦，木木地邀回來，至今養成習慣，家裡多了不少美麗的石頭。手機陸續亮起通知，是幾個工作和社交邀約，我看著自己兩隻拇指以本能打出歡樂正向的語句一一答應。小有驚異，小有感慨，平時愛說萬有實無一有，竟在難得稍微靠近真如覺知的時刻，熱切攀附起種種幻有。跟緊日常情節，好像生命就能恆常。這種句子寫出來荒謬，執行起來卻感覺良好。

但畢竟是死亡。死亡帶來的最大禮物，是旁人的領悟。火化的隔天，起床後吸地，看見自己伸前伸後的手上有條白毛，是美咪的。台灣土貓的毛堅韌有彈性，鑽進織物纖維之間很難清除，最可恨是整條躲在胸罩棉墊裡，平時全無痕跡，見老闆見客戶的時候忽然冒出尖端戳在乳房皮膚上，其癢無比卻搔不得，只能內心怒喊美咪。我捏起白毛，想起幾次胸罩事件，再把貓毛插回袖子，沒丟到地上吸走。在身上找到美咪的毛以後不會是日常，生活裡少了一個與我長年重疊的生命，不會如常。

沒有特別對人提起她走了，因為不想回答我好不好。其實很平靜，工作吃睡都穩定，只是經過死亡的對比，特別意識到什麼是還沒死的，也會死的。天空下起試劑雨，綿綿霏霏，連日連夜，城與國與人與物浸退十數個色階，當中卻疏落散布著某些事某些人鮮豔奪目，像是不怕藥性。我運作如常，但用來辨識重要與不重要的眼睛再不同於往常。時間那麼少，力氣那麼小，不是不貪，是貪不了。

病貓離世，緊繃而疲勞的愛的意志終於得以解脫，卻怯於解脫，我擔心會不會有什麼漏了擔心。幾乎沒有，現在才知道牽掛的knowhow也是冥陽兩隔的事情。只剩一件，我還能擔心的只剩美咪這一程轉生的路能不能順利，這恰恰又是件越擔心越不該擔心的事。意念都是召喚，我放開她，她才好走開。

據說轉生前的中陰身最多維持七七四十九日，不信這套也沒別套更顯得可信，在三月一日過完以前，我必須盡可能的不去想她，讓這個世界最大程度地與她毫不相干。立下目標以後，才開始感到困難，幾乎像作戰防諜，我有意識地用各種喜歡的事情塞滿生活，忙碌有利於假裝世界裡再也沒有一隻花色像打翻奶茶叫聲像喊救火的小母貓。其實已經沒有，但我還需要假裝。

做的事情其實不離原本生活操作，只是更勤奮一點聽音樂、看劇、種花。

去年在竹子湖遇到一棵等身高的茶花，枝上滿開，地上一輪落花殘瓣，莫名感動。自小在有庭院的家裡長大，盆栽從來不是稀罕風景，但是很少有花，爸爸不樂意目睹花謝，與其讚嘆盛放之後感傷凋零，不如滿園常綠。十幾歲的時候聽他這麼說欽佩極了，少欲無患是人生智慧，但那天在陽明山的冷風裡撿起一朵正當飽滿的茶花，不覺得只是一朵花，那也是一個活著。知道它注定要死，已經開始在死，但那就是活著。托花在掌心，承著它的來，承著它的去，爸爸不樂意的，我卻嚮往，莫明感到應當嚮往。我立下志願成為一個種好茶花的人，一步一步，慢慢。

手上忙的如果是不必用腦的事情，就聽音樂，音樂能阻斷思考，但我對人聲失去耐性，多數歌詞都像沒話找話，古典音樂相對耐聽。最近重新喜歡起韋瓦第的《四季》，從前曾經非常厭煩，不少虛以委蛇的應酬發生在播放著《春》的商務現場，去年底看過《燃燒女子的畫像》之後，記憶從《夏》開始重灌了整個四季，畫面是片尾那少婦的兩眶眼淚和地動山搖。能夠風涼理解他人的地動山搖，是畢業了好幾所難讀的學校吧，我要是我女兒的話會好好讚讚我。

音樂畢竟是頻率，承載情感的頻率聽久了還是累，世間使人疲勞，累積到一定程度只能聽叩鐘偈。叩鐘偈是出家人的祈願，清晨眾人起床前，和晚上眾人入睡前，逐句誦偈，逐句叩鐘。暮鐘比晨鐘溫柔入世：

「干戈永息，甲馬休徵。陣敗傷亡，俱生淨土。」

「飛禽走獸，羅網不逢。浪子孤商，早還鄉井。」

文言字簡意廣，吟誦起信願來似乎更為純粹深宏，聽起來極為相應。究竟應在哪裡也說不上，一般佛門語言買我不動，只是覺得聲音裡有個什麼東西，能把四處垂散的不知又是什麼東西收攏回來，邊齊邊角對角，重心復歸。站得穩不穩，騙不了自己，生命中一切令我站穩雙腳開胸呼吸的，都值得讚嘆感激，其餘，靜默或唏噓。

以為用來成就美咪的計畫，結果成就了自己，為自己的話根本不好意思這麼盡情過活。如果一開始沒有那麼焦慮刻意以三月一日為題發系列廢文，可能自得其樂到連七七期滿都沒注意。自從她病，我體內生出一股意志，無論發生什麼，無論多麼恐懼迷惘孤單，都要守住她在衰退的過程裡保持最大的平安，此刻任務完結得不能更完結，我開始允許自己隨意念想，經過幾個七天的沉澱，死亡震盪起來的一切重新落定，理智在當時無力辨識的陌生心情，終於得以長養。我站在新填的地岸上，注視不斷遠去的她樣貌開始模糊，察覺到一種從沒有過的悲傷逐漸成織，相對於我更生後的強壯，非常纖巧透明，覆上我的皮膚，透出我原來的顏色。

我開始告別一隻貓，也告別一個我。

——原載二〇二一年三月五日作者Facebook

江鵝，一九七五年生於台南，輔仁大學德文系畢業。曾經是上班族，現在是自由寫作者及人類圖分析師，經營臉書粉絲頁「可對人言的二三事」與「Irene人類圖解讀」。著有《俗女日常》、《俗女養成記》、《高跟鞋與蘑菇頭》。

私語李維菁——張經宏

廿年後再見，聊起從前，許多事不是當年的那樣了。儘管我們都給出了同一個下午的若干輪廓。

有些恍惚的下午，來到容易恍惚的地方。先是在文學院轉角的電話亭裡，有個熟悉的背影，是麗莎。那個年代出門在外，對某人起心動念，非聽到這人的聲音，手裡得揣住一把硬幣，兩個人固著在線路的兩端，能說的真心與謊言，也就那樣了。偏偏是一座走過的人都看見，誰站在那亭子裡。

麗莎和我稍後在酒吧遇見。我們一同翻看琳恩的相簿，一本粗拍的婚紗。山林晨霧，蟬翼白紗，預計還要再拍一天。維菁也來了。建議與讚美簇擁琳恩：捧花少些，你本身的質就很足了。還有手勢。應該有更出來的飾物，杯子或書本。

「是在拍家具店的型錄吧。」麗莎說。

然後，有人插科打諢：「好想找人養啊。」悠長的一嘆惹得眾人發笑。

「這人說這話沒在羞恥。」維菁說：「公平嗎？」

散場大家都很開心。不過二十五、六的我們，不及現在的一半年歲，卻覺得自己好老。那時候，所有的果子還在樹上，走過的人習慣低頭，聽自己踩過落葉的腳步聲。沒有人有手機，彼此識得眼中的你，不是手指滑過的你。不需被認出或渴望被認出，各自安分。大家貼著無可名狀的時光，從黃昏坐到深夜，分一點夜色的恩寵。

琳恩是朋友之中最愛逛女書店的。她上過外文系老貴婦的法文，課後愛上前問東問西。老貴婦年輕時聽過西蒙波娃的演講，「搞什麼女性主義，」琳恩轉述：「找個實在的男人比較正確，一次解決兩個問題。」

幾年後，麗莎跟朋友南下，回飯店前來我家小坐，說起琳恩，完全斷了聯絡。隔年麗莎又來電，問我記不記得那司機？短髮眼鏡女孩。

開車的不是個眼鏡男？後座一盒螞蟻四溢的奶油酥餅，踏墊我清理了半天。

不不，麗莎說，還有一個女孩，酥餅是她送的。人家還記得你哪。

麗莎不和我來往，能想到的，就是這樣了。

「也不是生了什麼芥蒂，就是老了懶了。都抓來掌嘴。」維菁說，麗莎後來成了動保界的德雷莎修女。人一旦引貓狗為知己，再親的朋友總是有隔，除非對方也招來貓貓狗狗。

「這樣講，我有點懂了。」

一四年的秋天，我們一同回望廿年前。那時維菁開始寫作了？從來不談這個。只知道她在弄藝評，偶爾把採訪的備料跟朋友說，時間到了回去做功課。這是她的習慣，解散或要續攤由她，不會硬幺，相處起來頗舒暢。

我很後來才知道，這樣暖身的晃遊，對某些作者很是必須。目光流動或放空之後，這燈下寫作的夜，若正好在前往書未催成墨未濃的路上，可有好受的了。

有個藝術家早年被維菁刨根究柢地追訪過，私下怨惱：不就鋪陳些技法師承、畫廊學派的浮詞，也能弄出像樣的稿子。作者怎麼這般說一不二？

這，就不知是誰對誰的不敬了。維菁說過這類的事，氣到捶桌。「好帥喔，莫氣莫氣。」聽出是敷衍，她回敬兩個不上不下的白眼。

也許這性格耗了些元氣，日常的她犯起無邊無際的憊懶，誰都難救。幾回見她伸直胳臂，臉歪在桌上，喂，振作啊，貓出一隻手撥她，也不理。得要她自個兒正經，長出氣勢。這在她的寫作裡，發作過幾回。她有篇論村上春樹的雜文，千餘字吧，用了硬碰硬的姿態，從《聽風的歌》起頭，寫得很淡，卻很透，揣想了村上的高度，也仰攀而上來一同觀看。不是弄個情境來鋪墊村上。她把自己放上去了啊。非常用力、用功，沒在晃點。

聽我這樣說，「花了我好多時間啊，可是得到的迴響不多。」畢竟是開心，對於自己的在乎也不掩藏。

我那時的手機是諾基亞，「你看，」借了她的點了臉書，「我寫的就這幾個讚。」

真羨慕你，維菁說：「輕易就示弱。」

我本來就弱，「所以得找個真心的人。」

「講得像用上了求生的手段。」

「全憑一廂情願。」我說：「這檔事扯上境界，只會自苦。」

「這倒是。」

然後聊起了許涼涼、老派約會。當年許涼涼藝驚四座，「老派」那邊（彼「老派」非李氏「老派」）有些雜音：銳利有餘，敦厚不足。然向來講「敦厚」的，骨子裡多藏著「看，這才叫作敦厚」的氣味，企圖引他人就範。正格的敦厚哪裡是這樣。若恃「敦厚」為一種美學標的，何妨不相為謀。要說文章敦厚到見識了本人，才訝於相逢何必曾相識，也不是沒有。

「許涼涼好多的不正確啊。」

「那是自然。」維菁說。

也只淡淡一筆，無意攤開來細論。想想何必，還有更多的亂七八糟可說，無須於此爭長論短。隔年她出《生活是甜蜜》，我捎去一段朋友的讚詞，維菁沒說什麼，感覺她那頭遠遠地跑走了。她是這樣地在乎啊，自己的東西是好是壞，她比誰都清楚。也許後來較真了，知道更多的無可奈何，更不用端出來指指點點。

之後她敲我，就找齣日劇來聊。松田龍平不用很帥就能演得很帥，綾野剛蓋頭蓋臉，生怕被看出是個會演的，常盤貴子、竹內結子的門牙，使她們笑的眉目特別好看，典型的明眸皓齒。一個一個品頭論足，互通有無。

她有個弟弟住南屯，說好了來台中，帶她看看這邊的貴婦，和她們的男人。也看了我手機拍的一段搖晃的樹影。她看得專注，是風，樹葉搖動而看見了風。往高鐵站走去的路上，說起若廿年前要去夜唱也是可以，但這個年紀，都成了自己認可的清教徒，乖乖練起瑜伽、詠春拳，推推我的肩膀，記得運動啊。

聽姊姊的。

有一個瞬間，那個風特別柔軟，空氣嗅嗅就飄出一縷終夜神迷的，不知誕自何處的清香又來到身邊。

也許我們都以為，再一個二十年，還能同在一處瞎聊。沒有下次了。

告別式的前夜，幾個朋友前去上了香。入夜台中驟冷，快速路上的車子呼呼奔著，電台出來熟悉的歌聲，最末的幾句入了心，竟讓車子奔過了頭。這環中路是一個大圓，錯過了再繞一圈就是。記下的歌詞回頭一查，彭佳慧〈貴人〉。

唉那歌裡說的，只怕維菁看了啞然失笑。

這下好了。想和她說話，只能翻翻書，最好不要睡前。《豬小姐》有篇小品〈年歲以及一點點什麼關於它的〉：「今天要照昨天以及往常那樣，活一天。」怎麼讀都是前不見明日，後不見來人。時間在倒數，寫下的一字一句，誰能看見？看了又如何？這，是她的天問了。

這兩年聽聞有些讀者，把《老派約會》數篇一看再看。每讀一回便嘆：怎麼還有沒見過的句子。是全心接受之後而發的，紙頁上的每一行字，他們要化為己有，甘心為這些字句帶來的，只有自己的心領神會。浸潤，反覆。這些，若沒有早些年的游疑，沒有任性地大把浪擲而後自我淘洗的作廢時光，不會有老派約會，許涼涼。

在這個物質與意念過度繁衍，且逼驅著文明往堆積與崩毀相生相解的，不斷辯證頡頏的時代，這樣的興盛本身，何其可疑。而或許是一兩篇烙下於讀者深心處的，輕盈也可以巨大：一隻蝴蝶與一座高牆厚垣的城邦，團繞曲折的迷宮，孰輕孰重，孰短孰長？

於百花盛放自證自明的眾神國度裡，只要兩三篇，不用太多，從這個那個讀者的目光深處劃過，一直劃過，劃出了自己的軌道。漸漸地更多人抬頭：她在那兒。

對了維菁，有沒有人說你長得像菅野美穗？她老公是堺雅人。

——原載二〇二一年一月六日《聯合報》副刊

張經宏，台中人。台大中文所碩士。曾任中學教師，《中國時報》人間副刊「三少四壯」專欄寫作。曾獲教育部文藝創作獎、聯合文學小說新人獎、時報文學獎、倪匡科幻小說首獎等，並以《摩鐵路之城》獲九歌二百萬小說獎首獎。另著有散文集《雲想衣裳》、《晚自習》；少兒小說《從天而降的小屋》；小說《出不來的遊戲》、《好色男女》。若干小說、散文入選為大學、中學國文文選。

傷心流域：淡水河畔步行悼Y——凌性傑

喔，主啊，賜給我們每個人屬於他自己的死亡
死亡，引他離開人世
在其間，他有愛，意義，與絕望

——里爾克

二〇二一年五月十七日，雙北疫情進入三級警戒，宣布中小學即日起停課，改以線上課程取代。消息傳來的當下，Y在臉書上發了一則訊息，很簡短，很決絕：「停課了」。他憂心許久的事情終於成為現實，病毒的威脅直接干擾日常。此前一周，我們還在彼此互傳訊息，吆喝上健身房增肌減脂，好好鍛鍊增強抵抗力。然而，焦慮是有意義的，也像是一則提醒，提醒我們人身難得，活著就得面對操煩。

病與死的煩憂，從二〇二〇年初便持續延燒，把整個世界燒成火宅，身在其中的我們其實逃無可逃。國境封鎖了，我以為病毒可以阻絕在防線之外，偏安一隅的小日子終究還是可以期待的。怎麼想得到，防疫瞬間有了破口。正在放無薪假的我，二〇二一這大半年都在體驗能量療癒課程，深深

相信只要累積心靈與身體的能量，做好所有防疫措施，這樣就足夠了，其餘不用太過擔憂。於是，盡量避免外出，避免與人接觸。採買之後回家，也得先用酒精消毒自己與物品，才能稍微放心。不出門的時候，閱讀，追劇，練瑜伽，看影片居家健身，或許也可以變成嚮往的生活。

也正是這段自肅防疫期間，我開始修習「步行禪」，在確保安全無虞的狀態下，戴上口罩獨自在住家附近健走，暢快流汗，一呼一吸之間宣洩無明煩惱。走得遠一些，就會看見淡水河，河邊暮色籠罩，讓我有萬物如新的錯覺。

然而Y是極度憂懼的。我一直知道，他的憂懼其來有自。他說家族裡大概有癌症基因，父母親不到五十歲就辭世，二〇一九年大哥因癌而歿，歲數只得四十五。為此，Y買了充足的醫療照護保險，藉此抵禦防備那命定的威脅。他怕痛，怕病，怕死，尤其怕沒有尊嚴地死去，因而鄭重對待生活中一切美好的事物。健身時嚴格遵守教練指示，操練的組數次數必須在固定時間內做足做好。路邊停車也講究角度漂亮，把車子停泊得優雅。至於飲食，則是他此生最熱愛的功課了。漁人碼頭的大胖活海產與觀海茶樓是Y喜愛的店家，滿足吃的欲望，大概展現了最華麗的生存意志吧。

Y是我見過防疫工作做得最徹底的人，政府宣布三級警戒後，除了採買食物與必需品，他幾乎足不出戶，感時憂國成為日常情緒勞動。因應新課綱，Y總是認認真真地悲傷著，為了準備網路授課，迅速網購耳機、麥克風、燈光設備，唯一的心願是學生能夠持續進步。不管學生有沒有認真聽，我知道他是認真的，要把最好的作品分享給學生。因為備課壓力與疫情消息，Y寢食不甚穩妥，一個月下來，竟瘦了將近五公斤。唯有每周五下午課程告一段落，才能稍有鬆懈，藉著好酒美食聊以銷憂。

那段日子，他曾問我，為什麼可以這麼豁達？難道一點都不擔心嗎？

其實我是擔心的，擔心親人朋友是否安康，擔心這個世界會不會變得更壞，也擔心自己來不及好好道別就突然死去。前一個年度的健康檢查，醫生看了我的種種數據，大致上沒問題，只要我注意追蹤某部位息肉、心律不整與二尖瓣膜的問題，然後突然說了一句：「你知道高以翔嗎？」這令我一時愕然，待整理好情緒，冷靜地回答我知道。我當然知道，無常迅速，憂患的年代更宜倍萬自愛。只要照顧好自己踏出的每一步，就可以告訴自己，人生這樣已經很好了。

從那一刻起，我希望每一個當下都不要有遺憾，做該做的事，見該見的人，對生存心存敬畏，如此而已。

數周不見，從高雄回到淡水處理瑣事，我問Y要不要吃金蓬萊的台菜外送，要不要喝一些黎巴嫩來的紅白酒？Y說當然好啊，於是我立即下訂單，宅配迅速到貨，便在花梨木長桌擺上滿滿的酒食。一邊吃飯喝酒，一邊看了芒果TV的《希望的田野》。Y說心情有點激動，感動於一個電視台積極介入，就能幫助偏鄉農民在大疫關頭找到一條活路。由此延伸談到，一個良善的政權，最需要做的，就是讓每個人活得自在安好。外表看似冷淡疏離的Y，有著一副熱心腸，對弱勢群體的關懷從來都在。酒足飯飽，重看歌唱節目《聲入人心》，那些樂聲流蕩，把我捲入夢境。

Y說，吃好了，喝好了，可以好好睡上一覺了。殊不知，那竟是Y最後的晚餐。壓力積聚過久，Y在睡夢中因為心肌梗塞跟這個世界永久告別。電影《我想吃掉你的胰臟》裡，女主角以為會死於絕症，誰知道死亡提前到來，一起隨機殺人事件讓原本的憂患不再是憂患，死因不是病歿而是意外。但是，對很多人來說，死亡就是意外。我們多麼不願意承認，死亡才是人生最終的常態，只是離開的方式各有差異而已。

Y的最後一張臉書相片攝於二〇二〇年七月十二日，背景是淡水漁人碼頭夕照。大河在此流入台灣海峽，此岸望向彼岸，觀音山有柔和平穩的姿態。那時Y跟我說，他在此送行長兄，淒風冷雨的冬日乘船去海葬。此身還諸天地，樹葬與海葬都是好的。沒有標誌，不留碑銘，那是生命最好的結局。

Y離開之後，我的步行禪從紅樹林居家出發，有時向南走去竹圍關渡，有時向北走到淡水河口。一步一步走下去，那是思念的最好形式，去程在心中默唸對不起，懺悔所辜負的一切，回程一直無聲地說謝謝，對世間萬物表達敬意。有一次在漁人碼頭木棧道上佇立，看見一隻套上腳鐐的鷹隼，忽然流下眼淚。原本應該高飛的禽鳥，因為命運與巧合被豢養於俗世，我不禁感嘆，生命原來不自由。不自由的事情，還真的太多太多了。

生命若有自由，那也許是川流不息，奔流到海，一去不回頭。河流、大海與遠天交接，相互親近，一起涉入了未知。

就長度而言，淡水河位列台灣第三，次於濁水溪與高屏溪。但就經濟、文化來看，淡水河流域人口約莫八百萬，占台灣人口數三成以上，是現下島嶼政治商業核心地帶。Y與我先後到此流域定居，與之一生相繫。

淡水河水系三大支流是大漢溪、新店溪、基隆河，大漢溪為最大支流。新店溪與大漢溪交會於江子翠，匯流之後稱淡水河本流。基隆河流至關渡、五股一帶注入淡水河本流。每次開車經過關渡大橋，總能瞥見淡水河下游這一段變得無比寬闊，除非颱風來襲，河面是一派平靜雍容的。由關渡轉進竹圍的斜坡路段，眼見水勢張揚，兩岸高樓夾峙，右岸為淡水，左岸為八里，天地盡頭彷彿就在不遠的前方。由此而向西北，淡水河是大片弧狀，默默無語流逝。出海口右岸在淡水沙崙，淡水河最終投向台灣海峽的懷抱。

從大學時期開始，我與Y交遊二十七年，是彼此從來沒有誤解的朋友。步行至此，我以為可以不流淚了，然而淡水河水系承載了無聲之淚，在最無邊際的海洋裡有了一點鹹鹹澀澀的滋味。

——原載二〇二一年九月《鹽分地帶》第九四期

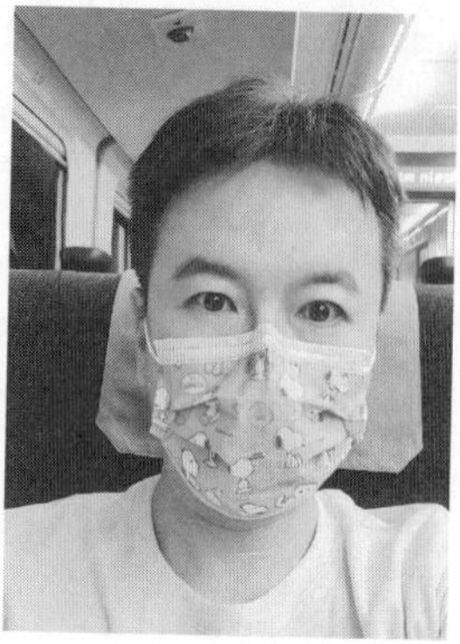

凌性傑，高雄人。台灣師範大學國文系、中正大學中文所碩士班畢業，東華大學中文所博士班肄業。曾獲台灣文學獎、林榮三文學獎、時報文學獎、中央日報文學獎、梁實秋文學獎、教育部文藝創作獎。著有《你是我最艱難的信仰：凌性傑詩文選》、《男孩路》、《島語》、《海誓》、《文學少年遊：蔣勳老師教我的事》、《慢行高雄》、《年記1974：飄浮的時光》等。編著有《九歌一〇八年散文選》、《2018臺灣詩選》等。

林在蘇杭街——黃麗群

多年後我拉行李箱踏上蘇杭街，隱隱感覺這似乎是十五年前和林繞過的區域，又不那麼確定。那一年我沒下車，坐在九人座裡昏昏欲睡，透過車窗看見林走入乾貨店，店東早準備好大袋大袋的東西，笑咪咪迎上前來。

林是至親早年生意結識而成的通家之交，八零年代一個做報關航運，一個做飾品外銷，兩人都起了家，往還如外姓手足。我們見她，在姓氏後綴稱姑姑，家裡的同輩人與她倒不喊姊妹兄弟，只平呼姓氏，但在前加一個「大」字，這個大字很有趣，有時能表示仰角的尊敬有時也能表示俯角的親暱。

付了錢寒暄也畢，身體屬於胖的林感覺有點兒氣喘吁吁地回頭點點手，司機連忙下車拎貨，接下來我們還得趕路，往裡過深圳關卡開進廣東中山參加家族的一場婚禮。那陣子林彷彿興致很好，提議帶我們先在香港逛一圈，林到香港固定幾件事：跟銀行開會、吃、以及大辦海味乾貨。她在天母的家中總是長年儲藏一條來自上環的迪化街。

那時林年約四十八、九，一直沒結婚，有次她拿出大學時的照片，仙靈美麗，她並不故作矜持掩飾得意，但說起來口氣感覺像是講前世又像是講自己的孩子而故事那麼典型：家境清苦、手足眾多、白手起家，半工半讀念完外文系，八零年代初畢業在貿易公司上班，不到三十歲貸款創業，一開始專做聖誕燈飾外銷美國，她說創業第一年兵荒馬亂，到了年底想起來該刷存摺，她說：「我真的不知道怎麼賺到那麼多錢。」

「錢來的速度快到自己都會怕。」她又說。林為父母兄弟姊妹置產，為每個侄兒女準備一份留學與結婚基金，然而也因親人與錢傷透了心。有些事彷彿因愛而生卻一再失滅於利，而有些事因利而起卻未必止步於利，或許這是為什麼她更喜歡在我家族裡走動，很長一段時間祖母家的周末聚餐都有她一份，她經年削男式短髮，細眉笑眼團團如佛，行動滾熱，衣著卻清淡，穿到腳踝的素裁素面棉麻長洋裝（後來那被稱為森女風了），偶爾我去看祖母，見林施施然移動，從餐桌上捉一顆綠葡萄邊吃邊說話，也覺很有意趣。林這樣拼搏而出的人對世界自然不乏意見，幾次聽見她說了什麼，我未必同意，也辯難幾句，其他人私下拉著我笑說：「只有你敢這樣跟她講。」我說為什麼不敢呢？她雖實在固執但也不凶，也不霸道，也不壓人。

然而我們去香港的那個夏天顯然錢來得不再快了。林當時已把產線與主要業務單位移到上海，資金經過香港，台北的公司老人照樣維持，但恐怕她已在聖誕燈、相框、音樂盒、家用擺飾品上看到事業的可能盡頭，遂成立了一個粉紅亮片bling bling感的品牌做女性文具市場，iPhone觸控筆、手機殼、髮圈、太陽眼鏡等，感覺年齡層與品項很駁雜。那幾年我去過一次她在上海的住家，不是新立起的豪宅而是一個大概很早購置的市中心社區一樓，一年一年來林陸陸續續把前後左右單位買下打通，製造一個如小迷宮亦有園林感的迴環居家，布滿酸枝、青瓷、蘭花盆、錦繡簾幔、西式廚房、美式鄉村碎花抱枕、小盞的吊掛水晶燈，有時一個房間兩扇門，每扇門都無法預期將通到誰的夢中。我老是找不到廁所。

其實那時與林姊弟相稱的至親已壯年早逝，然而母親幾次去上海玩，她依舊堅持母親要住在她那裡，白天林到了公司，就吩咐司機回家待命，母親幾次打算自己叫計程車出門，弄得司機有點捉急。

那亮晶晶的品牌聽說一直沒做起來，林在台北的時間本是從多變少，後來又從少變多，祖母也過世後，我與她見面愈少。又後來，母親體檢發現肺上有腫瘤，手術需進行兩次，中間需休養數月，林知道後來探望了幾回，沒有特別說什麼。

開完第一次刀，不知道林問了誰（起碼不是我）日期，次日早上十點帶著一鍋鱸魚湯、三道炒菜跟一盒鮮切水果到了病房，台灣人相信補骨生肌最好就是鱸魚湯，林說魚是跟魚商特別要的海釣鱸魚，全無一絲邪腥，每天清早八點能到貨一次。林親自配薑燉好，料理下飯菜與水果，十點送來，母親在醫院住幾天她就起早趕午送了幾天。有幾次母親胃口不夠又怕浪費，要我把剩的魚肉吃掉，的確是比花瓣還鮮清。

母親總覺得第一次開刀復原特別好，正因不間斷喝了半個月鱸魚湯之故，林不無得意地說大嫂我告訴你這魚真是好的，開第二次的時候我一樣幫你每天送湯來。但這件事情林沒做到。母親出院休養期間，某日半夜，忽然收到林傳來一條簡訊，說不要忘了昨天說的話，明天的約會她有事要取消，「我一頭霧水，以為她傳錯人。」

過了幾周才聽見林也住進與母親同一間醫院，因為發現了腦瘤。那時林亦不過五十多歲，腦瘤的壓迫與控制時好時壞，好的時候我與母親去病房看了她，她打著精神，除了反應變得慢些，說話像是人剛睡醒，不覺太大異樣。不好時則完全無所認知也無光影時空。還有很多時候似乎盡是長而又長的睡眠。

有一次林撥電話給母親，電話中的林彷彿已困入意義的死巷只是發出一串串帶節奏的字音而不成語言，母親聽不懂，亦不忍掛，直到林忽然又自己把電話按掉。

我常懷疑她當時是不是惦記鱸魚湯。

不過數月，除夕前的小年夜裡傳來林的壞消息。

我在蘇杭街上的酒店放下行李出門吃粥，已許多許多年沒有來香港。朋友聽說住上環要我一定繞附近的海味乾貨行，說鋪頭雅俗合參耐看有味，「而且不知道為什麼好多店門口都有大胖貓。」我邊走就邊忽然想到林，的確是這一帶沒錯。其實那年也就是車在這裡停一停取了貨，前後不過十分鐘，不是什麼值得印象深刻的事，為什麼至今都記得？很想說個漂亮的答案但終究沒有，或許只是因為整條街某一種保存的意志太強烈，導致那十分鐘成為記憶的邊角料一併被捲入乾燥機，如今我寫下來，好像以文水靜靜泡發一枚菇。林過世亦近十年了。

最後我沒有看到哪家店的貓。我吃完生記的粥去朋友推薦的Barista Jam喝咖啡，買了酥妃皇后的蛋塔，蘇杭街與當時印象很不同，簡直不能更喜愛。我在酒店房間窗邊發夢研究下一次來的班機與日期，打算還住這裡。然而蘇杭街未為我保存。我不知道三個月後，反送中運動將爆發；六個月後，許多人將遠望城市流下眼淚；十二個月後，大疫到來。

——原載二〇二一年五月五日作者Facebook

收錄於《我香港，我街道2》（木馬文化公司，二〇二二年四月）

黃麗群，一九七九年生於台北，政治大學哲學系畢業。曾獲時報文學獎、聯合報文學獎、林榮三文學獎、金鼎獎等。著有散文集《背後歌》、《感覺有點奢侈的事》、《我與貍奴不出門》；小說集《海邊的房間》；採訪傳記作品《寂境：看見郭英聲》等。現任職媒體。

【地靈】

再見，我的野地——鍾怡雯

去年開春，傳說多年的土地徵收終於有了影。巷口的牛排館最早清空。聽說談得好價錢，提早關門大吉，丟下茂盛的老榕獨守空屋。天黑回家時，少了那盞亮起來的燈，得特別提醒自己，可別一路向南，開到平鎮去了。從高速公路回家時走反方向，更得留神。一不小心錯過近在眼前的巷口，可以開去研究室接著上夜班。

過沒多久，鄰近社區的幾幢農舍陸續搬空。菜園正對面的鄰長家有株樹形張揚的八重櫻，渾似不知遭主人遺棄，依然盛放如昔，一樹好花默默開落。我好想要。菜園左側另外一家農舍有山櫻，可惜整排蓊鬱的肖楠擋去光線，開起來氣勢差了一大截。串門子時，主人說已覓得新建地，房子快蓋好準備入伙。我說可惜了這些樹，要不要一併移走？樹也徵收掉了，能換錢。鳳凰木肖楠連同山櫻全都可以賣。樹木聽了，肯定很傷心吧。

體育園區看來是玩真的。噩夢成真。傳說中的體育園區如今有個很複雜的名字，叫中壢多功能體育園區，大半規畫成住宅商業區，體育園區規模嚴重縮水。二十年前決定買房子時，房仲說「以後」這地區肯定會發展，穩賺。當時三十剛出頭，沒多想「以後」是什麼概念。房子格局和採光皆好，宜家宜室。增值？想都沒想。

社區三面有豬寮，附近大片大片稻田，很多小面積菜園。餿水味，豬叫聲，很吵的麻雀。回收廠在環中東路拐進來一百公尺處左轉，大卡車進進出出，總要擔心爆量的回收品砸中車子。再往前，瘦瘦的小橋考驗會車技術，打開車窗有流水聲，溝渠味。車少人稀。鳥和豬的混聲合唱很田園。路夠窄了，種菜的人還把機車和腳踏車隨意停靠。靠左是長長的豬舍圍牆，右邊凌亂的鐵皮裡圍著菜園，雜草雜樹沿路長。

這條S字路前不見來車，進出得分外留神。入夏雨水豐沛時，豬舍的老茄苳樹吃夠豬肥，又得了足量雨水，英姿煥發，綠得出油。與茄苳相伴的高瘦山櫻剛謝，就等龍眼開花。盛夏掛果時，總覺得可惜。龍眼是豬或者豬主人的財產，有份看，沒得吃。早年只有一部車時，偶然坐計程車。從繁忙的環中東路拐進荒郊沒多久，司機通常要確認，是這裡沒錯吧？晚上坐車，也有司機從倒後鏡偷瞄。大概怕我憑空消失，或者冥紙付費。

這樣的地方，會有什麼發展？

沒斷過的舊床墊、廢棄的傢俱。有只馬桶在路旁蹲了兩三年，蹲成裝置藝術。開車太靠邊，芒草掃到車子啪啪作響。芒草叢常常殺出嬉戲的黑狗兄。野貓像忍者，神出鬼沒。不怕死的八哥老擋路。凌晨起床，遠處的雞鳴會慢慢把天色叫亮。最不想跟到運豬小貨車。大悲咒目送黑毛豬上路時，總引來淒厲的嚎叫。貓狗八哥之外，這條野徑，處處成群漫遊的豬魂。

豬舍幾年前收攤，成了養雞場。我家後面的卡拉OK搬空之後，有人非法入住，洗衣曬衣毫不避人。養雞場、松樹主人的堆肥之家、常去買盆栽的花世界，後來在徵收中紛紛撤退。從四樓後陽台望出去，後面的透天社區跟我們像是汪洋綠海中的兩座孤島，遙遙相對。

菜地迅速被覆蓋，瘋長的構樹、野桑椹、芒草，被遺棄的土芭樂、竹林、櫻花，以及喊不出名字的野樹，打造了新生的荒野。啄木鳥有了野地還不滿足，闖進社區的小葉欖仁啄洞吵人。牠正式上工前，清早五點半左右吧，先在我家櫻花練嗓，喊鄉親透早起床。好幾戶鄰居出門時對著渾然天成的圓洞發呆，大概想，這東西住這裡，還有好覺睡嗎？

廢棄的芭樂和香蕉園養肥松鼠，也養壯牠們的膽。有大片野地還不滿足，提著蓬鬆的大尾巴在社區裡練腳力，跟住戶大眼瞪小眼。牠們沒料到跟人類混居很危險，有勇無謀萬萬不行。就有倒楣的兩隻命斷社區門口的電線。電線可不是樹枝，哪裡啃得啊。偶爾我在社區門口撞見牠們在電線上狂奔，唉，只能祝福了。

倘若野地可以永存……

日後要是蓋了透天別墅，垃圾車靠近時，或許還能從樓房與樓房的縫隙中，望見閃爍的車燈。起的是大樓，不幸又貼緊我家後牆，只好搬。這想法才冒出來，就有連根拔起的痛。

要來的終究躲不掉。

天氣熱起來時，工人在大太陽底下沿路埋鐵架。先圍主要幹道。從中山東路口圍到龍岡路，再沿著巷口小路橫向蜿蜒進社區，一直蛇行到後興路。鄰居早早收得情報。清明才過，在中壢和平鎮交接的海口水果攤附近，覓得新菜園。一切從頭。早出晚歸翻土整地，累得晚飯才吃完便倒頭睡。至於我，玩一玩再回家的樂子沒了。以前進車庫前，照例要瞄一眼菜園。她在，停好車我也去，順便拔拔草。當然沒認真，拔好玩的。

種菜難。好吃的蔬菜瓜果，絕對不只是大地和陽光的恩賜。起得要比鳥更早，捉蟲。露水未散時蟲子最多，太陽一現身，悉數隱進土裡，待精神養足，半夜再出來放心的吃。捉蟲需要火眼金睛，綠葉上的綠蟲根本渾然一體，換成我，肯定捉一漏萬。不灑農藥又捉得不夠勤，就是供養百蟲做功德了。澆水施肥那是基本功，菜葉果皮全留著堆肥；不夠用，去水果攤載。豆渣養地，也得載豆渣。這些都是工。拔草。每天拔每天長，幾天不打理，草竄得比菜還要高。眼力腰力和腿力之外，還得耐操。真不是人人做得。我好奇又愛問，她很樂意講。講時滿臉生輝，非常驕傲。確實有本錢驕傲。她的獨門功法一半來自多年的實戰經驗；另外一半，同儕之間的切磋和交流。真是長知識長見識，值得寫一篇專業的採訪。

菜園走過，必留痕跡。下回急著出門時又要大叫，天啊我的鞋。曾想寄放一雙膠鞋在菜園，穿起來可以放肆踩土，不怕泥巴跟回家被碎碎唸。

菜園不只長菜，還長故事。

某個溫暖的冬夜，垃圾收過，在社區散步時遇到鄰居。突然想起沒有芫荽，央她有空時幫我摘一些。

走，現在摘。

現在？八點多，人家以為我們偷菜。

還是摸黑進了菜園。自家的菜地，閉上眼都能走到香菜畦，快手拔出幾棵。摔土，遞給我。

香。恨不得咬一口。拔那麼一點，她似乎意猶未盡，要蔥嗎？不要不要。要也是明天。小心蛇。

真的害怕拔出一條蛇。這一帶老有蛇出沒。有一天，廣東太太在隔壁門口聊天。坐在魚池邊聊那麼久，很怪。原來在等消防隊。

捕獲一條青竹絲。她受了驚嚇，終於把雜亂的植物清一遍。天氣熱雨水多，蛇紛紛出洞，散個步也能遇到。小蛇一條。秀氣得很，在我面前從容滑行，越過鐵門過馬路，沒入老姜花園的草叢。牠好像在等我送客。去年年底，一樓水塔邊的圍牆柱子，十幾年前鍾小灰留下倩影之地，厚厚的青苔臥過一條南蛇。一公尺多長，極漂亮。牠瞇眼享受冬陽。神情和姿勢，似曾相識。該不是鍾小灰轉世？

搬離油棕園之後，蛇多半在夢裡出來嚇人。如今生活中偶遇的蛇，驚喜多過驚嚇。人生如夢，活越久越能領悟。野地很快的也終將是夢一場了。

舊菜園的野草開始放肆，夏天到了，地瓜葉和空心菜還在應時生長。沒多久，強悍的野草稱霸。再見了，我的樂園。

終於，圍籬的鐵架開始鋪上塑膠膜。真醜。圍吧圍吧。儘管圍。每天出入，都有被圍剿的氣憤。

大勢已去。不到兩個月，未來的體育園區藍圖勾勒出最粗的輪廓。住中壢二十二年，第一次遇到這般大陣仗的重裝備建設。真的是噩夢成真。可是，別人不這麼想。香燭店老闆娘恭喜我。不得了啊，房子要大漲了。

我。要。樹。幾乎是咬牙切齒。

樹？假日上山看就好啦。住家歸住家。

只能說，人各有志。我愛錢，可是我更愛野地。何況，野地在，心情舒爽，賺得更多不是？不賣房子，漲或不漲又與我何干。要是賣，根本換不到同等條件的新房。有大錢才能滾大錢，大漲對有錢人才有意義。

那天是端午，買了香，從福州路左轉進合浦街再左轉，過兩個路口到昆明街拜土地公。拜了二十年，一年至少去三次，像探望舊朋友。新街溪的仁海宮是往市中心採買的必經地，平鎮的紫雲宮離家不遠，全在我的漫遊地圖裡。

也是某個端午，拜完土地公，我在沙發賴著，等三點過後好拜地基主。咦，哪裡來的老太太？兩位都梳髻、著斜襟小花藍上衣，一前一後，從客廳往大門走。個子好矮，只門把高度。坐起來，就不見了。從此不敢只拜素的。地基主親自要雞腿來了。

隔壁鄰居說，要是社區徵收，我們再去找一塊地當厝邊。聽來不錯。她家餛飩和餃子沒得比。飯菜再好，餃子一來，胃非得騰出空間裝幾個。種菜的鄰居偶爾也包餃子。出國回來，桌子擺著新拔的菜，冰箱躺著餃子。她眼力好，記性佳，從沒弄記錯班機時間。我們進家門前，她會先把我家冰箱翻一遍，補點貨。一定簡訊提醒，有菜和餃子，記得吃。

誰願意搬？

可是，這麼大片地動起工來，砂石車攪拌機大卡車，塵土飛揚。打地基時大地震動，擾人心神的穿透性噪音。無法想像的髒、亂和吵。更要命的，這樣的日子究竟要持續多久，誰都說不準。疲憊或焦慮時，望著野地深呼吸，放空，喝下一杯溫開水。這是我的自然療法。一樓看近，看爬籐看野草看枯葉；四樓望遠，看浮雲看遠山看野樹，日出和日落。匆匆二十年。

好物不堅牢。彩雲散，琉璃脆。

再見，我的野地。

——原載二〇二一年三月十六日《聯合報》副刊

鍾怡雯，一九六九年生於馬來西亞。現任元智大學中語系教授。著有散文集《河宴》、《垂釣睡眠》、《聽說》、《我和我豢養的宇宙》、《飄浮書房》、《野半島》、《陽光如此明媚》、《鍾怡雯精選集》、《麻雀樹》；論文集《莫言小說：「歷史」的重構》、《亞洲華文散文的中國圖象》、《無盡的追尋：當代散文的詮釋與批評》、《靈魂的經緯度：馬華散文的雨林和心靈圖景》、《內斂的抒情：華文文學論評》、《馬華文學史與浪漫傳統》、《經典的誤讀與定位：華文文學專題研究》、《當代散文論I：雄辯風景》、《當代散文論II：后土繪測》、《永夏之雨：馬華散文史研究》；並主編《華文文學百年選》（十六冊）、《馬華文學批評大系》（十一冊）等多部選集。

不捨浮田被消逝——莊芳華

我們來到埔里，置身台灣島嶼的中心地帶。

據說：這裡曾經是群山、水流，交相匯聚的盆地群。但是，今日我們所看見的地貌，和其他繁華都城，並沒有多大差異。一個現代人，必須擁有極大的想像力，才能揣想古早年代土地的原生面貌。想像上蒼曾經在台灣島嶼的心臟地帶，預設了眾多大大小小好像臉盆的盆地群，承接天上降落的雨水甘霖。

南投埔里魚池是眾盆地的大集合，蓄滿豐富水源的水沙漣地區，順著地勢溢出水流，年年供應台灣大地源源不絕的滋潤。其中，魚池鄉的頭社盆地，今日地政學名叫作「頭社村」，只是無數無數大小盆地中的一個，面積約一．七平方公里，依偎著頭社山，緊鄰日月潭西南向。

二〇〇一年，我與吳晟走讀濁水溪一整年，穿梭在大日月潭地區與周邊腹地。每一次開車從水里轉南橫，然後切進二十一號公路後，車子都必須穿越頭社村，才銜接到日月潭環湖公路，頭社村也就是早年邵族人的第一社。

二〇一〇年，我和朋友相約到訪頭社，穿過盆地邊緣的居家部落，來到盆地的最中心地帶，拜訪一位農夫朋友王順瑜。順瑜是一個離開台北都會生活，返回家鄉與父母一同耕耘土地的年輕人，那時他正懷抱著蓬勃的熱情，去探索家鄉土地的美好面貌。

頭社村多數居民的住家，大都散居在盆地周邊的高坡地帶，而盆地中心帶，地勢比較低窪，鮮少開墾，一整大片濕潤的草澤地，只有少許零星粗放耕種在其間。我們來到盆地中心，環顧四周近乎全圓型的腹地，看得出這裡曾經是一個古老湖泊，數千年自然演化，隨季節遞嬗消長，是地質學家所認定的「古日潭」原貌。

置身平坦盆地的中央，遠方群山以三百六十度環抱的頭社，寬廣靜穆，有如飄蕩在水氣氤煙當中的浮島。雙腳踩在浮嶼上方，體驗這片地層Q彈的活力，感覺非常奇特。穿越時空的甬道，想像十一萬年前冰河期所形成的古老湖泊，在一千七百年前開始乾枯。數千年來反覆滋生的湖中草，形成草泥沼澤，不停歇的演化與消長，在歲歲月月積累之下，堆疊成能夠飽滿蓄水的泥炭層，又厚又深。深度足足超過六十米的泥炭層，正在我們的腳底下震顫。是珍稀的浮田，奇特的體驗。

浮田地層的泥炭土，大多是蘚苔類植物的纖維交織而成的蓄水層（好像種蘭花的水苔），許多原生種水柳生長其間。日本學者草野氏，在頭社盆地進行生態調查，發現這裡所生長的水柳，有異於其他柳樹品種，是台灣原生特有種，將它命名為「水社柳」（Salix Kusanoi），後人也稱它為草野氏柳。

早年的先民，種植耐濕的水社柳，當作固定浮田的支柱，在浮田上進行耕作與捕撈，開啟頭社的農耕文化。固岸的水社柳與浮動的田嶇，共構出山城生活的特殊地景。能夠與在地環境特色相互結合的耕作模式，也就是最符合土地價值的生活方式。直到今天，大日月潭風景區的湖泊上，還刻意營造了些許人工浮田，利用竹排、膠管，編造成浮台，種植各種水草，吸引奇力魚來產卵，希望能復育湖泊小生物。然而，這些在觀光風景區內，人工刻意營造的浮田，其象徵與懷舊的意味，大於實質的生態效益，而潭外那一處真正天然的浮嶼，反而正在消逝滅絕中，連台灣特有種水社柳植物，也已經瀕臨滅絕的邊緣了。

一九九八年，返鄉農夫王順瑜，發現頭社地區，僅餘下少少十數棵原生的水社柳樹，長在頭社大排旁邊，還沒有被剷除。青年農夫貸款買下頭社大排旁的農地，同時也擁有了這十數株水社柳的種原。他開始以這些原生樹的植栽為種原，進行水社柳林的復育工程，並且經由植物學教授楊國禎老師，進行在地生態調查與原生種植物的復育，讓諸多稀有的原生植物，例如日月潭蘭、水社野牡丹等等，面臨滅絕邊緣的珍稀物種，再度在濕潤的浮田上重現。他還種下耐濕的金針花。水社柳苗木與金針花田，在人為呵護之下，生長得非常好，冬末初春的頭社村，金黃色的水社柳花穗，滿野遼闊的五彩花海，成為吸引賞花人潮的亮點，帶動了頭社村蓬勃的觀光潮。

日治時期，在地居民捐地，日本政府開鑿了一條排水圳溝（今日的頭社大排），用來引流盆地內過多的積水。一九五〇年代，為了攔水灌溉稻田，當地耆老建造了一座水門，這座曾經見證過頭社米風華時代的水門，因為今日整體水位下降，已經失去調節的功能了。但是這一座古水門的建築體，除了我們看得見露出地面的建造體之外，根據考據，它採用了六十六支耐水木樁做為基底，一支一支垂直插入泥炭土底層，完成了一座能隨著水位上下浮動、不會沉沒的水門。像這樣能順應環境活動力而浮沉的水門，工法特殊，挺過九二一大地震的摧毀，依然屹立不搖。即使現代工程技師，看見這樣獨特工法的建設，都讚嘆不已，是頭社活盆地的重要歷史遺跡。留住它，就是留住我們對先民感恩的情感與尊重歷史的意義。

承載著水體的泥炭地層，地表晃動，不耐重型機具耕犁施作，也很難在其上建設沉重的鋼性建築物。這樣的土體，顯然並不符合現代人慣行認定的開發模式。但是日漸蓬勃的觀光潮，讓社區居民興起大興土木的聲浪，水利署應地方各界的需求，開始大肆興建排水工程，設法把泥炭層中的蓄水排掉，以便開墾更大面積的原生荒地。

中正大學專長於古環境研究的汪良奇老師，多年來，在這裡進行地質探勘研究。他們鑽探地層，從地層解剖面的結構，來回溯古氣象的變遷。他說：這裡是目前台灣古氣候研究中涵蓋年代最長，也是資料最豐富的區域。他認為像這樣數千年孕育成的泥炭層，非常「稀有」，在世界的地史上彌足珍貴，應該擁有重要地位。他還說：荷蘭著名的觀光小鎮羊角村，泥炭層僅有數米深，卻因為荷蘭政府的積極保護而名聞世界。台灣島上，這足足有六十米深度的頭社泥炭層盆地，如今只是個面臨不當開發毀壞，正在消蝕流失當中的荒僻村落。

頭社村農夫王順瑜，不捨浮田環境日漸崩壞，於二〇一八年，提報「頭社古日潭浮田文化景觀」登錄。在二〇二〇年，官方把他個人所擁有的兩筆土地，以「頭社古日潭浮田文化景觀」為名公告，並將「頭社浮動水門」列為重要暫定古蹟，經南投縣政府公告，成為必須保護的縣級有形文化資產。我以為官方的認可，能讓這片珍貴的浮嶼田，繼續維持它美麗的自然風貌。但是文資保存的議案，卻引來當地經營觀光事業的業主們群起反彈。

二〇二〇年，我從媒體影像中，看見有一場人際紛擾，正在濁水溪中游段的頭社村發生，地方上為了鄉城的未來走向，掀起激烈的爭執。在濁水溪下游平原種作的我，看見媒體報導，有著忍不住的憂心。忍不住懷念起位在山城裡的那一片珍稀沼澤。於是我約了朋友為伴，再度來到頭社，看看這片心中眷念著的珍貴濕地是否依然無恙。

事情原來是這樣的：在頭社村經營旅遊事業的觀光業者，對外招募「獨木舟划船休閒體驗活動」，吸引大批觀光人潮。一遊覽車又一遊覽車的人群，輪番在寬不超過兩米，總長度約一千米的「頭社大排」上，體驗划船的樂趣。我站在大排圳旁，看見接二連三，絡繹不絕的小艇，從窄窄的水道上滑過，約一小時時間內，恐怕至少有三十艘小艇從我眼前划過去。擺動的船槳，或者多船嬉鬧互相追逐時，相互碰撞而搖擺的船身，不斷撞擊著窄窄的水道兩岸，船槳不斷刮掉一層又一層，珍貴的泥炭蓄水層，往下游流走。

划船人一面輕輕搖動船槳，一面把視野望向生機搖曳的水社柳林，以及五彩繽紛的金針花田，真是美好的體驗啊！而古日潭盆地如此無私，正在把它最美麗的風姿盡情展現，任由這些沉醉在美景中的遊客們大肆蹂躪。

位在大排圳上的古水門，或許障礙了划船人的通行，不知道哪個確切的時間，古水門的基座處被偷偷敲破一個大洞，所有在頭社大排溝上體驗獨木舟划船的遊客，一划到水門處，就彎腰躬身，從這個破洞鑽過水門，繼續滑過去，開心得不得了。儘管水門上立著「文資保護，不准破壞，不准划船」的告示牌，就像到處可以看見「不准傾倒垃圾」的例行性告示一樣。我能理解遊客們身在美景中，享受休閒的快樂，但是，面對大自然的豐美，我們不能以更虔敬的態度去珍惜這些僅存的美麗嗎？

被列為「縣級文資公告」的古水門，遭到破壞，順瑜農夫邀集南投文化局蒞臨，進行文資現勘。文化局人員來到大排圳時，旅遊業者所帶來的群眾已經在那裡等著抗議了。經營獨木舟的業者，以水門妨礙排水為理由，要拆掉古水門，修築排水渠道，讓圳水順利排出，以增進土地利用。文化局的行政官被群眾激烈的抗爭聲浪包夾，不敢做出任何抉擇，匆匆離去。划船事業，繼續進行，水利局的水泥排水工程，也繼續向活盆地挺進。

我是一個缺乏公眾影響能量的小民，只能引用以下科學數據，來述說我心中的憂傷。

「地球的總水量一三．八六億立方米，其中九六．五％都溶入海洋成為鹹水，僅有二．五％的淡水，可供陸地生物使用。而陸地上這僅餘二．五％的珍貴淡水之中，每年約有八〇％成為廢水流入海洋。」

讀了以上數據，我們清楚看見，地球陸地逐漸在走向荒漠化，幾乎是不可逆的事實了。每一刻，冰山都在消蝕，河水正在流失，陸地正在沉淪，秒秒行進當中的變化，誰能止得住？但是，正當我們面臨嚴重乾涸的現在，台灣山間這樣一處蘊藏濕潤生機的小村落，何等珍貴，在全世界，世紀性陸地乾涸的年代，我在台灣的內山，還能踩在這樣「水水漂浮」的浮田，這種特殊感受，像蒙受恩寵一樣幸福。但是，著重經濟開發的人群，卻一直責怪這裡雨季時會淹水，不斷要開發排水工程，想方設法要把浮田的蓄積水排掉。

日常生活，即使每一天最細微的小作用，對感官遲鈍的人類，或許不甚察覺，或者不以為意，但它所造成的變化，都在發生，而且持續發生中，積累成無法停歇，無可挽回的大變動。每個居住地球上的人，只有一世人的短短歲月。一世人的追求，不都在想望更美好更安全的未來嗎？然而，我們對未來的期待是什麼？對美好的想望是什麼？此刻生活方向的選擇，不正是影響未來地貌環境變遷的大關鍵嗎？

——原載二〇二一年八月一日《自由時報》副刊

莊芳華，國中生物教師退休，長年擔任生態保育志工。曾任美國《台灣公論報》編輯，報紙社論撰寫、雜誌專欄撰寫。著有《解構李登輝》、《有形文化無形殺手》等文化評論；《行走林道》、《川流不息》等自然生態報導書籍。

那些關於新竹高中的傳說，都是真的——賀景濱

十七世紀的歐洲跟十七歲的青年有什麼共同點？對我而言，那都標誌著思想狂飆的啟蒙時代。比較不幸的是歐洲，必須打了幾百年仗才醒過來。比較幸運的是我，能在十八尖山下追趕跑跳碰，而且趕在畢業前，不落人後地，偷偷吸進了第一口菸，好像不這麼做，就沒法在那個壓抑的年代吐出我們憂鬱的煙圈。

信不信由你，演化學家說文明進步的動力，來自明顯而且漫長的青春期。原來我們反叛，我們挑釁，只是為了讓文明進一步。如果只進半步，沒關係，我們還有不那麼明顯但更加漫長的發情期，隨時可用衝動補上一腳。

我的青春期來得晚，依課本的定義，必須從外部性徵發毛那一刻才起算，這讓我有點吃了暗虧。人家都在傳紙條把馬子了，我還在騎鐵馬遊山玩水。幸好在發情那一刻我讀到了王雲五，自以為就此獲得了不參加高中聯招的合理性。但人家是自學成功的五金店學徒，我只是一心想逃避壓力的小毛頭。每次睪固酮一分泌，就在我腦內釋放出離家的訊號。於是國中一畢業，我就搭上了往台北的列車，頭也不回。

但我沒考上建中，我暗地籌畫的自學計畫也完全破功。一年後，我還是乖乖回到了新竹高中。如

今回想起來，我的求學旅行竟是沿著台灣的交通工具發展史前進。小時候，我們踢著石頭去上學，班上還有打赤腳來的田庄子弟。他們不會踢石頭，但很會做竹蜻蜓。上了國中，有了人生第一台腳踏車，烤漆亮到會傷眼；但是別高興太久，三個月內就會被偷走，幸運的話還可在護城河旁的賊仔市贖回來。上了高中，不得了，火車把方圓五十公里內的莘莘學子都運來了；閩南語客家話外省腔算什麼，我們班上還有一口越南腔的僑生。知識有多深，路途就有多遙遠，後來有些人還得搭飛機去追逐。

還沒轉學考，就有探子來恐嚇，你真的想來嗎？三思啊，他說轉學的錄取率比正規聯招還低十倍，你要不要重考啊。而且啊，這根本就是魔鬼學校，魔鬼藏在美術音樂體育裡。每年都有將近五分之一的學生為了這三科補考，考不過一律留級重修。「不會游泳的不准從新竹高中畢業。」這是校長辛志平的治校格言。

音樂，那更不必說。從一九六〇年開始，教育廳每年舉辦全省音樂比賽，新竹高中合唱團蟬連了九年冠軍。第十年獲第三名，第十一年，重獲冠軍。這根本就是合唱界的蘋果谷歌。後來才應主辦單位要求而退出比賽，讓其他學校有機會得第一。

聽起來是不是很像奧運會為了楊傳廣修改規則？

好吧，身為辛校長的最後一屆學生，我可以做為最後一個證人，證明那些你谷歌到的辛氏傳說，都是真的。

其實那時正值我的偶像毀滅期，滿腦都是睪固酮，神擋殺神，佛擋殺佛，從小學的史豔文到國中的孫文都被我一路扔光了，因而對於同學言詞間的「辛志平崇拜」有點不以為然。然而真正破除「辛志平崇拜」的卻是辛志平本人。在每次令人亢奮、由學生主持的動員月會中，他總是面帶微笑（有時還打瞌睡被抓到），接收同學四面八方射來的砲火。那些抨擊污蔑挑釁的言詞，就連解嚴後的立法院也要瞠乎其後。等到答詢時，他一貫老僧入定，以四兩幽默撥千斤，辯稱自己即使在盹龜，還是有在聽；然後用濃濃的廣東腔說我們這些「小孩雞們」，「糊里糊塗」、「莫名雞妙」。否定的否定不是肯定，而是下一輪探索的開始。我們就這樣在每次的鬥爭大會中學習黑格爾的辯證法。

而那句廣東腔的「莫名雞妙」比校訓「誠慧健毅」更迷人，成了所有人下課時的口頭禪，是我們對抗成人世界所有規範的咒語。

許多年後，民進黨在金華女中宣告創黨的操場上，我碰到了好幾位竹中校友。我們相逢一笑，心照不宣。因為民主的種子一旦撒下了，誰也無法阻止它發芽。

但新竹高中畢竟不是霍格華茲。魔法學校會用四頂帽子測試學生的性向能力，我們到高二時卻只有兩頂帽子可以選，你是葛萊分多還是史萊哲林？沒這種事；要不文組要不理組，要不滾回一年級去。最神奇的是新竹高中的老師，他們不用魔法棒，就能讓你陷入異次元超時空。譬如教國文的老師趙制陽，四六事件的受難者，當年警備總部指名逮捕的台大六君子之一。我還記得第一堂課，我們都為了接收不到老師的浙江腔而沮喪。不料第二課，他打開課本，竟然自顧自用悠遠的古調吟起「蓼蓼者莪，匪莪伊蒿」。八個字長達十六音節，頓時整個教室被挪移到五四運動前的時空，同學面面相覷，無不動容。那是我們第一次驚豔到詩、歌、人三位一體的境界。就這樣，我們從〈蓼莪〉、〈碩鼠〉一路撚鬚吟唱到〈琵琶行〉、〈長恨歌〉，到了下學期，〈念奴嬌〉和〈水調歌頭〉也難不倒我們了。終於，我們的高三結束在古道西風瘦馬的夕陽下。其中最神祕的體驗，來自場外加映的〈釵頭鳳〉。老師講完陸放翁的情史，紅酥手已隱然若見；待吟到「錯，錯，錯」、「莫，莫，莫」，每個短暫的休止符，竟然會讓心頭越來越痛。

兩年前他以九九高齡往生。臨終前還有學生低調緩緩吟起蓼莪，在他榻前。

我們的班導，人稱「竹中三公」之一的張公德南也是一絕。他來自眷村，思想卻早早掙離了竹籬笆的牢籠。他教歷史，點名時眼光一掃而過，銳利絲毫不輸魔法學校的石內卜。他有典型歷史人的慧黠和通透，講到歐洲的開明專制，他的眼睛餘光會帶到黑板上方懸掛的頭像，嘴角流露出一絲不屑和諷刺。講到台灣通史，他會問：「為何你的華路藍縷，總是我的顛沛流離？」曾經我以為在《槍砲、細菌和鋼鐵》中找到了答案，後來才發覺那是比表觀遺傳基因更大的迷因。這應該也是他後來埋首竹塹地方志的動機。

竹中名師，族繁不及備載，其中還有一位隱藏版的哲學家，史作檉。那時他才四十出頭，正在用散文和小說探索他的存在和美學。但在一所中學內，誰來跟你談哲學呢？沒關係，他會主動來找學生打籃球踢足球。他把康德的實踐理性用來運球，換手扭腰挺身勾射，一氣呵成，其準無比，而且魔球會超越牛頓力學的掌握，在空中劃出一道形而上的軌跡。關於他最神祕的傳說是即使到了冬天，他還能在水深僅存三十公分的池裡游泳。那境界，顯然已經突破了莊子的〈秋水〉。

直到今日，我仍然會想起這兩幅竹中最美麗的風景：每天朝會後，老校長一路彎腰撿拾紙屑回辦公室；放學後，哲學家和學生在操場上打成一團。

就連訓導主任閻政德和眾教官們，在這所堅持不築圍牆的學府「內」，也會自然流露出超現實的笑容，像愛麗絲夢遊時遇見的柴郡貓。為了讓文明進步一點點，我們會故意把大盤帽頂折成昂首的烏龜頭，把軍訓褲腳改出小喇叭。勇敢的校規挑釁者，總是盡可能把三分頭留到五分熟，並且把鞋後跟踩扁壓平如拖鞋，好讓違法的白襪子若隱若現。我們根本就是無聊到極點的無政府主義者，處心積慮在隙縫間尋找不合作主義的無限可能。有次我上樓時，被教官錢端發現了後腳跟的白襪子。完了，我想這下記過申誡跑不掉了。誰知他只是把我叫回來，笑著跟我說這樣鞋跟會壞掉喔。

那一刻，我看到他頭頂上浮起一圈光環。

一九七五年五月一日，美軍撤離越南隔天，我們班上的僑生也不見了。幾天後，他在早自習出現，一個人趴在桌上抽泣。那聲音是人類共同的語言，沒有一絲越南腔。我肯定被這情景嚇到了，竟然無法前去付出我想付出的關懷。能陪他度過那段時間的，只有師長和宿舍的教官。我會忽然想到這件小事，唯一的原因是我還沒原諒自己當時的無作為，平庸到了快接近邪惡那一點。

我在台北的高一生活被琳瑯滿目的社團活動塞到爆，每天不是國術社的北派少林長拳，就是電子社的銲錫和烙鐵。當時我對竹中惟一的抱怨是社團沙漠，不過新來的訓育組長宋文里創立文藝研究社後，我就把怨言吞回去了。他也是竹中的學長，初為人師兼心理輔導重任。他用唇上的小髭掩飾他的年輕，但說書的聲調掩蓋不了他的熱忱。他帶著我們認識佛洛伊德，也閱讀托爾斯泰。他跟我們講《伊凡・伊列區之死》正值黃昏，教室慢慢暗了下來，所有同學的心情也沉重起來。一個帝俄檢察長的死亡，會跟寂寞的十七歲有什麼關連？沒有，一點屁事也沒有，我們其實只會為青春和死亡強說愁。但那一刻我突然開了竅，第一次領教因果倒敘法的厲害。

不過我們不像盧梭或福樓拜，把情感教育限縮在紙上談兵，我們是隨時準備衝撞的義勇軍。剛開學，就有傳言說出事了，有同學跟新竹女中的學生在冰果室會面被撞見，結果女生記了大過，男生什麼事也沒有。不平等啊，我說，男生衝鋒陷敵，至少應該記支嘉獎。奇的是沒人說這樣太沙文了。我們這些騎腳踏車的，總是嫉妒那些坐火車的。他們下車時會帶來一車廂又一車廂的羅曼史。今天誰跟誰對望了三秒鐘，明天誰對誰講了第一句話，就像當時報紙的頭條，都是既純又蠢的大事。新竹火車站明明只有兩個月台，他們卻不厭其煩述說著二又三分之一月台的花火，因為三分之一除不盡啊。故事這玩意很奇怪，總是要由遠方的旅人捎來。直到某個雨夜，我接到一位陌生女子的來電，我的腳踏車鏈條捲進了清湯掛麵的裙子，我才相信這世界有可能是公平的，輪到你時你也躲不過。

就連新竹高中的校刊，也孕育自活生生的愛情故事。故事主角，第一期總編輯陳啟德，高三才從建國中學回歸的轉學生。轉學理由只因女友讀竹女；對，就是那個跟男生講話會記過的竹女。這根本是戲裡書生赴京趕考辭官回鄉勇闖大宅院求愛千金的情節。他不像我只會縮在角落裡抱怨沒社團，他發覺堂堂竹中竟然沒有類似《建中青年》的刊物，沒多久《竹嶺》就出生了。愛情強大的後座力會生下不可思議的副產品，由此可證。

校刊首期辛志平校長退休的報導，出自蔡詩萍之手。他是我們班上的賈寶玉，天生的情種，常常消失在三分之一月台，回來時必定帶來滿天的星星月亮和太陽。黑格爾說抒情詩的內容就是詩人本身，感情就是蔡詩萍本身。果然，他後來寫了好多痴情書；至於政治評論家和廣播主持人等頭銜，只是他飽滿情感下的副作用。我跟他的同窗友誼建立在新潮文庫的閱讀競賽上，從尼采一路追逐到赫曼赫塞，管它看不看得懂，書多的就是贏家。我的小心機是把午餐的牛肉麵改成牛肉湯麵，幾餐下來就多了一本書。長久下來，這肯定對我的生理發育有些細微的影響。難怪至今我看到牛肉兩字，仍會有些許制約反應。

《竹嶺》之名，應是出自當時校刊的指導老師黃祖蔭。他是江西來的才子詩人，曾經叱吒風雲的保釣大將，教我們三民主義。第一堂課我就站起來發問，既然主義是一種思想，思想是飯後用來說嘴的，如今拿到課堂上來考試，還規定標準答案，這不是把思想定於一尊嗎？我當時一定是荷爾蒙雞尾酒喝太多了，滿腦子除了女孩子就是反法西斯。我已經忘了老師怎麼委婉回答，只記得那是我倆僅有的一次互動，也是我有生以來第一次在課堂上發問，為了文明的一小步。沒想到三十年後，我拿到《自由時報》的文學獎，他竟然寫了一首七言絕句道賀，第一句赫然就是「竹嶺樓頭憶辯難」。

那句話讓我心底一震，在書案前當機良久。全世界七十億人，那句話只有我懂。一位老師對學生的關注和包容會隱藏延續多久呢？我們當時都太年輕了，只知道埋頭往前往前衝，不懂得要回首承接一下背後的眼神。再過六年，我出了第一本長篇小說，在苗栗養病；八十多歲的他還獨自坐火車來，要我再寫一本。

只是他沒等到第二本就走了。

時間無情，如今我也走到了該包容一切青春張揚的年紀。人間世事不再「莫名雞妙」，一切都滑稽到那麼合理，文明也進步了一公分有餘。我不想在此列舉我們班上出了多少教授、律師、法官、外交官和將軍、企業家，那實在太功利了，也不是新竹中學存在的理由。成功很好，只是成功的故事往往好到令人起疑作嘔。其實啊，當年我們，每一隻，都是被升學主義填充的鴨子；但竹中畢業的總會自覺有點不同，至少，我們是會游泳會打拍子畫竹子的鴨子，也是會在動員月會上開砲的「小孩雞們」。

英國人老是以伊頓公學自豪，但在我眼中，那也不過是孵育統治菁英的溫床，就算再炮製一百個鮑里斯．強森，也比不上一個在伊頓備受歧視的喬治．歐威爾。畢業生的成就，從來就不是衡量學校偉大的量尺。

所以我必須向明年一百歲的新竹中學致敬，因為你是第一所全人中學，出現在台灣還沒有全人教育這個詞的年代。

——原載二〇二一年十二月四日《自由時報》副刊

小路攝影

賀景濱，小說家，曾獲時報文學獎、林榮三文學獎、金鼎獎。著有《速度的故事》、《去年在阿魯吧》、《我們幹過的蠢事》。

誰來把我關起來——栗光

二〇一四年三月，我姊帶我玩了人生第一場密室逃脫；六年後，我玩了三十五間密室，在台北各大實境工作室留下探索的指紋。

「密室逃脫」講白了就是付錢請人把自己關起來，在有限時間內破解千奇百怪的謎題，逃離劇本裡的困境。我是個極其配合的好玩家，不管工作室預設什麼情境，都一定入戲到底。你安排我前往百慕達三角洲尋找失蹤的爸爸，我立刻忘記原生父親，在腦內揚帆去遠方；你安排我當盜墓賊，我馬上聽從首領指示，挖翻秦朝古墓，竊盡展區文物——誰知道在這裡經歷的一切，會不會剛好是平行時空的我的日常？這麼一想，便不由得全心投入。

雖然都叫作密室，可關人的方式大不相同。比較常見的是把玩家困在同個空間，收集足夠的線索，才有辦法啟動明門暗道，前往下個關卡。後來，工作室間競爭激烈，各顯腳本機關神通，有入場就全員四散，分別被不同裝置困住的；有破解到第幾關卡後，化成兩隊分頭進行的。

我首次嘗試就碰上所有玩家皆被鎖鏈鏈住的密室，當下心裡毛得不得了，因為劇情說我們這群菜鳥檢察官正調查一起滅門血案，未料一進該公寓就被瘋狂殺手敲昏鎖住不說（所以入場時工作人員會把大家眼睛蒙起來），他還在公寓某處設置了定時炸彈，全員命在旦夕……明知一切都是假的，失去人身自由的感覺依舊很不好受，何況我花了六百元啊！現在是要在這坐上六十分鐘，迎接英年早逝的結局嗎？

所幸，有經驗的姊姊東摸摸西摸摸，居然在天花板夾層探出了鑰匙，恢復妹妹的行動力。能四處搜索後，我發現儘管每位玩家都被鏈住，可是人人鏈條長短不一，有的是用鑰匙鎖，有的是用密碼鎖，很明顯需要彼此互助合作：A君鏈條的盡頭放置了三枚骰子，上頭做了記號，解開就可以得到B君腕上的密碼。

但並不是所有人都聚在一起、沒有被綑綁就不可怕。我曾揪過一團恐怖主題的密室，三女兩男化身驅魔學徒，踏入虛構的凶宅中——之所以會是學徒，是因為鎮上的大師們接下任務便再沒有回來，驅魔學院只好調派據說最菁英的我們出征。或許是清冷的樂聲與空調發揮了效果吧，看起來十分家居的陳設瀰漫詭異氣氛，大夥緊緊貼在一起，很有默契地一邊假裝笑鬧，一邊不斷把自己塞回群體中。五人兜兜轉著，前進速度緩慢，轉眼時間過了一大半，才調查完兩個房間。

終於，我們逼近核心，來到惡靈生前的臥室；粉色調如一座玫瑰花園，乍見甜美夢幻，卻有一漆黑棺木擺放在正中間。為了弄清惡靈生前的遭遇，安撫祂受傷的心靈，猜拳輸掉（這是重點）的朋友陳，隨前一位驅魔大師留下的指示，打開棺材，和衣而臥。

棺木闔上，四人幸災樂禍地問：「你在裡面看到什麼？」陳那頭一陣沉默。「你到底看到什麼？」沒有任何回音。「喂，你在嗎？」就在感覺不妙之際，陳回應了：「什麼都沒有啊。」「你確定？」「不然換你來？」「……」「等一下，我好像看到東西了……那是一個、一個……血手印？」

陳講完這句話的下一秒，房外發出巨型物件掉落的聲響，接著是我這輩子聽過最慘烈的尖叫；倘若該密室有尖叫分貝排行榜，我們這隊至今都會是冠軍吧。待尖叫聲稍歇，上鎖的房門門把猛然傳來一陣陣轉動，伴隨歇斯底里的咒罵：「哪裡來的臭蟲跑進了我的屋子？」然後是瘋狂捶打木門的聲音。

我呆了一秒，忍不住去推旁邊的沙發擋在門前；同時間，另外三人打開棺木，救出對外頭情況一頭霧水的陳。「那手印是夜光的，全黑才看得見上頭文字。」他轉述該段文字，又向結局邁進一大步。

細心觀察、通力合作、非凡氣魄是逃脫關鍵，平時若有閱讀習慣也會大加分。印象最深的，是某個挪用經典文學作品的密室裡，有道題目需耐心轉動輪盤，找到小說中的魔鬼之名。可是，那回遊戲結束時間迫近，我們沒有這閒功夫了，便轉身問愛書成痴的朋友葉，她果然想都沒想，脫口而出：「梅菲斯特。」這不是她第一次展現閱讀超能力，有回碰上和八大行星相關的謎題，她一秒就把行星符號應對起來，打開了暗門。

沒有好腦力就依靠好體力吧。通常我玩密室前絕不看網友心得，怕劇透，但那天朋友球查了，而且面色凝重地宣布：「欸，這個人寫臂力很重要，最好先做個重訓……等等，他還說如果有攀岩工具、登山繩索更佳……」我們是報錯遊戲，參加了極限運動嗎？懷著滿心疑惑，踏入那間沙漠主題密室——唉唷我的媽，裡頭居然還原了「流沙」，把四分之三的隊員給癱了，最後真的是靠某幾個人發揮臂力，攀繩觸發救援機關。

這些經驗讓我之後更謹慎地挑選隊員，務求大家各有長才，分工德智體群美。愛將之一是高中同學蔡，求學階段他的成績非常好，毅然報考軍官時令很多老師大呼可惜，十六年過去，我回看這事卻充滿慶幸：他很早就立定志向，軍校畢業後與同袍們認認真真地做好自己的任務，就算外頭時有嘲諷，也沒有改變過信念。我與他的同袍們一起玩過幾回，最刺激的那場是對手會在幾個關卡間攻擊玩家，拋擲手榴彈；當下所有人按照規矩找掩蔽，可我聽見他同袍邊躲邊玩笑地說：「蔡，快抱住手榴彈。」他真立即做出用肉身降低群體傷害的動作。

在我無數場密室經驗裡，大概只有那場是出戲的。忘記被設定的身分，驀地意識到當初一起讀書的同學，在這十年間與自己有了完全不同的成長歷程，對我來說是電影裡的東西，對他來說竟是反射，不禁感傷起來。

除了偷偷觀察朋友們遇事時的反應、被束縛時的表情，穿梭在這些魔幻空間裡，我還被一樣東西深深吸引，那便是工作團隊的「心意」——他們千方百計建構出抽離於現實的場景，看似以種種難題困住人，卻其實是最想助人逃離日常的。

截至目前為止，有兩款密室此生難忘。

一是中國風的「秦關」，遊戲尚未結束，便按捺不住滿心澎湃，傳了共三十五則訊息給朋友，如此稍稍撫平情緒，才靜下來聽老闆解說：原來，為了讓機關與劇情密切扣合，我們解開的謎底用字，是他們盡可能挑選符合秦朝的用語；所有我們雙手碰觸的道具，不但打開下一關的門，也在打開主角們的心門；就連「秦關」兩字都有三層指涉：一是最表層的秦朝機關，二是友情與愛情的情之關，三是容納前述兩點、收與放的擒縱之關。與其說被他深深打動，不如說被深深打傻，之後看見兵馬俑便覺一陣親切（台北有間火鍋店就拿兵馬俑當擺設！），彷若自己上輩子的記憶。

說起記憶，恰好與另一間密室——遺產——有關。它劇情相對簡單，玩家扮演「記憶專家」，趕在沒有留下遺囑的老邁企業家過身前，代表四名子女探索他漸漸停止運作的大腦，找出繼承人。

隨著關卡推進，我發現它運用大量木工與文字，相較現在許多工作室慣用科技力量，感應A觸發B連動C，復古到別有一番滋味。不過，正是這樣很平實地說好一個故事，使我忘記自己是小女兒雇來的記憶專家，好幾次就以小女兒的身分痛罵起老邁企業家的教育方針，但罵著罵著又同情起他；明明有四個孩子，足足練習四次，一次次修正表達愛的方式，卻依然與孩子們漸行漸遠。

遊戲中每位記憶專家會得到四名子女的象徵物，說來很有意思，現實人生中我的排序同為小女兒，得到的象徵物正巧是自己的生肖，而更加無巧不成書的，是那位老邁企業家有個略為冷門的姓氏——譚，和我老爸一模一樣，還那麼剛好的「沒有留下任何遺囑的過世」。最後一個關卡，大家陪在老爸身邊，明白有些遺憾是必然，有些情感早已傳達……一年多前沒機會和自家老爸道別的我，似乎在那瞬間成功逃脫了兩間密室。

領我進門的姊姊就沒有這樣的運氣了。二〇一四年後，她曾和我玩過兩間密室，但在孤身赴戰場的第三回，陷落對手長達七年的縝密布局，直至今日仍卡在那名為「共組家庭」的劇本中——或許要再等十五年吧，那時她的二女兒就十八歲了。

如今實境遊戲蓬勃發展，很多城市都有自己的工作室，朋友不再專程北上，我也玩過幾間外縣市的，可最難忘的始終在台北。除了身為在地人的私心，更是因為它們一遍遍提醒我，這個乍看讓人變得庸庸碌碌的城市，皺褶裡滿是魔幻的空間，在那些空間裡，每個人都有心，虛擬的故事也有真實的心。

——原載二〇二一年二月五日《聯合報》副刊

栗光，現任職於《聯合報》，執編繽紛版。為青輔會「青年壯遊台灣」實踐家、吳鄭秀玉女士黑潮獎助金「海洋藝術創作類」得主。作品散見於各大報章雜誌，曾獲桃園文藝創作獎、梁實秋文學獎等，並入選九歌年度散文選。著有《潛水時不要講話》。

小島上的五節芒：草場仍是草場，芒花旁還沒長出高樓大廈——陳泳翰

四月是最殘酷的月分，如果詩人不把六月也算進去的話。

世道倘若運行如昔，春雨過後，應當是萬物生長的季節，然則這年春天，大島旱象頻傳，緯度相差無幾的小島也無法自外，少了雨絲滋潤，野地裡的植物姿態也不再那麼張牙舞爪，直到姍姍來遲的梅雨，於氣溫揚升的六月報到，某些相安無事的平衡就這麼被打破了。

起初，當數枚稜角俐落的線型葉片從土壤裡冒出時，我還不以為意，尚懷抱著耐心一株一株拔去，證明自己對這一爿田地仍然擁有掌控和支配的能力，但是連續三天的雨銜接上綿延七天的豔陽後，小島開心農場便發生暴動了，各種我可以毫不猶豫稱之為雜草的植物，將仍在生長中的蔬菜和香草團團包圍，彷彿一覺醒來，世界就變了樣。充足的水分補給，搭配爆表的光合作用，雙拳出擊，雜草成了田地上的超完美危機。

在絕望中鋤地的時候，一個人會突然明白很多道理：比如水稻為何會成為熱帶亞洲的優勢糧食作物（蓄滿水的田地裡，許多雜草種子被水悶泡著，連抽芽的機會都沒有）、比如農人們為何不直接把農作物種子撒入田間，反而要先另行育苗（如此一來初生的小苗，才不會跟同時冒出的雜草混淆

或被埋沒）、比如「斬草不除根，春風吹又生」這句諺語卸去引申和象徵意義後的原始意涵。

半是出於對鳥獸蟲魚之名的好奇，半是為了尋求應對管理之道，我一一拍照上網比對，將田裡的雜草分門別類：四季開白花的是台灣常見的咸豐草，莖桿貼地放射狀斜斜生長的是牛筋草，最是猖狂難以根除的是香附子，走莖匍匐蔓延成災者則是空心蓮子草，其他尚有馬唐、加拿大蓬、鴨跖草、豬草等等，不一而足。將前述雜草一一造冊登記後，我迅速理解到一個駭人事實，它們都不是雜草界的泛泛之輩，扼要地說，東亞雜草擂台賽的知名種子選手，都前來這處田裡報到完畢了，極少數能與它們抗衡而名列強勢雜草榜外者，大概只剩下生命力同樣強韌、耐旱亦耐寒的艾草了。

有人看管的田間尚且如此，無人聞問的野地裡，咸豐草、銀合歡、五節芒等難以被利用的優勢植物，更是早已成為各擁一方山頭的小霸王，也無怪乎小島上雇用最多外包人員的一份工作，就是割草了。

其實小島上本來不是這樣的，半世紀前，本地尚有數千人共同生活在此，算得上野地、荒地的土地並不太多，只要有點土壤層的地方，多半都會被人開墾利用，多少種點耐存放的地瓜，完全無法利用者，庶幾近乎不毛之地。當時島上咸認最重要的植物，是端午節前後開花結果的五節芒。

五節芒的地下莖發達，不畏海風，而且環境適應力驚人，在高鹽分、貧瘠、逼仄的土地上都能強悍生長，對幾乎沒有樹木生長、嚴重缺乏薪柴的小島來說，既是鋪設屋頂的重要建材，亦是製作掃帚的素材，更是日日燒飯、煮水最不可或缺的燃料。在小島以及鄰近被統稱為「馬祖」的列島，方言裡有「草場」一詞，指稱每家每戶慣常割取芒草的勢力範圍。即使是長在公有地上的五節芒，居民們往往也都心照不宣，有默契知道那是歸屬於哪幾戶人家所照看，若是有人打破了這個心照不宣的默契，跨越草場界線，錯割了其他家的芒草，遭到對方言語斥喝還算小事，嚴重點還會打起架來，以某人掛彩作結。

隔鄰的福清哥小時候，曾經跟著村莊裡年紀稍長的大孩子，前往大墳頭附近的草場搶收芒草。那是一處多戶人家共同擁有採收權的草場，到了夏季芒草乾枯之時，每個人都急著搶收，幫家裡負責掌廚的母親多添點燃料，大腦和眼睛經常都跟不上雙手，突然間，福清哥感覺腳掌上一陣痛楚，哇哇大叫出來，原來後頭另一個孩子搶快搶得太過頭，竟把他的腿誤當草桿也給割了下去。

隨著物質條件不斷改進，五節芒的燃料地位被瓦斯給取代，建材地位也讓賢給了瓦片和水泥，幾乎是一夕之間，變得無人聞問，然而草場一詞還在本地發揮作用，在地方政府開放無主土地登記的高峰，許多人會指著眼前隨風搖曳的芒花海，告訴鑑定人員：「雖然沒有買賣契約，但這是當年我家的草場，每年都來這兒割芒草，理應劃歸給我們才是。」這種由習慣法上的使用權推展至成文法所有權的主張，據說也還真的讓某些積極參與土地登記者得償所望，即使至今草場仍是草場，芒花旁還沒長出高樓大廈。

我有時會想像著，小島上的五節芒是否懷抱著某種被遺棄後孳生的不甘心，白日將鄰近田地一一鯨吞蠶食殆盡，夜裡卻猶然輕聲呼喚著那些離鄉背井前往大島謀生的村民。自從島上常住人口從數千人滑落到僅約兩百人上下後，許多田地早已不是田地模樣，成了芒花孤芳自賞的草場。自從無端生起這般擬人化的想像後，一時之間竟然有些同情起數日前猶在咒罵的雜草，當我在網路上追索起其身世源流，才發現它們許多都有一段飄洋過海的移民史——遷徙到大島、小島、大陸的一開始，總是有些理由，有些是要讓蜜蜂採集的蜜源植物，有些是生長快速的薪柴，亦或是足以供牛、羊、馬食用的草料糧秣，只是時移事往，原先被廣泛利用的需求不復存在後，被棄如敝屣的它們遂無邊無際地擴散開來，成了尾大不掉、病癰一般的存在。

這是受遺棄植物們的無聲復仇，只是苦了田間管理者，也連累了原先在自己的一畝三分地上活得好好的原生種植物。事到如今，要將復仇者們逐出小島已是天方夜譚，我決定改弦易轍，先是拔起咸豐草和牛筋草餵食雞隻，並將芒葉、芒桿曬乾做為引火材料；再將蓮子草剁碎成泥，根據民間草藥偏方指引，外敷在略長濕疹的四肢上做治療；接下來，我還要廣泛搜集香附子的球莖（福清哥稱之為「土香蛋」），發揮其做為辛香料燉肉的功能。

我用自己的方式，在心裡與雜草們做了一場小小和解。

——原載二〇二一年七月五日《新活水》數位平台

陳泳翰，一九八〇年出生，台大經濟系學士、台大歷史研究所碩士，前媒體人，現蹲點馬祖從事社區營造及跨領域寫作。對產業史與離島兩個主題沒有抵抗力，前者著有紀實作品《智能工廠來了》一書，離島書寫散見《新活水》等媒體。曾獲第十七屆台北文學獎。

風編織的樹岸——陳淑瑤

去年秋天傍晚我在院子掃地，有個小孩臉貼圍牆在那邊偷瞄，試著叫出我名字，喃喃：「是那個作家」，不一會招來一名友伴，兩人確認後又去喚來三個小朋友，來看那個作家。

這是第一次我被當成一個作家認出來，什麼虛飾的應對都不用，可愛極了。不常見的身影總是會被多瞧兩眼，主要是兩天前我才去過他們學校，年初校長無意中發現有一位筆耕的校友，寫信給出版社，邀她回來走走。那一天校長把他們集合在試聽教室，六個年級學生未滿二十人，按照年級由低而高盤腿坐在地板軟墊上，在我跟前的學童好萌啊，噢新生，九月，剛入學幾天，還很狀況外。

螢幕上一張放大的畢業照，校長請學生出來從二十一個畢業生當中指認出眼前這學姊。校園和當年一樣大小，但是擁擠了，教室和草變多了。從前開學要有一個下午，同學們把家裡工具帶上，同心協力除掉校園內那些趁著暑假長高的野草。那時有像牛角那般笨拙的鐮刀，也已經有輕巧的小彎刀，一方面覺得鐮刀又銼又土，一方面得提防那些像奸細似的小彎刀靠近。現在哪敢叫學生做這些「鄙事」，這些都成為珍稀古董般的記憶了。學校沒什麼是我能指認出來的，回家才想起青青校樹呢？那植在升旗台兩翼，一個園圃兩株，用綿密的韓國草包圍的龍柏哪裡去了？

日暗後我在海邊遇到兩三個鐘頭前在門口探頭探腦的兩個小男孩，我們已經可以天南地北的聊天了。那男孩膚色像入味的茶葉蛋，一雙明眸大眼，精神飽滿，沒一句話是好好站著講，高低起伏忽左忽右，肢體語言是語言的三倍，還竟然不穿拖鞋，那肉肉的腳掌拍打著路面，沙石貝尖玻璃屑全退散，比小牛還野啊！就是這個字，野。一篇評介我的散文《潮本》的文章寫著：「閱覽諸篇，竟想到『野人獻曝』這句成語，只不過是再正面不過了。」（見朱嘉漢〈綿延中的光亮〉）這個形容我欣然接受，也願意相信真的是好的野。

任誰在他旁邊都顯得文質彬彬，另一個跨坐在腳踏車上斯文的小男孩告訴我，過幾天爸爸要帶他去坐飛機回另外一個家。

中秋節快到了，許多交換方向的航行是為了這目的。我回來不為返校也不為中秋，以前排斥節慶，現在它成了年長後順其自然的一部分，柔軟的一部分。連續兩年，二〇一九，二〇二〇，我和姊姊約在一個較不起眼的節日返家，農曆七月底好兄弟收假的日子。七月半家家戶戶在廟口普渡，七月底各自「拜門口」，有的村子拜二八，有的村子拜三十，我們拜七月二九。去年那天下午我們開車到西嶼兜風，沿途有些村落已經在拜拜了，窗外掠過一張又一張若深陷在阿嬤耳垂蕪舊金飾的面孔，持香對著門口的天寬地闊，我在窗內喃喃：跟咱同款拜今啊日……

以前拜門口得搬出祭祖專用的方桌，現在將就用一張孩童寫字小桌，桌腳舊到掉鏽了。桌上擠滿五牲、年糕、酒水，我們回來幫忙兩老拜拜，更幫忙消化食物。夕陽西下，拜完每個人在門口洗把臉，這就完成了，送走鬼月，也送走了夏天。

晚飯後就寢前不去海邊散散步就可惜了，一天太煩雜風會撫平你，一天是平板的風會弄亂你，它喜歡逆向操作。若夏天尚未走遠，就有可能遇到那支划船隊。一晃已是多年前的事了，我發覺活動中心一排磚孔不尋常的透出光亮，才知曉他們的到來。我從敞開的門窗窺見昏暗中他們已完成割據地面，一個個群島般靜靜躺下來，配合潮汐也許半夜就該出海，得趕緊補充體力，完全不像結伴遠遊的年輕人恨不得聊一整夜。

小學生的我們曾在那活動中心跳農村曲，畢竟是老舊了，後來他們移往海邊較新較大兩旁無鄰的另一間活動中心，在裡面搭起一隻隻帳篷，在門口寬敞的洗手台盥洗，在旁邊的空地晾放船隻，最誘人的是面海，海風無遮攔的吹進營地，她走出去，長髮被風撕成兩翼，坐上堤岸圍牆彈著烏克麗麗。

我竟對他們起了羨慕，羨慕在這裡的他們好快樂喔，好懂得融入星辰和潮汐，夢想和現實，為此，好像寧願自己是個外地人，此行有具體的行程，嶄新的追尋，如塞弗里斯（George Seferis, 1900-1971）的詩：「我們在此停泊，修理破裂的槳，喝些水，討些睡眠，令我們辛苦備嘗的海幽深且人跡未至，展開無限的寧靜……」

有一年是在春天，和一個偶遇的訪客告別之後，回家的路上我飛也似的，那種振奮無疑是來自第一故鄉，又混雜著旁觀者異鄉人的情緒。那幾年我春天回澎湖，本來五月，後來覺得四月更好，那年更往前推到三月。有一天午後搭車去馬公，找一個一起長大的也算親戚也算朋友，許久不見的她已來家裡見過面，聽說她現在顧著一間泳裝店，在我最初對馬公有印象的地方，小時候我們學阿爸用台語的「真善美」來稱呼那一帶，不管是買制服繡學號逛書局都在那間電影院附近，現在那個所在已經變成麥當勞了。

在這裡沒有交通工具跑去搭公車好像有點遜，其實坐公車很好玩，年長者乘車免費，在地居民都免費，我一嘩啦啦投進一把二十三塊硬幣，已落坐的阿姆馬上出聲：「瑤啊，你就不用啦……」車上多數是有一把年紀的人，車聊聊啊駛，島島啊停，完全停穩了人再起身都不晚，一天就靠這趟慢車將這群在家的人帶出門又帶回來。我跟多數乘客一樣，日出而坐為的是去北辰市場，他們選購台灣運來的蔬菜水果，我去看小農小漁帶來什麼。像這樣午後才乘車進城幾乎沒有，對照上午的熱絡，車上一種掉落的鬆弛的感覺，讓人想到拾穗。

結束訪友，來到公車總站，翻新後的內裝全然不同了，但外殼沒動，各鄉候車的方向也一如從前，我看見一個不放心的女乘客，探問售票窗口、站務人員到車上司機，一開始我就想上前提供線索，拖到最後下車前終於付諸行動。

她從香港搭機到高雄再飛抵澎湖，計程車司機問她：你現在來做什麼？四月才有花火。她參加了觀光局的旅遊，去了我不曾去過的地方，那天下午有一點空檔她為自己安排了行程，尋找一張明信片的風景。

我指著海中的島礁告訴她，退潮可以走過去，照片可能是從那邊拍過來的。雖然不能拍到相同角度的景致，我們可以環繞到照片的視野裡面和後面。她並不覺得失望。

「雁情嶼」，我在手機裡為她寫上眼前這座島礁的名。看似一座又像相連的未分裂開來的兩座島，而有如此浪漫的命名，但我私自的猜想是平淡的，以台語的發音，它意思彷彿近在眼前，「眼前嶼」，嶼這個字音同「事」，聽起來也像「眼前事」，我們都在忙著一些眼前事。

前些年……現在記家鄉事已經無法流水帳了，僅能在幾塊突出的礁石上跳躍……前些年有一個晚上花火巡演來到雁情嶼，分屬兩鄉的兩個村莊都指著雁情嶼說是我們的，一場花火引發了口水戰。那個晚上首見的封鎖橋梁做為這場盛會的觀賞場地，我在樓上陽台拿著手機，手伸得好長越過村路朝東的方向，拍攝漆黑中燃自雁情嶼的火花。不過後來我花更多時間捕捉棲息在屋簷下一左一右兩隻燕子，一會兒熄燈追火花，一會兒開燈拍燕子，整個晚上在那裡騷擾燕子。

除了地緣關係，我和雁情嶼另一不解之緣是，在我的小說裡有一座同名的島嶼。一位在台文系任教的老師讀了此書來到海邊一望，雁情嶼是光禿禿的一塊礁岩，據她後來描述，她當場就說：我被陳淑瑤騙了！她不相信這般童山濯濯能夠耕種。這事是阿嬤告訴我的，但她已經不在了，我回家把這話告訴爸媽，他們異口同聲說是真的，他們小時候「親目睭」看到有人扛著犁牽著牛走向雁情嶼，那上面種土豆可以，番薯會給風搧了了。我後來再想，她的質疑也對，那也許只是一個狂人的一場實驗。

有人說：「我們現在擁有的頂多只是對記憶的記憶。」又說：「使用記憶就會改變記憶。」寫作之於記憶應該是再正面不過的一件事了。

那天我陪著那位找不到朋友想來但就是想來澎湖看一看的香港人繞了一圈，回到大路邊等公車，兩人一直有話聊，一位樸素心平靜氣的旅客，遇到一個天真有餘資訊不足什麼都說不準的地陪。揮揮手，她上車之後，我一路向西，天空中的霞光和雲彩凝在最美的一刻，兩旁的海面和池塘波光片片，完全是在獎勵我的熱情，沿途那草盛豆苗稀的荒地寂寥而安逸，這時心底響起一首詩的名字，〈我是鄉村最後一名詩人〉（葉賽寧，一八九五—一九二五），光是這一句，一再地重複，彷彿就有了旋律，有了詩句。

——原載二〇二一年十二月十七日《聯合報》副刊

陳淑瑤，出生成長於澎湖，曾就讀馬公高中、輔仁大學，一九九七年獲得第二十屆時報文學獎小說獎開始文學創作，一九九八、一九九九連續兩年獲得聯合報文學獎。至今出版《海事》、《地老》、《流水帳》、《塗雲記》、《雲山》等五本小說，另有散文集《瑤草》、《花之器》、《潮本》。

海獵人的風／最後的獸境——吳懷晨

海獵人的風

一股氣緩緩灌入我的鼻腔，經咽喉氣管往我的胸膛內部持續探去，橫膈膜隨之下沉下降。靜心。再深吸一口氣，虛空就飽滿占據了我的肺。雙手往前伸展，腰一用力，我弓身往海下潛去，雙臂畫弧，蛙鞋便筆直地在海面上升起。雙臂再一次於水中劃開弧線，整個人沉入海裡——水下三公尺、五公尺——右手捏住鼻子，口腔鼓氣撐開耳膜，減壓——七公尺、十公尺——我繼續往下潛，如鯨倒立水中。

小楷，在我前方五公尺不遠的海底沙地上，姿態蹲踞如一隻靜止的豹，手拿魚槍埋伏著。今天的梭巡範圍，是先往海灣右側游出，環繞加母子灣弧形海面後，再游至左側外海的巨大礁岩區。小楷說，早上正退潮，不利打漁，但還是下海試一試手氣。

海天是萬里無雲的鏡面藍，陽光均勻地打進海中，光暈隨流水點點晃。加母子灣的正中央海域，被投下許多消波塊，如今早已匯集成巨大的生態系，珊瑚礁種類繁多，生長優美：軟珊瑚是柔長的搖曳的花朵，樹枝狀的軸孔珊瑚盤據各角落，蕨類般的海百合一片一片葉扇婀娜伸展。斑斕的熱帶魚在嶙峋礁石間穿梭悠游。

小楷說，消波塊集合住宅裡住有白毛。白毛的族語fice'ki，是海岸阿美人喜愛的魚種，尤其適合孕婦食用。小楷很有自信向我解釋，fice'ki喜歡在浪區或流區快速游動，是非常敏感的魚類，晚上也不睡覺，若能在白天打到這種魚者，代表是技術高超的海獵人。加母子灣，族語kamod，意即抓取、獲得，顯示此處的水下生物最是容易獲取，部落每年的海祭（kilumaan）都在此舉辦。海岸邊椰林風情搖曳。更上方，由太平洋延伸至海岸山脈的平緩台地上，是東岸阿美人的首都：都蘭。聖山都蘭山在一千餘尺高空遙遙俯望著。

海岸阿美一直都是台灣的海洋民族之一，維持著下海採集漁獵的傳統，「海洋是阿美人的冰箱」，早已是耳熟能詳的名句。漁獵實踐，一方面可讓族人展現自己獨特的主體性，一方面，也培養海獵人成為部落海洋知識的保存與傳承者。

早在小楷就讀台東高中時，我就認識他了。人長得高帥挺拔，兼具族人深邃的眼眸與輪廓，青春期一路都是模特兒與兼職歌手。兩年前，他自北部大學畢業後，毅然決然回到東海岸。除了在國中任代理老師外，小楷還積極參與都蘭部落各樣的族群活動，尤其是漁獵。潛水射魚是都蘭阿美男子培養氣概與領袖氣質的方式之一。的確，小楷在海裡往前潛行時，我可以感受到他獨特的靈魂梭巡狀態；那是一陣風閃入海中。

海獵人常常一個人下潛，就必須靜止水底十幾二十秒；直到魚群忽視人的存在，放鬆游過來被瞄準捕獲。體悟靜心從容之道，是每個海獵人最深的功課。除了上上下下不斷補氣潛行的過程，其餘時間，小楷都是海裡的潛伏者。他著迷彩色的防寒衣，就是為了把自己偽裝成海裡的山水。

大部分時間我都浮在水面，珊瑚礁上方踢著蛙鞋，任意看陽光普照水中生物。這一兩年我常帶著蛙鞋，在東部四處尋覓幻麗的珊瑚礁岩；從阿美族人那習得許多獨特的海洋觀察知識。如鸚哥魚是珊瑚礁區最重要的生態指標，牠們特殊的強硬牙齒能磨碎珊瑚，攝取裡頭的養分，其餘的魚種就會緊跟爭搶餘下的食物。鸚哥魚夜裡也喜躲石縫中睡覺，有時可聽到牠們的打呼聲。章魚──眾人熟知的高智慧生物，則會在岩窩前面擺上一顆小石，守護的印記；石若移動，章魚就知道外賊來了。我更喜歡找小丑魚，小丑魚都住在約莫十公尺深，水質乾淨的海域；花蓮以北難覓小丑魚。加母子灣則有兩三窩，我從消波塊所建構出的獨立礁頂端往下探險，就會找到海葵與小丑魚共生的搖擺繽紛之家。

小楷沒有找到白毛，他續往左邊的大礁岩游去。我覺得差不多了，就慢慢往岸邊划。大礁岩外海之下有水流交會的湧升流，湧升流有如母體子宮，因水流快速湧動交會，成了底棲物種與洄游魚類律動互往之處，生物多樣豐沛，天竺鯛、三角魚、鸚哥魚、石斑魚、章魚等依賴著母體按時供養哺餵。

十分鐘後，小楷上岸了。遠遠地，我看見他腰後掛著一條圓弧大魚，是母體送他的禮物。走近，是約五六斤的一尾圓眼燕魚。小楷緩緩地坐了下來，解下鉛塊與刀具。燕魚攤放在他長腳蛙鞋之上，黃褐色身軀，深刻的條紋橫帶。我們端坐，激烈運動之後紓解的肌體無語，眼神溶入前方藍色的廣袤海洋。

從容放空之際，霎時，我想到都蘭阿美人的一句諺語：Kamaro'ay a riyal, awa'ay ko fali（當海坐下來的時候，沒有風）。

——原載二〇二一年十月《幼獅文藝》第八一四期

最後的獸境

兩手緊握著槍管，他把槍高舉在頭，頭顱上仰，他盡量維持鼻口呼吸不至滅頂的姿勢，水深及胸，走在浮湧溪水裡。跳著，蹌著，腰力抗衡著。在冬日回溫轉暖，當春色開始喚醒山谷裡所有嫩葉新芽時，他一路溯溪逆流一逕往中央山脈深處行去，有時爬上小山巨石高繞，有時候突遇深潭就整個人沉到水裡去，唯一不能夠濕透的，就只有頭頂的這支槍了。

就快要接近動物園了。

他一路探著動物排遺而上，從溪底上到旁支稜脈的鞍部，是一條清晰的牛科鹿科動物公路，各樣踏跡紛沓，唯獨缺少人類的鞋痕。森林裡許多的喬木樹幹底部，都有一圈啃食的咬痕，表皮撕開內層可見，鹿群搓磨、環剝原木，韌皮部嚴峻重傷害。這裡是野生獸類親暱私混的動物園。

他在此地上風處靜待。

候至月升，三四頭鹿成群從稜線依序踱下。他稍微辨識出公鹿後，瞄準，轟一聲水鹿就癱軟翻滾倒下。

他也跟著躺下，就地沒多久就睡著。

睡至中夜，醒來，升好柴火。

他往下走到公鹿旁，左手抓住鹿首，右手拿起獵鋸，從耳下橫刌，沿頭骨鋸入；反覆抽磨，磨之刈之，很快，骨屑沾滿了他的一雙鞋，不消三分鐘，一對帶耳的鹿茸，連骨帶耳，便與鹿首分離。春天，鹿茸成對割下，是野生的證明。

清晨明澈的陽光降臨溪谷了，風爽颯地從狹仄河谷灌入，兩山缺口之間成了巨大的通風管，他靜靜讓氣體洗滌著，往他面容直擊。很舒服的春天，風的孕生之感著床大地。早晨在栗紅淺橘色中輝煌，郡大溪溪水在下方閃耀著。

把一對連骨鹿茸放入背籠後，接著，屈肢躬身將鹿體背起。體長約二百公分肩高一百二十公分幾乎與他等比的大隻公鹿，沉甸甸扛在肩，邁步往溪底的路走去。

水鹿比人還重，一人幾乎無法扛負回家，那麼遠的山水之途。他拿出麻繩，綁住前肢，接著將鹿體丟入溪中，水鹿開始流，順著流水之力往下游漂。黃褐色的鹿皮於水色之中油亮光鮮。硬蹄甲，長而有力的四肢，可在陡峭山壁上來去自如的一匹獸；此刻被他以麻繩拉著軀體，水流沖擊之下被岸上的他拉著走。

到郡大溪與丹大溪的交匯口，水量高漲穩定許多了。他取下麻繩，以螢光棒代之綁上前腿。接著，將鹿體輕輕推出，龐大的鹿屍就隨意更往下游部落處漂流去了。

我在部落前緣的溪水邊等到這頭公鹿。河上游送來了一份死亡的禮物，並不是為了讓人類見識並在未來避免更多的死亡。

老獵人K並沒有隔太久也就到了。漂流的過程中，偶爾，鹿體還是會卡在深壑亂石邊。藉由螢光棒辨識，K也就過去把鹿體從石縫中拖出來，接著繼續流放。

K抽出一把美工刀，熟練地推出刀刃，一刀劃下，死鹿的背脊顯露，絨毛底下白色的肌理。數刀之後，厚實的里肌肉就已握在他手上。接續他處理大腿上端。我望著公鹿的臉龐。一面因沉浸溪中水，完好無暇。另一面，眼眶裡已是空無，下頷處表皮全已撕去。里肌肉取完後，K拿出獵刀，猛地往肋骨砍去，數刀後，整塊排骨就被劈下。血肉袒露的鹿體，山川大地的解剖檯，一旁，仍潺潺保其澄澈之勢的丹大溪。

獵人一邊工作的同時，幾隻大黃蜂飛舞一旁，這是牠們眼中的肥鹿；汝之肉、汝之骨，甘意回歸生命的循環，肥軟的蛆蟲，隨時現身的每一種蛋白質生命。是公鹿、大黃蜂、蛆蟲這樣的造訪者前來與世人相互款待，生死相屆處，是荒野中的野性。青山看著，流水囈語著，前者崇高剛毅，後者柔軟生機，祂們襯托著現象，祂們也即是現象。

蒼茫的山水中，中海拔的山區，滿山盡是勘姆卒樹，葉枯乾，塵土飛揚。我喜歡在荒野破碎之地獨行。冬春的丹大山區宛若西班牙南部遙遠的異域，灰撲撲的塵土，每一棵樹都如那夢中的橄欖樹一望無際在風中流浪。我是如此懷想著丹大的山水啊，島上最荒涼的所在，最後的西部，島嶼最後的獸境。

背對著鏡頭的老獵人K依稀走在數百公尺遠山頭前，一雙赤足在山林間雄渾，左側是赤灰色的山，石壁莽蒼。腳蹤如鷹將眾人遠遠拋離。但再強的獵人在山裡，也是渺小如微塵，轉瞬化入山水之中……

那之後，老獵人K很少上山了，他被診斷出癌症病灶，生命階段進到反覆的治療期。在世界的旅程中，我等經歷了無數次舊式形態的消去，給予新式的形態與組合以道路，一切並未消逝，一切轉瞬回歸。

——原載二〇二一年八月《幼獅文藝》第八一二期

小路攝影

吳懷晨，哲學博士，北藝大人文學院教授。著有詩集《渴飲光流》（獲金鼎獎優良文學圖書）、《浪人吟》（獲吳濁流文學獎新詩獎）；散文集《浪人之歌》（獲開卷年度好書獎）等，另有論述、譯作多種。

【考古】

遠方——個人意見

一個女子用照片和文字記錄異國的生活，也拍下自己的私物寫下每件物品背後的故事，影響了一整個時代的裝潢風格、穿衣風格，乃至如何去生活、如何去愛，把某些沒人有印象的地方深深地放進許多人的腦海，這在現代的膚淺版叫作influencer、KOL，但曾經她，只有一個名字，就叫三毛，而她又遠超那兩個名詞許多。

身為被她影響的人，在間服裝店，看過一件阿拉伯男人式樣的白色長袍，馬上就讓人想起三毛，她穿著這樣的白袍在沙漠藍天下的身影，是我印象最深刻的畫面之一。雖然馬上試穿了，隨即發現這樣的衣服在台北街頭是不成立的，那是一件很美的衣服，但穿了要去哪？難道去寧夏夜市吃麻油雞嗎？所以我最終沒有買下那件白袍，但現在一直後悔，因為那是把一小塊的沙漠放在衣櫃裡。

我最喜歡的三毛作品，應該是《我的寶貝》。或大膽一點說，在我擁有的所有書籍裡，我最喜歡的一本書可能是《我的寶貝》。我擁有的舊版，封面是一種特殊的紙張，每天翻進翻出，封面都毛了，簡直磨出一種古董的洗舊質感。年輕時當購物指南來看（小零小碎的首飾不該亂買），大些當裝潢指南來看（房子裡應當如何陳設古物，和有意義的物品來達成個人風格），更深入些，當成一個生命的歷史來看。我們即是我們買的東西，我們靠我們買的東西，來建構出自己的微觀宇宙，所以一草一木都應精挑細選，因為我們選擇讓這樣物件進入我們的生活，我們啣來枝枝葉葉，築起自己的巢。

物件如果沒有感情、缺乏故事，那永遠是一個沒有生命的物品，但一個一個物件串起的，其實不是收藏圖錄，而是有意義的一段一段記憶，記憶得依附在什麼上面，我們藉著三毛的眼睛看她擁有的物件，便也得到那樣的眼光，來看自己擁有的物品。

三毛的眼睛。三毛的眼睛是一個談她不能不提的重點。有號稱做學問的人花幾年來所謂「拆穿」她的故事，有人指出她筆下的異國生活不盡然真實，也有人說她的愛情並沒有那樣浪漫傳奇。

這說法既真又假，對也不對，我不是因為自己是三毛忠實讀者而替她開脫，而是在現在這個所有照片都經過美化，所有經歷都經過編織重組，所有影片都經過剪接後製的年代裡，我懂了三毛，她呈現的事實不是客觀的事實（而且說真的，誰要看客觀的事實），她呈現的，是三毛的眼睛看到的事實，是她所思所想，所詮釋所修圖過的事實。

有人斥之為捏造，而我卻認為，那只是一個角度問題。我近幾年參加許多各式各樣的活動，在現場往往覺得無聊，但也可以想見，這活動在社交媒體上會很精彩，去參加的人可以拍出很美的照片，因而就當今活動的目的而言，這就是一個很成功的活動。

三毛只是用她的眼睛取景，用筆墨為框架，描述出以事實為根本卻更美的景象而已。有人說她與荷西的感情沒有那樣浪漫傳奇，這世上的愛情在刻薄的外人眼中看來，從來都不是那樣的浪漫傳奇。但對身處其中的人來說，那些浪漫，在沙漠中尋獲的駱駝頭骨當作結婚禮物，手上拿著一把芹菜去結婚，絕對是浪漫，絕對是傳奇，她是一個親筆寫下自己傳奇的女子，這是她想記得自己生命的方式，這是她想記著自己那樣活著的回憶，對於一個人的私密回憶，任何人看到紀錄也只能感謝，只能讚嘆，沒有人有資格說「你的回憶是錯的」。

如果要反省三毛，我倒是覺得有一個一直被忽略的點，自稱大師的人批評她虛假，花了五年只為幕後直擊的人說她捏造，這些都沒有意義，因為，人不能反駁別人眼中看到的真實，人不能檢視別人回憶的細節，那都是角度問題。

三毛真正背後支撐的舞台布景，其實是一種特權，在那個一切都有禁忌的年代，如何能夠出國，那樣的學歷，如何能夠到大學去選讀甚至到西班牙去留學，支撐她去做自己、去用自己的眼睛看世界的，都是當時特殊環境和政治背景下的特權，那也是身為女子的特權，也是來自富裕家庭的特權。只是，她沒走上富裕家庭千金的輕車熟路，而是利用了這些特權，創造出一個屬於自己的新世界，那是非常美麗的，是非常神奇的，擁有特權並不可恥，不需要因此羞愧，我們每個人都有屬於自己的特權時刻，甚至可以不稱作特權，而就委婉地稱為長處，但要用這些先天擁有的東西來做什麼，則是一個自己可以做的選擇。

三毛選擇了做三毛。而我為這個選擇感謝她。

三毛一直是遠的，儘管她也寫台北，但對第一次讀時還是孩童的我來說，那一切的成人生活都是遼遠豔異，一個人如何按照自己的心意，布置家居、旅行遠方，衣著或收藏，都令我著迷，三毛的特殊處，是用身外之物證明自己，用旅行定義自己在世界上的座標，在這一點她是徹底的現代，三毛的邏輯是當代的邏輯，物件或經驗都回到定義自己身上，都說新時代的人重視體驗而非物質，三毛的故事便是一樁樁的體驗，她愛的物是基於私人情感，她去的地方是成就自我的養分。

她的作品寫盡了許多世界的角落，從撒哈拉沙漠，到加那利群島，乃至於中南美洲的紀行，她是一個天生的旅人，天生的旅人不在適應環境的能力，不在是否有嫻熟的打包技巧，而在是否有一雙旅人的眼睛，如果能用旅人的眼睛看世界，即使是再平凡不過的夫妻煮飯日常，她也能寫成沙漠中的飯店，在她的筆下冬粉是在山上凍住的雨，小黃瓜可以權充竹筍，海苔是複寫紙，這是嬉笑喜悅，卻也是浪漫愛情人間煙火的註腳。

她中南美洲的紀行也是我最喜歡的作品之一，到中南美洲旅行寫下的見聞，至今仍然深深影響我對中南美洲的感覺，而又不只是普通的旅遊見聞，許多篇描寫當地的社交晚宴或旅途巧遇，深具中南美洲文學魔幻寫實的風味，她把當地的見聞融合了對該地的想像，以及文學上的理解，才能成就如此精彩的篇章。

其中有篇寫藥師的女兒，揣想自己若是古代生活在高原上的原住民的生活，既神祕又充滿豐富資訊，讀來一點也不勉強，是生動地寫出了一個遠方，我們藉著她的眼睛活了一次，活了許多次，我們遠至西非南美，我們踏足荒涼的沙漠和最高的高山，三毛眼中的遠方不只是從未去過的地方，她還讓我們知道，踏實的在這個地方活過，該是什麼樣的感受。

我們不只用她的眼睛看，我們還藉著她在國外，在山高水遠的地方活過一次，那是一種特殊的天分，更是她的作品如此經久不衰的原因，她不只是「走過」，她是活過。

在許多人苦悶的時代，三毛眼中的世界儘管也有醜陋，也有哀傷，但是卻告訴讀者，世界還有許多我們未曾見到的地方，還有我們不能想像的事物。在那些地方生活的人，跟我們不一樣，又跟我們一樣，她的世界不只有浪漫的逃離，也有現實的重量，她任性卻也為自己的任性負責，她活過也為此痛過。

三毛的遠，不只在距離上的異國，也在時間上的古老，在眼光的新鮮。在當時封閉的國家、保守的民情之下，三毛告訴你一個遠方的生活，你可以藉由她的作品去揣測異國，去想像自己可能擁有的浪漫傳奇，去夢。

三毛的年代，剛好是整個台灣都憧憬著遠方的年代，而她就是那個遠方。

——原載二〇二一年一月《皇冠》第八〇三期

個人意見，本名陳祺勳。中山大學藝術管理研究所畢業，以藝術投資為興趣，時尚評論部落格「個人意見」格主。著有《個人意見之品味教學》、《個人意見之待人處世指南》、《個人意見之愛情寶鑑》以及《個人意見之完美的任性》。

活著，就是為了等這一天——利格拉樂・阿𡠄

每當想起這兩位前輩時，我總會不自禁的聯想，自己十七歲時，正在做什麼？

從高雄往台東的方向，走台十一線北行，若是在夜晚時分，則遠遠地就會看見左手邊巨大又閃亮的「金峰鄉」三個大字，端正地坐落在山腰上，一般人對於這裡的印象，大多會停留在二〇〇九年時的莫拉克風災，嘉蘭部落河床旁的屋舍，隨著山上湍流而下的土石流，緩緩扯離地基隨著河流而去，一群部落族人跪坐在地上哭喊的畫面。

而我來到此地，卻是為了兩位在白色恐怖時期，因為無端遭受到政治迫害而被關入獄的排灣族人，他們遭到逮捕時，年紀分別不過是十七歲與二十歲；十七歲的是曾政男前輩，二十歲的是鐘阿聲前輩，我尋訪到他們的蹤跡時已經太晚了，他們都分別於十幾年前離世，而幸運的是，我找到了兩位前輩的兄長與後代。

兩位前輩的兄長都已年邁，巧合的是，這兩位前輩都正好是家中的么子，當他們的哥哥提到自己最小的弟弟時，眼神中都難掩哀戚與遺憾，那是一段他們隱藏在記憶底層的傷心事，也是家族裡提不得的「污名」過往。

「那時候他才十七歲，什麼都不懂，有人叫他那樣做，他就做了，哪裡知道就犯法了？」這是曾

政男的大哥曾明老先生的敘述，「那時候他們是在一起玩的小孩子，二十歲什麼都不知道，他就是肩膀上扛一個族人，然後就一起被抓了！」這是鐘阿聲前輩的二哥鐘阿元先生知道的內容；那麼，他們究竟做了什麼事？

對比在國家檔案裡面的資料，裡面的文字是這麼敘述的，關於曾政男前輩，是「以文字為有利於叛徒之宣傳」的罪名，判處了三年六個月，至於鐘阿聲前輩的部分，則是「連續以演說為有利於叛徒之宣傳」為罪名，判處了七年，刑期差了一半的長度，是因為曾政男前輩尚未年滿十八歲，因此罪刑減半。

透過在部落的口訪和田調，大約可以得到的訊息是，這件在當年所謂的「匪諜案」，其實有些莫名其妙，案件裡共有三位主角，除了鐘阿聲前輩已成年之外，另外兩位族人都尚未成年，三個青年年紀相仿，平時就在一起上山打零工，或是共同休閒玩耍，在排灣族的傳統社會裡，算是同一個年齡層的小團體，「他們還有自己的祕密基地！」如今已快要進階到部落耆老的文史工作者，說起自己曾經在年幼時，接觸過兩位前輩的經驗，談起這樣的小團體和基地概念，其實很尋常並不奇特。

至於為什麼會突發奇想，在嘉蘭國小的蔣中正銅像旁，用番刀刻上了「不行了，要殺了」等幾個字，真相已不可考，對於部落族人來說，那就是一群還沒長大的孩子，工作無聊之餘，拿著隨身工作的番刀作怪，最多只能算是太調皮破壞公物，就連那幾個字真正的涵義，恐怕都不得而知，卻怎麼也沒想到竟會惹來囚禁之災。

曾政男前輩的四哥曾孝先生，坐在家屋前的院子裡，在山上徐徐吹來的微風中，調侃自己的弟弟，「就是三個笨蛋，一個說要刻什麼字，一個會寫漢字，一個比較高，用肩膀扛起會寫字的，就這樣把自己的一輩子賠進去了。」他瞇著眼睛，似在回憶當年的景象，他是兩家中，唯一前往監獄探視過的人，最後他忍不住用母語補了一段話，「說要刻什麼字的那個人，是部落裡的貴族，在家庭勢力的保護下，所以沒被抓起來。」我們這才知曉，為什麼在這個檔案中，明明遭到判刑的同案只有兩位，但在部落族人的口訪中，始終有三個人的影子。

我們循著家屬的指引，來到嘉蘭國小的舊大門前，當年的蔣中正銅像早已經不復存在，就連校園都改變了不少，校園裡的孩子們玩樂嬉戲，不曾知曉就在這個校園裡，曾經發生過政治迫害的事情，就連校園裡比較年長的老師們，都驚訝的表示，是第一次聽說這樣的故事。

鑒於這起遭到迫害的兩位前輩當年年齡實在太小，而當時偏遠的金峰鄉又沒有其他相關的案件，於是我們細細推敲著其中的線索，試圖架構出何以在一九五九年的金峰鄉，會出現這一起政治案件？驚訝的發現到，原來金峰鄉舊稱金崙鄉，一九五八年底金峰鄉公所與警、戶政單位陸續遷移至嘉蘭部落，兩位前輩的判決書上也顯示，大約就是在這段期間內，陸續有證人表示，兩位前輩在嘉蘭溫泉等地，也就是他們所謂的祕密基地「常發表演說反動口號」，而就在隔年一九五九年，兩位前輩陸續遭到逮捕；在這之前與之後，金峰鄉未再傳出政治案件。

曾明先生當時在金峰分駐所擔任工友，弟弟被捕一事，還是透過派出所的所長才得知，但當他與鐘阿元先生想要探聽弟弟的下落時，才發現他們早已遭到拘捕，不知道被帶往何處？老人家們在交談中聊起這些往事，才漸漸發覺有些不對勁，難道這算是「業績」嗎？在那樣一個風聲鶴唳的年代，純樸的山區部落，怎會有未成年的孩子，拿起番刀刻下那樣的詞彙呢？一個接著一個的疑問，在不斷的回憶中被質疑著。

但無論如何，兩位前輩最終仍是帶著污名離開人世，當我們分別找到兩位前輩的後代時，「匪諜的孩子」一詞在他們身上留下深刻的烙印，再加上這些後代們都是在前輩們出獄後才出生，所以對於父執輩的冤案內容完全不知情，只知道在自己的成長歲月中，父親安靜寡言，從來不會提及當年入獄的事情，而部落族人則是偶爾會隱晦的聊到，卻是誰也說不清那些隱晦裡的真相為何？

或許正是因為這樣的隱晦，兩位前輩的家屬們也全然不知道，原來在二〇一九年時，促進轉型正義委員會已經透過正式的公告，宣布了兩位前輩的罪名已遭到正式撤銷，當我們帶著這個訊息轉達給兩家時，家屬盡是激動與哀傷；曾明先生的反應讓人最是印象深刻，他睜大圓圓的雙眼，看著撤銷公告的影像上，短暫出現幾秒鐘的「曾政男」三個字，竟忍不住激動地握緊了雙手，喃喃說著：「那是我的弟弟的名字」，於是要求一再反覆重播，似乎就要將那個畫面深深地刻印在心底。

當他再三確認弟弟的罪名，的確已經遭到撤銷的事實後，一大串的母語自曾明先生口中脫出，仔細辨認，不難聽出他在重複著一樣的句子，經過曾明先生兒子的翻譯，卻是讓人忍不住鼻酸的一句話：「我活著這麼久，就是為了等到這一天嗎？」高齡九十三歲的曾明先生，漸漸淡了聲音，最終沉默不語的看著鏡頭，那雙混濁的雙眼裡，蘊著滿滿的悲傷。

——原載二〇二一年八月《文訊》第四三〇期

利格拉樂・阿𡠄，既是排灣族也是外省二代，二個名字、二種身分、二種認同，數十年來始終在身分認同的河流裡跌跌撞撞，流離在父系與母系的家族故事中。著有散文集《誰來穿我織的美麗衣裳》、《紅嘴巴的vuvu》、《穆莉淡Mulidan：部落手札》等，以及兒童繪本《故事地圖》，編有《1997原住民文化手曆》。

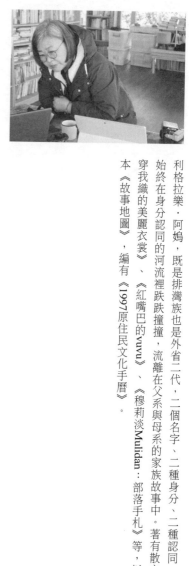

制服裙裡的體育褲——楊隸亞

中學六年期間，我的制服裙裡面總有一件體育褲。

深藍底色，側面兩條筆直白色條紋，棉質布料，輕輕地罩在內褲外，又重重地被裙子蓋在裡頭。很多同齡的女孩子們會穿牛奶絲材質或透氣貼膚材質的安全褲，多半是黑白色，其他比較花俏的還有草莓圖或貓咪圖案。台灣北中南各地的熱鬧商圈或許都有一兩間這種平價的內褲襪子店鋪吧，台北是西門町，台中是逢甲或一中街，高雄則是新崛江，老闆娘手上總拿著一條長度特別長的曬衣桿，彷彿可以頂到店鋪天花板那麼高，把六色奇異的安全褲層層疊疊掛著賣。

「老闆娘，我要的是右邊數過來第五排，再從上面數下來第四件。」

「喔喔，這件只有兩個顏色，一九九元哦。」被雞腿便當盒子遮住的老闆娘根本沒抬起頭來看，倒是先傳出報價的聲音。

有時你會懷疑，台灣這些老闆娘們記憶力驚人的程度，從早餐店賣三明治到夜市賣安全褲，甚至到宵夜賣油飯的阿姨們，似乎沒用眼睛看，也沒用耳朵聽，卻能在幾秒鐘內迅速完美答覆。

比起安全褲，我還是更愛體育褲。中學時候，我曾經陪朋友去買安全褲跟糖果襪。那布料柔潤到如同早晨第一口喝到的溫熱鮮奶，價錢卻便宜到驚人，如果直接丟進洗衣機而不放入洗衣袋，大概半年就會變形；糖果襪則像是一次性襪子，倘若穿上跳啦啦隊或跑大隊接力抵達終點後，脫下球鞋後絕對十根腳趾頭通通出來跟主人問好。

記憶中，我所穿的體育褲類似香港小說家董啟章在小說集《體育時期》裡，兩個女主角「貝貝」與「不是蘋果」所穿的那種款式。香港人叫這款短褲「P. E.褲」，也是Physical Education（體育課）英文縮寫的意思。我很喜歡《體育時期》這本女性成長小說，它描述兩個穿著體育褲的女孩，一個名字叫「貝貝」，另一個叫「不是蘋果」，她們偶然相遇後，透過彼此身上的特點，回過頭來面對自己青春期成長過程中所經歷的傷痛，以及連自己都未曾察覺的真正的自我。

體育褲是為體育課所特意準備的，即使長大以後，參加慢跑馬拉松或去健身房做有氧瑜伽，我們依然能穿上體育褲；但穿在制服裙內的體育褲，這種奇怪的組合，一生幾乎只會出現一次，就是中學時期，就是「青春期」。我不曉得在傳統長輩眼裡，總是在制服裙裡搭配一件體育褲的穿搭，是否很母湯，但就像小說集《體育時期》的對白：「發育時期，上體育堂，最惡劣的經驗之一，肉體感、本能、生理變化的來臨、男仔的目光、流汗、口渴、痛楚、脹大的胸、討厭的P. E.褲，所謂的體育精神，被迫的操練。其實，我們一直都是在上體育堂。永遠都不會完的體育堂，好厭煩。或者就快要完啦。或者，完了才會懷念都未定。又或者，沒什麼值得懷念。」

我想起中學時光，有太多次是體育褲拯救了我。印象中，初經來潮後沒幾年，仍舊拿捏不好衛生棉選購的尺寸，沒有人會想在平日課間選擇一套穿上去像成人紙尿褲型的夜間款式，總是想要輕薄貼身，但幾次經血忽然大量湧現的時刻，不要說好吸收，簡直是霸氣側漏，是體育褲幫我承接包覆鮮紅混著暗紅的血。否則，經血就會直接滲透暈染在制服裙背後，某個孤獨的位置。

《體育時期》裡面的「不是蘋果」，有著叛逆悲傷的成長背景。「不是蘋果」在幼年時期家庭就四分五裂，孤獨地靠半工半讀養活自己，她最喜愛的偶像是日本創作女歌手椎名林檎（林檎的日語發音就是Ringo，蘋果），跟隨偶像的意志，她也活成一個不平凡的獨立女性。穿上體育褲的「不是蘋果」，不甜美、不紅潤，不純真，似乎也不健康，前面加上「不是」就可以快速推翻單詞的正向能量。

於是，我為穿著體育褲的「不是蘋果」寫了一個故事：

不是蘋果。

你感覺到身體最深處傳來刺痛感，隨著兩腿間濕潤的感覺蔓延開來，你了解原來這即是肉體的本能欲望，而你的母親跟其他人一樣，沒有什麼不同，也是經歷如此過程，讓肚腹凸起，然後你便誕生了。不是蘋果，你是在黃昏時候出生的，那是一個魔術時刻。

白日即將結束，黑夜來臨前，詭譎卻靜謐的時刻，藍天開始顯露裂縫，滲入奇異的橘色或紫色的光暈。

風颳得臉皮刺痛，脖子背後的汗毛因氣溫略微下降而顫抖著，天空像是初次經歷性體驗的少女，透過微小的隙縫處把身體打開來，既不是白天，也不是黑夜，透出朦朧光暈的遙遠所在，好像有大提琴聲緩慢地響起，一個又遠又近的夢，那裡究竟是什麼地方呢？像是魔術一樣，短暫的三十分鐘至一小時，時間的裂縫出現了。

不是蘋果，你從陰道滑了出來，你覺得身體黏黏的，像是泡在濃濃的巧克力醬料桶，光暈之內，你伸展四肢軀幹，你用極小的手捂著你的下體來到世界，遮掩住性器官的辨識位置，護士小姐試圖鬆開你緊握的拳頭，你嘶聲大哭了起來，你知道你的誕生不被祝福，在那個既不是白天，也不是黑夜的時刻，你不屬於非黑即白的兩者，在模糊的蛋黃色光線裡，自魔術時刻出生的孩子，伴隨著神祕、疑惑、抑鬱，你坦然接受被忽視的事實，也許你想著，子宮以外還有什麼更純淨的所在。

於是，你在十八歲成年的那天，脫下制服裙，穿著體育褲跑了校園操場的田徑賽道一整圈。你低頭，運動裁判鳴槍的時候，你還是長頭髮的，等你抵達終點的時候，變成了一頭短髮。神在時間的速度裡面，悄悄變換了你的面貌，有聲音告訴你，從此你不再需要一頭長髮，你也不需要穿回那件熨燙整齊的黑色百摺制服裙。

很多人問你是在什麼樣的情況下正式告別一條裙子的？

你總是難以回答，因為是在時間的賽道中，奔跑的路途中告別的。制服裙以及其他的裙子都消失後的日子，你才突然感覺自己真正成為一名女性。這個答案讓許多人非常意外。你用否定達到了肯定。

不是蘋果，你真是個特別又奇怪的人啊。

當然，你依舊保留著許多身體記憶裡的習慣，生理期來的前二日會為自己煮熱水沖泡一杯熱騰騰冒煙的黑糖飲，你會用毛毯把發冷的四肢包覆起來，等待月經周期完全結束，會在皮膚貼上一張保濕療效極好的白色面膜。

你終究沒有活成你的好朋友，像是「貝貝」那些女孩的模樣。重視一年三節，抱著娃娃聊育兒經，媽媽包裡放著小剪刀，保溫盒裡放著副食品。在你與貝貝的女孩聚會，偶爾你會望著她們所生下的女兒，從天真靈動的小小雙眼，想起自己三歲、五歲的模樣，那模樣像所有童話故事的開頭，很久很久很久以前。

是否有一天再度打開衣櫃，你會發現那件制服裙，早在無人知曉的某個夾層，安安靜靜地躺在長褲或皮帶之間。

以後的以後，不是蘋果與貝貝的故事也永遠留存於衣櫃。

——原載二〇二一年三月《皇冠》第八〇五期

楊隸亞，成功大學現代文學碩士畢。著有散文集《女子漢》。曾獲林榮三文學獎散文首獎，聯合報文學獎散文評審獎，台北文學獎年金得主等獎項。作品入選文化部中小學生優良讀物及高中國文科閱讀教材，獲國藝會文學類創作補助、文化部青年創作補助。

夢浮島——王盛弘

是幢老公寓，臨街，嘩啦啦拉起鐵捲門，哥哥的大學同學領著我，弓背進屋時差點踩空，地板竟比馬路還要低上一階。眼前一片黝暗，適應後，陰翳中看見一張大圓桌，桌面空蕩蕩的，找不到生活的痕跡。

要再開一道鎖才能登階，大哥同學獨居二樓，他說，你的房間在三樓。說著，遞給我一個臉盆，盆沿披一張抹布。上樓，藉著餘光找到懸在半空中鴿子蛋模樣的開關，電燈一亮，因潮濕與風化，薄薄長了一層粉絮的牆上，幾隻小蟑螂張惶逃竄。

一張書桌，一座通鋪，別無其他。床板積垢發黑，我這才明白為什麼要給我臉盆與抹布。擰了一盆又一盆的髒水，才終於在床板上擦拭出一個可以躺臥、翻身的地方。哥哥叮嚀過，這是同學的親戚家老房子，免費的，先住看看。

要展開新生活了呢，合衣躺下，有點不安，更多的是憧憬，走在闃黑的隧道，跫音響在耳際，有光微微等在遠方。

大學聯招剛放榜，沒考好，哥哥說，上台北試試吧。他更早兩年北上讀書，鼓勵我上來接受文化衝擊，我也躊躇滿志。

哥哥先幫我報名了南陽街的儒林補習班，其他的等上台北再慢慢安頓。做下決定後才跟父親報告，父親把一切看在眼裡，大概為了我們大主大意，未事先徵詢他的意見而有點不是滋味，冷淡地回我，你們都安排好了不是嗎？接著才鄭重交代，你做什麼決定都好，但要能夠為自己負責。父親雖然只有國小畢業，平日務農、做工，但也讀我讀的藝文書籍，散文或小說，因此說出這兩句話，我並不感到違和。

至於母親，還是她最常掛在嘴上，退到幕後的：你們自己決定吧，我什麼都不懂。出門在外，她要我們吃飽穿暖，毋通烏白來給自己惹麻煩。我與哥哥準備出門搭野雞車北上的那個午後，母親走進廳堂，點起三炷香，拜觀世音菩薩，拜列祖列宗，她的眼神憂悒，嘴中唸唸有詞。天色逐漸轉黯，蝙蝠飛出簷下巢穴，在低空奔進忙出。

北上後，先跟哥哥在永和竹林路租賃的頂加小屋住了兩天，補習班開課前一晚，他才抄了地址，讓我自己搭車到三重，去找他的大學同學。

翌日，課上著上著，身上止不住地發癢。課間躲進廁所，撩起衣服一看，皮膚長滿紅色小疹子，便怪罪起那跡近廢墟的房間，頓時湧起一股委屈。昨晚不是還有點期待嗎？心上配備了各種情緒，蟄伏著，因為觸媒的不同，喚醒相應的那一個，這時候，是無論如何都不想在三重多待上一晚了。

當晚，收拾行李，打算回永和，卻在鐵捲門前才發現，這扇鐵捲門，不只進屋需要鑰匙，即連外出也必須先開鎖，而我把鑰匙留在二樓書桌，通往樓上的門又自動反鎖了。

被困在了一樓，怎麼辦？直覺的反應，並不是靜靜地等著哥哥同學的返家，而是，被圈圍在粉筆畫成的圓圈裡的螞蟻，不知如何越界般的驚惶失措。

該怎麼逃出這個地方呢？

總有個出口吧，警匪片中，警探趕來之前，匪徒中最關鍵的那個總是得以有驚無險地脫身。我四處張望，唯一的機會是廁所通風口，也許我削瘦如一片薄薄的影子的軀體可以穿過窗洞，走防火巷逃生。

一推開窗子，卻見鄰舍一道磚牆堵死到眼前。

透過單薄的磚牆，傳來電視節目的喧譁。漢城奧運前兩天剛開幕，我擠在電器行的電視牆前人群裡，當棲息在聖火台上的和平鴿，讓轟地突如其來的火焰烤成焦炭時，眾人哇地一聲，不約而同都驚訝得張大了嘴巴。台灣也組隊參賽了，這時候，鄰居在看電視轉播吧？

最後的希望是鐵捲門的信口，我寫了張紙條，掀開彈簧片——幫幫我啊，我被反鎖在這裡了，請幫我聯絡我的哥哥，他的電話是……遠遠地走過一個人，我出聲喊他，先生先生。卻發現自己的聲音是嚴重光害下的星芒，稀薄得毫無存在感。

籠裡的小獸般，一陣左衝右突後，終於靜下心來。黑暗中聽見一聲聲嘶啞的吶喊，我曾經問個不休，你何時跟我走？可你總是笑我，一無所有。崔健剛在奧運演唱了〈一無所有〉，透過電視轉播，許多人拿那句「一無所有」自嘲，五音不全地哼著。一無所有，一無所有，唉，這一聲聲的「一無所有」，說的不就是我嗎？

記憶裡，當時社會的氛圍像跑道上滑行的飛機陡地離地、爬升，順利起飛，一無所有並非主旋律。記憶裡，葉啟田搖著擺著身體，愛拚才會贏在街頭巷尾傳唱。記憶裡，高亢嘹亮的，我知道，我的未來不是夢，我認真地過每一分鐘，我的未來不是夢，我的心跟著希望在動，十八歲的我，也被鼓動得像一面即將出航的帆。

記憶、記憶，信口說著「記憶」。

記憶是什麼？是千面觀音，以各種不同的面貌讓人各取所需。

常常，它表現為一尊雪佛。是哪裡讀來的一則筆記？說，世人好像春日堆砌雪佛般地忙碌著，為它製作金銀珠玉的配飾，為它搭建佛堂佛塔。可是啊，人生於世，就像雪佛一般不斷地從底部融化，卻仍不乏大肆經營、滿心期待的人。

我想到記憶，記憶也像雪佛，終究要崩塌，滅毀，消融於無跡，我卻用我的文字，不知靡費地為它妝點纓絡，為它打造佛龕，為它起建院寺。到最後，雪佛不見了，只剩下文字，文字取代雪佛，成了記憶本身。

我留不住雪佛，能夠掌握的只有自己的文字。

時間與空間則是記憶DNA的雙螺旋，回顧往事，我牢牢抓住這兩條線索，便落實了一切。日後我常回到一九八八年九月中旬某一個晚上，地點在三重。三重的哪裡呢？我已無從追索，遂使得它像一座漂浮的島嶼，帶著夢的質地。

那個僅僅只過了一夜的房間，那個哼著一無所有，一無所有卻傻傻相信著我的未來不是夢的我，是我在台北的起點。我抄下父親的話，「你做什麼決定都好，但要能夠為自己負責」當座右銘，從這裡出發，一個房間換過一個房間，彷彿時間火車的一節車廂鍊接著一節車廂，轟轟隆隆地，繼續往前奔去。

——原載二〇二一年一月《聯合文學》第四三五期

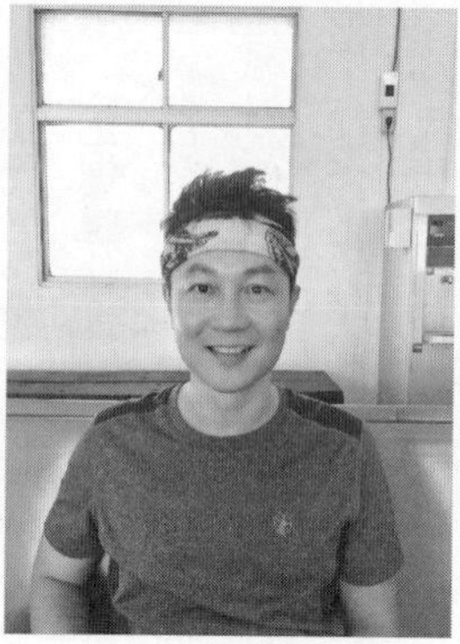

阿雨攝影

王盛弘，彰化出生、台北出沒，寫散文、編報紙，曾獲金鼎獎、台北文學年金、林榮三文學獎等，為各類文學選集常客，兩篇文章入列高中國文課本。著有《慢慢走》、《關鍵字：台北》、《十三座城市》、《大風吹：台灣童年》、《花都開好了》等書，新作《雪佛》即將出版。

荒島上的一本書——何致和

「如果你漂流到荒島，只能選擇帶一本書，你會挑哪一本？」

這是和閱讀有關的考古題，我不只一次被問過，也經常開玩笑對人提出這個問題。被我問到的人總會認真思考，慎重說出一本他們心目中最重要的著作，然後也必定反問：「那你呢？」此時，我就會一本正經地說：「既然到荒島只能帶一本書，我當然是帶《野外求生手冊》呀！」

每回都在白眼、搥打或噗嗤一笑後結束這個話題，但沒人知道，我真的有過這種經驗——在遙遠的小島上生活，而陪伴我的只有一本書：《許地山小說選》。

那是三十年前的舊事，我和一群抽中金馬獎的衰鬼來到外島東引。有人說外島兵很涼，有喝不完的酒和用不完的時間，愛看書的人想把金庸全集或普魯斯特《追憶逝水年華》看完都不成問題。但踏上這座不到四平方公里的小島後才發現根本不是這麼回事，日復一日的出操、構工、戰備，沒空閒時間不說，更大的折磨是沒有個人空間。在島上前三個月，我唯一能擺放私人物品的地方，就只有寢室裡的內務櫃，大小跟火車站的中型置物櫃差不多，而且裡面可收納的東西和排放的方式都有嚴格規定，唯一允許放在內務櫃裡的「書」，大概只有藍色塑膠封皮的「莒光日作文簿」。

入伍將近半年，我沒讀過任何一本書。

其實島上不是無書可看，在中正堂旁邊有座「志清圖書館」，裡頭應該有些藏書，只不過平日我們不可能離開營區去圖書館，而假日又得把握不到十個小時的放風時間盡情玩樂。想看書的人，大概都是鑽進南澳街上的租書店，花幾塊錢租一本漫畫坐在店裡的矮板凳上，重溫一遍《城市獵人》或《七龍珠》。和老闆夠熟的人，還可以從店後頭借出《花花公子》或《閣樓雜誌》，帶回連上供老鳥傳閱。

當兵前的我一個月可以讀兩、三本小說，那是學生時期養成的習慣，每晚總鞭策自己至少要讀三十頁文學名著才可以睡覺。到外島後，這多年未曾改變的睡前儀式被打破了，就寢前的閱讀時間被晚點名和菜鳥最害怕的「晚點名後的晚點名」取代。日子過得緊張忙碌，心中卻有個空洞不斷擴大，尤其在深夜站崗一個人看著漆黑海面想念家鄉人與事的時候。那是一種相當絕望的感覺，以為這兩年大概就是這樣了，失去了閱讀，只能看著自己的文學夢越離越遠。

直到這本書的出現，才讓我在絕望中得到了救贖。

這本書為什麼會出現在外島東引？我怎麼也想不通。時日一久，三十年後的我也差點要遺忘或懷疑起這本書的存在了。

於是我走到書架前，從最上層的地方找到這本《許地山小說選》。書果然還在，只是舊了，紙張發黃得厲害，書邊還長出密密麻麻的褐斑。不過書封的情況還算良好，黑底黃字的書名，以及淡綠色的「楊」、「牧」、「編」三字，仍清晰乾淨地位在鉛筆畫的許地山肖像上方。

以前的我總會在買來的書上寫下自己的名字，註明幾年幾月在什麼地方購入，再端端正正蓋上私章，儼然以藏書家自居。這幼稚的行為在進入職場工作幾年後就消失了，可能因為懶，可能因為後來常在網上買書無實體地點可記，更可能是因為書漸漸多了，已沒有那麼珍貴的感覺。我不確定這本書上有沒有留下我當年的醜字和銀行開戶用的印章，翻開尾頁，果然有，上頭寫著：「80年12月27日購於東引」。

十二月二十七日是什麼日子？我努力回想。那天不是假日，我是因為接了連上業務才有機會離開營區。那時我接的是採買工作，奉命到島上最大的聚落南澳村買菜，替連上弟兄代購洗髮精、沐浴乳、擦銅油、泡麵、綁腿帶之類的生活日用品，外加送洗衣物和投寄信件等服務，這才有機會在「亨裕商店」買到這本書。

「亨裕」不是書店，而是島上較具規模的日用品店，吃的喝的用的任何能想到的東西裡面幾乎都有。我的記憶應該沒錯，《許地山小說選》確實是在「亨裕」買到的，那天是我接任採買的第一天。當我走進亨裕商店，在開放式貨架區替同袍挑選商品的時候，意外發現店裡竟然還有一座高高窄窄的書櫃，架上層層疊疊排滿了好幾百本書。這種感覺很奇怪，就像你走進家裡附近的生活百貨商店，發現有一個書櫃出現在一堆鍋碗瓢盆清潔用品五金工具和零食飲料中，展示各種新舊書籍任君挑選。

不過這個發現只能算是驚奇而非驚喜，因為一眼望去，架上陳列的大都是武俠羅曼史心靈雞湯之類的暢銷書，沒見到比較像樣的文學作品。就在我失望準備移動到下一個貨架時，我突然在書架的角落、不到兩公分寬的空間中，瞥見了這本書書背上的「文學叢書」幾個小字。當時《許地山小說選》就是這麼奇怪地出現在那裡，只有自己一本，沒有其他文學叢書同伴，孤零零地被上下左右的大眾讀物包圍。

坦白說，在那之前我沒讀過許地山的小說，甚至連這位作家的名字都很陌生。但那天我毫不考慮立刻買下了這本書，不只是因為它是架上唯一一本洪範書店出版的書籍，也不只因為上頭有楊牧推薦。最主要的原因是，這本書竟讓我產生了同病相憐之感——它不該出現在這裡的，也不該一直被留在這個地方。如果我不買下它，天知道它還會在百貨商店裡待多久時光。

我從沒這樣買過書，像買菜一樣把這本書和一堆日用品放在櫃檯結帳。我沒撕去書封底的價格標籤，隔了三十年，仍可清晰辨識當年一六〇元的售價。書是七十四年三月出版的，版權頁定價寫的是一五〇元，它花了六年時間漂流到島上，應是回頭書或舊書，可是在外島非但沒打折還被多加了十元。購入價超過書原本的定價，這也是目前為止僅有一次的購書經驗。

就這樣，許地山跟著我住進了東引的營區。他是台南人，三歲離台在閩粵長大，燕京大學畢業，曾任北大、清華教授。沈從文說他是「另外一個國度的人，說著另外一個國度裡的故事」，但我讀他的小說卻覺得相當親切。可能是他曾留學英美，也曾赴緬甸仰光生活數年，嘗盡漂泊離散滋味，因此在他的作品裡經常可見船舶、海洋、航行與漂流，故事中總有濃稠到無法切斷的親情、愛情與故園之情，例如〈海世間〉這段描述：

船離陸地遠了，一切遠山疏樹盡化行雲。割不斷的輕煙，縷縷絲絲從煙筒裡舒放出來，慢慢地往後延展。故國裡，想是有人把這煙揪住罷。不然就是我們之中有些人底離情凝結了，乘著輕煙飛去。

或許是自己那時剛擁有搭船遠離家園的經驗，當我看到許地山這段文字，整顆心頓時惆悵糾結了起來。雖然他有些小說筆法用的是十九世紀西方流行的敘事模式，感覺有點陳舊，但在情感的表現上卻極其真摯，也相當真實，可以跨越迢遙時間，撫慰了當年在東引島上的我。

那年外島雖尚未裁軍，但編制人員已有不足的現象，時常出現一人身兼兩、三項業務的情況。我除了當採買，還接下了政戰文書職務，總算有了自己的空間，不必再躲到廁所看女友寫來的信。我有了一張小辦公桌，桌上有檯燈、軍用電話、泡麵用的鋼杯、一台CD隨身聽和兩個外接喇叭，以及一個用來擺放各式公文和教戰守冊的小書架。許地山的這本小說選也被我放在書架上，成為輔導長室唯一的一本文學讀物。在不知道多少個部隊已就寢的夜晚，我利用加班結束後的一點點空檔時間，聽著娃娃〈飄洋過海來看你〉或林憶蓮〈愛上一個不回家的人〉，翻開許地山的小說讀上幾頁，就這樣靠著這本書支撐過破冬前這段最難熬的時光。

許地山幼年離開台灣，一生只回台數次，都是短暫停留，並未落葉歸根。而他的這本小說選在台灣本島誕生，和我一樣漂洋到外島，在我退伍後跟著我回到台灣，在我的書架上一住就是三十年。許地山四十九歲過逝，不知不覺，我已活得比他還老了。書封面的許地山肖像永遠停留在盛年的相貌，而他的這本書卻漸漸發黃褪色，長出斑點，和我一起變老。

我把這本書擦乾淨，小心翼翼放回書架上層。想著書的漂流與自己的這段過往，不得不承認人生不只人與人有緣，跟書也是如此，甚至影響更鉅。

——原載二〇二一年六月四日《聯合報》副刊

何致和，東華大學創英所碩士，輔仁大學比較文學博士，現任中國文化大學中文系文藝創作組專任助理教授。著有短篇小說集《失去夜的那一夜》；長篇小說《白色城市的憂鬱》、《外島書》、《花街樹屋》與《地鐵站》。

循環播放——神神

那一只手提收音機放在我的床角，多年後證明那是一只月光寶盒，因為ＦＭ電台保存了歷時悠久的歌單，能讓一九九〇年出生的我，一路囊括整個九〇年代，甚至往前溯往八〇年代的流行樂。《齊天大聖東遊記》的至尊寶不斷打開那只匣子回到過去，為了阻止白晶晶舉刀自刎；而我，我不確定自己點開老歌，是否為了阻遏死亡，軟化堅決的死意，或者如同周華健所唱的：「我們越來越愛回憶了／是不是因為不敢期待未來呢？」

1　巷弄社區

我喜歡王菲也喜歡許美靜，後來才知道有人把許美靜稱為「王菲的接班人」。因為王菲跑去談戀愛而被謠傳無心歌壇，需要找個接班。雖然「接班人」的說法可能對兩人都不甚尊重，不過我想大概就是「共用某種神祕頻率」的意思吧。例如，我喜歡王家衛的電影，也喜歡日本的岩井俊二，後來才知道有人把岩井俊二稱為「日本王家衛」。所以品味和調調這種東西，大概就是萬有引力或細胞分裂之類的東西吧。

王菲的前夫是李亞鵬↓李亞鵬的舊愛是翟穎↓翟穎是王菲御用製作人張亞東的舊愛↓張亞東的前

妻是竇穎↓竇穎的哥哥是王菲的前前夫竇唯……把這樣盤根錯節的人際關係枝狀圖畫出來後，很像是在看一幅泛黃的祖譜浮現祖先漂洋過海、開疆闢土的畫面。雖然那些樹蔭篩落的陽光和樹梢點滴的露水和我沒有太大關係，一切只是因為音樂的流盪。

你可以輕易從王菲勾勒出神祕的六度分隔理論（Six Degrees of Separation）；可是美靜啊，許美靜這一邊就稀疏許多了。很可能我不甚熟稔新加坡只知道肉骨茶和叨沙的緣故。那一年我十六歲吧，確確實實在ＦＭ電台聽見ＤＪ正在談論美靜發生的事情，大概就是二〇〇六年麗嘉登酒店事件的始末，仿若把我拉到酒店現場去。那種震撼和印象，到很多年後，甚至立體、鮮明起來。

很多年後，我在大學宿舍中庭廣場，聽到人群的喧嘩聲，最大的聲源來自一個穿著花布長裙的女子，她被人群包圍簇擁著，他們似乎也焦急地阻止她做什麼。後來才辨認出那是「鬧自殺」的場景。我注意到那女子兩隻腳沒有穿鞋子。那天是晚冬啊，陽光很稀薄，赤腳踩在石板地，冰冰涼涼的，很容易感冒的。

然後我就想起美靜了。

我還是厚顏無恥地將兩人對比起來。不知為何，我總是持續地聽王菲的歌，呈現一種「帶狀」的聽；而許美靜則是斷斷續續地，呈現一種「點狀」的聽。大概就是銀河和繁星點點互為襯托，鋪展我私人聽覺的夜空。王菲適合鬧中取靜，美靜適合靜中取靜，可是後者太相像於我，我太害怕了，我害怕面對自己。

靜中取靜，這意味著必須持續壯大自己，避免自噬殆盡。

最近一次隔空看到美靜唱歌，是二〇一四年孫燕姿在台北的「克卜勒」巡迴演唱會，頂著奇妙橘紅色亂髮像外星植物的燕姿唱著〈城裡的月光〉，唱到一半，右手一招，升降台突然升起了美靜。她穿著吉普賽風格的寶藍色長袍，上面彷彿有一條條銀河閃閃流淌。她靦腆而輕柔地對著觀眾微笑、招手，那歌聲仍是許美靜。

〈陽光總在風雨後〉、〈都是夜歸人〉、〈鐵窗〉、〈傾城〉……最近我好像逐漸有了面對自己的勇氣去聽美靜的歌了。我想起有一晚騎車穿弄過巷，尋找傳說中的深夜食堂，可是鑽來鑽去找不到，衛星導航都在騙人。後來從某道圍牆的開口闖入某個半封閉的社區，它的地面採用一種特殊材質的石磚，用紅、橘、棕色重複拼出特定的圖騰。你一進去那個領地（符咒締定的結界？）車子的輪胎就能感到明顯不同的震動。聽美靜的歌大概就是這樣吧，雖然最後還是沒有找到深夜食堂（可恨的豚骨拉麵），但因為迷路，而領略了過程中的什麼（其實沒有）。

2　立體停車場

最近，越來越常重複播放同一類型歌手的歌了。許茹芸、熊天平、齊秦、王菲。雖然知道這樣不好，他們的聲音太清澈、太通透。

齊秦，他的聲音在夜裡不敢久聽，有一種立體停車場的空曠，來的時候找不到停車位；停好了，回頭又找不到車牌。是午夜獨自走在停車場，迴聲隱約徘徊，揣在胸口的那一股惴慄。我怕。

我時常看到那狼牙色月光下一輛黑轎車緩緩從迴旋車道駛下坡的畫面，那種混合著水泥、金屬、擋泥板的滄桑與荒涼。

齊秦的歌，最好是窗簾微掀，乳白色陽光濃稠流入的時候，最適合聆聽吧。清晨的陽氣畢竟比較重（誤）。他和他的舊情人，是的，現今人在楓糖加拿大的王祖賢，這一對前戀侶好像都是屬於「暗黑系」的，齊秦唱過〈夜夜夜夜〉，一個夜不夠還要重複四次，迴音似的；以及，在竹林飄泊逃離黑山老妖追殺的倩女幽魂。

李格弟（夏宇）的那首詩〈擁抱〉，後來由齊秦譜了曲，曲名改為〈你是霧我是酒館〉交給王祖賢演唱，收錄在一九九八年的《與世隔絕》專輯。你想那真的是無涉塵世，一〇〇%戀人視角運鏡的歌，情人耳裡總是出好歌。用盡一切直觀的斷語：「風是黑暗／門縫是睡／冷淡和懂是雨」，不知不覺，你在漫長的夜裡讀懂了這一段；順便讀懂了上海的張愛玲：「因為懂得，所以慈悲。」

夜上加夜，雪上加霜，齊秦和王祖賢終究沒能在一起。其歌不敢久聽，而又忍不住細聽，實屬自虐。後來又去聽齊秦的姊姊，齊豫好一些，有菩薩的加持，念珠握在手心，珠珠玉潤轉過去，每一顆都是踏實的。雖然鏡頭望過去，仍是一個女子背對著畫面，在煙裡燒灰；但身側的手捲佛經墨跡一筆一畫，你知道是什麼意思，通往哪裡去。

3　子母垃圾車

有一陣子不想面對現實時間，就很討厭垃圾車的到來。廚餘是一九：五〇來，不可回收物是二〇：〇〇來，可回收物是二〇：一〇來。你討厭自己記得那麼清楚，垃圾車旋律一響就帶你坐定準確的時間閾限。

某天在報紙上看到奇人軼事專訪，一名孝子因為母親離世，已經足足十年沒有聽音樂了。十年……我想那真的是最悲傷的狀態，詩可以不讀，但音樂一定要聽。不知道他去倒垃圾的時候，是否也會把耳朵摀住，拒聽〈少女的祈禱〉呢？

後來駕駛垃圾車的司機知道這件事後，偷偷把〈少女的祈禱〉音量關小，一度引來街頭巷尾居民的謾罵，司機熄了菸感嘆地說：我是怕那個孝子傷心啊……

我認識這一名孝子，他說英文裡其實沒有「孝」這個字，這個字在當代是很有新聞學味道的，任何青年打工回家途中被車撞死或被流氓打死，留下年邁父母，新聞就可以輕易下標死者是孝子。大概是死後追封忠烈祠的意思。

可是，他的狀況完全不是這樣，他是死了母親，他本人還沒有死。

「那麼，你為什麼不聽音樂了呢？」孝子並沒有回答我的問題。他說起一個關於子母垃圾車的故事。

所謂「子母垃圾車」就是，一個垃圾桶二十四小時放在某個定點，讓居民們集中垃圾，等到垃圾車經過時再把桶內的垃圾倒進垃圾車。他進一步解釋：所謂「子母垃圾車」就是，讓母子拆散，小孩一個人孤零零在街角，被居民們丟垃圾、砸垃圾，苦苦等待母親來救援。母親自己也被丟滿了垃圾，她把小孩扛在背後，垃圾量也變大了。

母親對小孩說：「你這垃圾！」小孩說：「垃圾才會生出垃圾！」

於是他們互相咒罵並且呵呵地笑了，那笑聲被人聽作是〈給愛麗絲〉的旋律。

4　電話答錄機

淑樺，你過得好嗎？

最近有時會聽你的歌。電視做了一個關於你的專題，宗盛說，當年的自己其實是很自私的，硬打造一個「都會女性」的形象，讓你必須勉強配合。後來你終於脫離這個形象，雖然你已經不再唱歌了；就像我，很可能再也不會寫作了，雖然宮崎駿也一百零一次說了自己不會再畫畫，可是還是一直畫。

最後一次聽到你唱歌，是二〇〇三年陶晶瑩節目上的Call-Out連線，你說你很好，有佛祖的陪伴。我不知為何想到一個隱喻，一個雕刻師傅在雕著菩薩的雕像，有天這個雕像活過來了，要花很久的時間尋找自己的菩薩。

你有一首歌叫〈問〉，後來我發現這首歌還有個粵語版，蘇慧倫唱的，歌名叫〈少女問〉。大概是拿了機票（台灣↓香港），有了時差，年紀也回春了。然而同樣的問題仍緊緊聯繫著彼此，始終追求一個能讓你心動、心痛的誰。

可是我年紀大了，心一動，就容易碎。如今的我已經不再追求誰，也沒有這樣無語問蒼天的時刻了。也許更多的是，在萬千星宿裡明確指認那是獵戶、這是大熊。我是否過了善於迷路的年紀了呢？雖然，我也是憑藉著高超的路痴而投入書寫，正如那自嘲音準不佳的宗盛啊，他也是藉此發明溢出五線譜之外的喃唸說唱。

雕刻師傅雕著菩薩的雕像，可是我又由誰雕成，我的自身正在仿照誰。熟齡的我有時也會這樣問年少的自己，雖然我們已經不能窸窸窣窣，流利地同日而語。

淑樺，你過得好嗎？

通常這種問題，問的人就是希望對方也問候自己好不好，禮尚往來、投桃報李。我想起很久以前的小學時代，和一個女生朋友很要好，我們常常通電話。她的家用電話等候鈴換新音樂的時候，她就會按給我聽。後來多年不見，有一天我心血來潮打電話給她，聽到的是她不在家的電話答錄機語音，那聲音我知道是她，又彷彿不是。

我像是觸電般直接掛斷了電話。當初的兩小無猜啊，如今的我亦無閒暇去猜想她現在的模樣。即使住在同一條街，走幾步路就可以到她家門，但就是沒有去過。或許就是這樣電話線的距離，就像聆聽一首歌，聲波訊號遠遠擊打耳膜的距離，這樣就夠了吧。

當〈問〉彷彿問盡女人問及的一切，其實更早發行的〈夢醒時分〉早早提醒了自己：「有些事情你現在不必問／有些人你永遠不必等」……

5　吸菸室

為什麼歌聲清澈、通透，就不能久聽呢？因為清澈是空，空曠，通透是剔透，一不小心，足以將自我挑剔個乾乾淨淨，一塵不染。可是你知道，鑽石也能蒙塵，塵埃都有它各自落定的地方。

「哪怕沒有辦法一定有說法／就算沒有鴿子一定有烏鴉」，網路流傳這樣的影片，王菲在二〇〇一年錄製單曲〈白痴〉，由林夕作詞、三寶作曲，同時作為馮小剛執導的電影《大腕》的主題曲。當時的王菲啊，在錄音室一而再、再而三，反覆試唱著這首歌，確實很難唱，不像是〈約定〉、〈紅豆〉那種可以一氣呵成，對她而言輕易好唱的歌。

王菲錄這首〈白痴〉時，有人說為了搭配歌詞的意境：「烏鴉的嘴巴從來不說髒話／只有天才他聽懂了我的話」、「莫非我們的嗓子太邋遢」，所以王菲試唱到一定段落的時候，會停下來抽根菸，就是特意要讓原本先天清新的嗓子變濁、變啞。

看到王菲在錄音室抽菸，不少歌迷都崩潰了。可是我想到的畫面是，鋼筋水泥蓋起的高樓大廈聳入雲霄，王菲嘹亮的聲音一階一階拔尖、挑高，《大腕》和〈白痴〉同樣都在反諷人們被中國商場文化唬弄的現象，後者的地圖炮可能還波及「炒房」，化用了文革時代土法煉鋼、大躍進之類的歷史意象。

大起大落，樓起樓塌，一會兒鴿子，一下子烏鴉。王菲高亢的人聲忽焉轉為二胡的低咽，人琴合一，物我難分。

菸愛抽就抽，本人也抽很凶，可能並不特別為了歌詞意境什麼的。只是「把乾淨的聲音特意弄濁」於我，幾乎是個悲傷的隱喻了。人呢，有一些污點總是好的，擦得太明亮的玻璃窗，很容易就會被路人撞個粉碎（他們還會笑你玻璃心）。先天乾淨地像一張白紙的純真、善感、無限的創造性，可是終究終究，還是被粗糙的現實給磨損了。正是因為這些柔軟的內在，碰到了棉花也會受傷。

你小心翼翼甚至笨拙地，替自己塗上平庸、流俗，多數人所讚揚的那些。讓污點蔓延污點，毛邊繁衍毛邊。忽然想起有一次在公寓等電梯，門打開了，走出一名男子，他留下了滿電梯的二手菸給你。你忽然覺得那男子也是值得原諒的，他專門打造一座蜃樓給你，按鈕按了↑全世界就一起昇華。

6 河堤

那一天黃昏，穿著保暖的鴨毛羽絨衣，大概用了兩張熊天平專輯的時間，走完一趟河堤。沿途飛過雪候鳥，緩緩流淌的愛情多惱河，微微閃爍的火柴天堂，藏書人掀開書本，還有人在夢田裡插秧。

齊秦知名的〈夜夜夜夜〉，是由熊天平原唱、譜曲作詞的。熊天平DEMO的吉他彈唱保留了專輯刪掉的那一段，柔軟的聲線反而能聽出一種倔強。粉藍色的夜，月光的稜角也是軟軟的，有一些糖的粉屑。星星形狀的糖霜投進熱奶茶，等待融化。

熊天平久久上一次電視節目，他（或許是被迫著）解釋自己外表身型變化的原因。他說年輕時的自己啊，心靈太過柔弱，像嬰兒，有個嬰兒心。那時遇到很多不如意的事情，吃了一些藥物，而這些藥物是會導致他的身型變化的。以前在唱片公司，口拙、話少，總經理（同時也是作詞人）許常德看他呆呆笨笨的，好像小熊一樣（大概因為他的姓氏）。所以小熊就變成他的標誌，MV拍攝現場都放了小熊娃娃。

不知為何，聽到熊在電視上解釋自己為什麼會變成熊，這一切真的是太悲傷了。可是熊，你的〈愚人碼頭〉是和齊秦一起合唱的，齊秦是狼，你是熊；MV中你和齊秦一起站在碼頭邊，他手攬著你的肩，那畫面像涉世未深的弟弟和退隱江湖的哥哥。

可是熊，我如今只有一個人，沒有哥哥也沒有弟弟，更沒有江湖。聽著這一首〈愚人碼頭〉，我想像自己一邊吃紙碗盛著的淡水阿給（戳破沾滿甜辣醬的油豆腐讓冬粉湧現），一邊走在海風吹拂的碼頭，口袋裡放著幾顆萬年不朽的鐵蛋。

其實我正在走的這個河堤，走到一定段落，就是靠船的地方了，這裡的人喜歡滑水（就像你善於滑雪一樣，只是水是溶化的雪）。船往前開，人在船的後頭拉著繩子拖曳，斜斜切開水花。我猜想，他們其實很享受那摔落的瞬間吧。技術不好或體力不濟，人就會被遠遠拋開後面，那種微小的極限運動，迷你的酷刑。

有一首歌我是哭得特別久的，雖然不是形象化的哭，而是淚水象徵性地在眼眶打轉。你和許茹芸，兩人都那麼會說故事，合唱著〈你的眼睛〉：「不讓你的眼睛／再看見人世的傷心」，不知為何就得到了些許安慰，我想到了死在紐西蘭激流島的顧城的詩：

我希望，
能在心愛的白紙上畫畫，

畫出笨拙的自由，
畫下一只永遠不會，
流淚的眼睛。

這一路我走來，確實也是風風雨雨。我也不確定回首，它們是否會轉為微風細雨。如果當時有人在我的身旁，悄悄說聲：「你辛苦了」，那就好了。遞給我一顆糖做成的句點，讓我在裡面安息。

你辛苦了，你比多數人都努力地活著。

你已經很努力了，可以了。

好了喔，夠了喔。

想起去眼科診所或眼鏡行配眼鏡的時候，驗光師會用一台儀器測試你眼睛的度數，長鏡頭望過去，畫面可能是風車旁的小木屋，或河堤上停放的腳踏車。他會換上不同度數的鏡片，手稍微轉動鏡片，「啪擦！」一聲，有些人不管怎麼眺望遠方，遠方的風景都是模糊的。因為淚水啊，永遠模糊了眼睛。

——原載二〇二一年四月二～三日《自由時報》副刊

神神，成功大學台灣文學研究所碩士。作品跨詩、散文、小說領域，曾獲聯合文學小說新人獎、時報文學獎、林榮三文學獎等。

【說話】

無去——劉梓潔

阿嬤無去啊。

五歲的我第一次看到父親哭泣，那時我們四代同堂住在三合院，父親在客廳翻著手寫電話簿以轉盤電話，一通接一通打到分別位於台北、台東、和彰化各鄉鎮的姑婆們家。我爺爺有三個姊姊、兩個妹妹，還有一大群堂親與表親。身為長孫的父親擔任報信工作，那頭接通，父親便以哭腔呼喚親戚稱謂，下一句是：阿嬤無去啊。

我不解，據說我自幼年就白目得很，想到什麼就說什麼，但當時我應該也感染了全家大人哀痛的氣氛，不敢亂說話。我八十六歲的曾祖母，在幾十分鐘前斷氣了。那天傍晚她說身體不舒服，想待在房間吃糜，她的孫媳我媽熻了一碗公排骨粥，她吃光光。我爺爺的哥哥嫂嫂也從彰化市回到鄉下來，共商是否叫我爸跟隔壁堂叔公借車，載阿祖去城裡看醫生。晚餐後，阿嬤和伯婆進房探阿祖，一下便出來喊：阿母敢若無法度啊。

我記得不是很清楚，接著應該是更多的大人、還有一些葬儀社的人來了，有人進房幫阿祖更衣，有人幫忙打掃正身廳堂，我陪著父親在客廳打電話。無去，不是國語的不見了的意思嗎？阿祖雖然死了，但身體還好好地在房間，正要被搬到公媽廳，哪有不見？

隨著葬禮全家上下忙碌，我沒機會發問，未解的問題隨著長大慢慢也懂了，那是比較文言的說法，而不是粗暴地說死去啊、翹去啊。

又過了二十年，換成當年報信的我爸掛了，他是這個長壽家族的異數，瀟灑得很，說走就走了。打電話的，換成我爸的弟弟，我二叔。那本記滿遠親近戚室內電話號碼的手寫電話簿好像還是同一本，我二叔盡責地一通接一通打，那時我應該跪在我爸腳邊燒腳尾錢，照理說應該哭得無法思考，但我已經讀了台文所也開始寫作，是寫字人的語言文字雷達自動偵測吧，我聽到二叔用台語說的是：阮大兄往生啊。

二叔在台北中和落地生根娶妻生子，對他來說往生便是死去的文言。

再過十年，我三十五歲，開始認真學日文，我才真正解開五歲時的疑問了。日文的過世、往生、死，就叫なくなる，漢字是無くなる，也是亡くなる，是無去、也是死亡。若用文法來看，是ない（沒有）的「變成體」，去掉い加上くなる，直譯是變成沒有了，也就是無去啊。

靠邀原來我爸講日語喔。

阿祖的葬禮還有個後續。

家前面有一棵大榕樹，樹下是一座普渡公廟，廟旁邊的人家有位阿祖，慈眉善目，身體硬朗，穿著唐衫，梳著髮髻，一邊掃著落葉，一邊問候來往村人。大家把那廟埕周邊統稱為榕腳，我們小時候很愛去那兒玩，爬爬廟前的戲台，繞著大樹跑來跑去。曾祖母的葬禮過後不久，我和妹妹跑到榕腳去玩，遇到了這位阿祖。阿祖笑咪咪問我幾歲了，我回答五歲，反問：阿祖那你幾歲？

「我九十歲咯。」阿祖回答。

我瞪大眼睛，真心發出疑問：「阮阿祖八十六歲就死了，汝九十歲那猶未死？」

阿祖聽完哈哈大笑起來，不知如何為我解答。我繼續蹦蹦跳跳跑回家去，沒記得此事。

是又過了幾天，阿嬤去廟裡燒香，阿祖才對阿嬤說：「恁查某孫仔那遐呢巧！」笑著把上面對話轉述給阿嬤聽，阿嬤一聽都暈了，連忙道歉，說要回家把我抓起來send tree pay。

「毋通啪啊！」阿祖急著護衛我，「這囡仔這呢巧，毋通啪！」

後來，這位阿祖活到了九十九歲，過世加一歲，無病無痛，享年百歲。大人們開玩笑說，被我一說結果活到百歲，其實大家都知道，是因為她寬大的心。

算起來，這位阿祖過世時我約莫十四歲，國中三年級，百歲人瑞過世在村裡一定是大事，但我完全無記憶，那時世界只有國語文競賽和高中聯考。

幼稚園讀的是鄉立托兒所，老師是阿嬤娘家的親戚，我要叫姑姑，唱唱跳跳之外，有國語課、數學課，全台語授課，每天也要背三字經，但我還記得那位姑姑老師的指令類似這樣：「明阿載愛背嘎兄則友弟則恭，知影否？」上小學之後也沒有受過什麼特別調教，頂多就是國語連續劇看得更多、兒童故事錄音帶聽得更多、然後開始聽國語流行歌曲和羅小雲的《知音時間》，上國中後，我被國文老師指派參加演講比賽。

題目好像是守法還是環保，上台比賽的前一個周末，正好外公外婆家採收芹菜，整個家族大小都回去幫忙清洗綑綁，我一邊沖著芹菜的泥巴（其實是想玩水），一邊背著稿子。好像是姨丈提議，你到時要對全校講耶，一千多個人，你不緊張嗎？現在這邊就有好幾十個人，你練習看看！

我也就呆呆地站上籃子疊起來的平台，一口氣把稿子背得流暢，配合老師指導的幾個手勢。大人們很是驚奇，說：「國語怎麼那麼標準！？」

那次校內比賽我拿了第一名，要再代表全校參加縣級競賽。那是民國八十三年、一九九四年左右，儘管國中小還沒有母語課，宋楚瑜選省長已經要勤練台語，全縣國中演講比賽，也分成國語組和台語組。學校怎麼分配呢？第一名參加國語組，第二名參加台語組。我還記得那個第二名的隔壁班女生的名字和長相，我們曾經一起練習，她練台語，我練國語，十四歲的女生，多少有點狹小的競爭心態，老師幫她寫的演講稿裡充滿《天天開心》裡會出現的俚語，我一邊聽她練習一邊覺得自己好幸運。但是真的到了縣級比賽那天，我在國語組的會場被一大堆根本金銘小雨點化身的外校參賽者打掛，個個都字正腔圓抑揚頓挫再加甜美可愛，我只是個對著芹菜田練習的幸運假貨，直接就地放棄。反而參加台語組的同學得獎了，拿回獎盃，還晉級到中部五縣市決賽。

大概是那一輪訓練加激勵，我的國語好像更標準了，有次鄰鎮數理補習班的老師以為我是外省人家的小孩，我還因此有點驕傲，現在想起來也真想給國三的自己send tree pay。

還有一個伴隨母語深植習慣、改不掉的稱謂，是對我的祖父與外公。我叫他們「爺爺」，而不是其他本省家庭小孩叫的「阿公」。讀了台灣文學所也改不回來。我問我媽為什麼會這樣？她也說不出所以然，「好像就是，覺得讓你們叫爺爺爸媽比較有讀一點書的感覺。」那就是了，讀更多的書的我阿姨就讓我的表弟表妹稱祖母為「奶奶」。而我剛好卡在中間，「爺爺阿嬤我轉來啊」、「爺爺阿嬤呷飯」，叫了四十年。

認真要說，我的台語從沒好過。清華大學台灣文學所面試末了，胡萬川教授親切地說：「台語講兩句阿來聽看覓！」我講嘎離離落落。曾經為打書上台語電台節目，對上主持人流利典雅的台語，我嘛是離離落落。唯有一次，在清大台文所，陳萬益老師的台灣文學史課，課堂報告我負責一九三〇年代的台灣話文運動，我用台語朗讀了郭秋生的〈再聽阮一回呼聲〉：有時星光，有時月光，想講是文言文以外無文的迷夢已經打破，作中國白話文才是時代文的酣眠也好醒來咯。

老師同學們說我台語很好。我希望伊永遠袂無去。

——原載二〇二一年五月十五日《自由時報》副刊

張子宜攝影

劉梓潔，一九八〇年生，彰化人，曾任編輯、記者、文案。曾獲聯合文學小說新人獎、林榮三文學獎散文首獎、台北電影節最佳編劇與金馬獎最佳改編劇本獎。著有《父後七日》、《親愛的小孩》、《遇見》、《自由遊戲》、《希望你也在這裡》等。現為作家、編劇，並任教於逢甲大學人文社會學院。

臨暗——黃文鉅

客居盆地近二十年，習慣了說國語。鮮少遇見客家人，就算有，彼此卻像懷抱尷尬默契似的，以國語交談。倒不是對母語不認同，而是我輩中人的日常行止乃至視聽娛樂已太適應國語聲腔，適應到有時候忘記自己口齒裡，仍冷藏著另一種功能性如牙齦萎縮般的語言。

另一可能是，我輩中人熟練的客家話詞彙太有限，他鄉遇故知，想要反芻任何有建設性的對話，哪怕只是閒聊，也擔心詞不達意。

客家話存在感稍低，在大眾文化中罕有成為主流的輝煌。較為人知的時期，居然是十多年前「董月花」在綜藝節目中以誇張戲謔的客家腔國語說道：「痲油雞粉香、粉油、粉好吃」，導致一窩蜂人學舌搞笑，把日常對話裡的「很」說成「粉」，開口閉口粉來粉去。但我必須說，那個「粉」字發音微妙，不唸ㄈㄣˇ，要唸作ㄈㄨㄣˇ才到位，若非客家人難以淋漓盡致。

每種方言自有慣用或罕用的發音部位，一旦切換成國語，或多或少會形成腔調。某部分地域的客家長者，發不太出舌根喉音ㄏ，便以唇齒音ㄈ代替，久而久之習慣把「很」說成「粉」。竊以為，我輩中人已經較少出現客家腔，或許也跟不熟悉客家話有關。

成長在素以九降風聞名的客家城鎮，一家子圍坐在電視機前，除了收看綜藝節目，往往是閩南語連續劇或瓊瑤八點檔。稍懂事些，開始追隨劉德華、張惠妹、許茹芸、蘇慧倫等國語流行偶像金曲，也不忘跟著母親聆聽江蕙和黃乙玲，她們淒婉又庶民性十足的歌聲，勢如破竹傳遍大街小巷——待客語電視台成立、金曲獎設立最佳客語歌手獎項，已是很後來的事，更不消提能否蔚為文化主流——說來慚愧，我腦海殘存的客家歌謠大概只剩〈唐山過台灣〉和羅時豐所唱的〈細妹按靚〉，直至近年林生祥的崛起，才漸挽此頽勢。

歌謠影視打破了族群間的藩籬，把人類對語言情感的記憶，像牢不可破的胎記那樣拓印在廣大聽眾的身體，年深月久成為辨識度。其後，當耳朵不期然聽見了某一首老調旋律，便能隨口哼唱，無關乎身分認同。

記憶裡，唯有返抵那座多風的城鎮，客家話才會在嘴角順勢蕩漾。如同諳水性的人，多年未碰水，但一跳進水裡，立馬可以施展泳技。在那座多風的城鎮，祖父母和街巷鄰人所聞所感皆曰客家話。納悶的是，父母不知何時起卻只跟我說國語，唯獨他們二人獨處或重大事發商討之際（通常不需我插嘴表達意見），才會熟極而流切換至海陸腔的客家話。

台灣客家話兩大宗為海陸腔和四線腔，二者勢鈞力敵，但經常在同一個字眼的輕重音上唱反調（此高彼低或此降彼升）。四縣腔使用人次最廣，分布地為苗栗、高屏六堆和桃園的中壢、平鎮與龍潭地區，所及還包括，火車上和捷運上所使用的廣播系統。海陸腔則居次，分布地為新竹、桃園觀音、新屋、楊梅及苗栗部分地區。

通常是過年返鄉，拜年，招呼，敘舊，那淺淺的時光足以把我一整年份的客家話額度和心虛指數全耗盡。年復一年又發現，自己已然失去了用客家話深度交談的能力。聽是懂聽，畢竟自童年環境的直覺養成，但口說能力嚴重退化。對父祖輩而言，萬物皆可轉化成客家話描述，而我卻像剛學會日語或韓語的外國人，心虛張嘴且掛一漏萬，時不時得瞥向一旁長者求援翻譯。

客家話是我輩哈日世代（後來哈韓）所學會的語言裡，使用頻率最低的一種吧。比大學裡所謂第二外語（過半是日語或韓語）更稀罕。我輩中人絕大多數，除了國語衍生的知識教育和影視娛樂以外，經常看日劇，看日本謎片（羞），讀日本文學，學基礎日語，去日本旅遊。此外（不論族群）或多或少也聽得懂閩南語歌曲，看得懂閩南語連續劇。

然而，鮮少有其他族群的人懂得客家話及客家文化。客家人，誠如字面上望文生義，以四海為客，不僅是地理上的離散寄居，也成了語言上的遊牧民族。假如一種語言，使用的族群人口與日俱減，有朝一日它會否瀕危消亡？無奈，我輩客家人，經常對自己的母語不夠親近，也不夠深情依戀，始終人在心不在，名符其實最遙遠的距離。如果客家話也能夠成為風騷掛帥的口頭禪就好了。

我想起在摩洛哥外海不遠處的加那利群島中，有一小島叫戈梅拉，面積差不多四百平方公里左右，兌換台灣尺寸，頂多台北市外加新北市某一區的大小。據說，當船隻駛近戈梅拉島的時候，船上人群可清楚聽見無數酷似鳥啼的叫聲。當地人溝通方式並非具體的語言，而是把所有子音和母音藉由口哨語表達，彷彿摩斯密碼，以鳥語取代人語，全世界獨一無二，已被聯合國教科文組織列入世界文化遺產。

當一種活生生的語言被列為文化遺產，即是瀕危之始，壽命的臨界點。它不像釀葡萄酒那樣愈陳愈香，相反的，在光陰的萃取壓搾下，它將成為語言學的標本，封入歷史。客家話瀕危消亡的可能性，看來恐怕跟原住民語不相上下。雖沒有像國語普遍流世的書面語，但客家話跟閩南語早有發明文字，只是罕為人用。

我記得林生祥唱過一首客家歌叫〈臨暗〉，歌聲幽寂哀婉，描述一客家子弟在大都市底層打拚，日復日孤獨討生活，已筋疲力竭，熬不住思鄉情愁。

「臨暗，收工／一個人行，佇都市／捱目珠吊吊頭臚冇冇／蓋像自家已經／灰飛腦散」（傍晚，收工／一個人走，在都市／我眼珠吊垂頭顱虛脹／好像自己已經／魂飛魄散）。

「暮麻，一個人／行中山路／輗中正路／論萬盞火照毋光／腳下介路／人來人去算毋利／冇人好問／食飽餵冇」（夜暗，一個人／行中山路／轉中正路／上萬盞燈照不亮／腳下的路／人來人去算不盡／無人可問／吃飽了沒）。

臨暗，在客家話的意思是黃昏（臨暗不知怎的，讓我想起一種叫日光夜景的攝影手法），我極喜愛這質樸的詞彙所臨摹的家常感，夜色漸層暈染的「臨暗」，跟國語中的「黃昏」各有千秋，但「臨暗」多了股懸念。臨暗似乎冥冥中，也影射著客家話在主流語言中弱化的宿命，口說者稀，但它猶有一股生猛底蘊作後盾，在主流裡成為一道伏流，淺斟，低唱。

尋常客家人（至少在我們家族）說起「臨暗」，通常會再加上語尾助詞，類似國語的「兒」——講到花、鳥、魚這一類單詞也有相似用法。花兒。鳥兒。魚兒。——臨暗兒。我在他鄉盆地求學又求職若干年，到頭來卻是前途無亮，「臨暗兒」輻射而出的寓意，儼然成了宿命性的個人隱喻。

近年在長照黑洞的壓力下，家族父母輩及其手足一個個疲於奔命。從前熱絡的客家莊，轉眼像是老舊收音機接觸不良，被沉默和瘖啞取代。整條小巷人口急速老化，徒留下病痛，憂鬱，沙沙不絕的雜訊。

每每返鄉時，我常想起從前，通往家屋小巷的上坡路途，總會有人端出飯菜蹲在臨暗的家門前扒了起來，也有人家裡點了黑貓牌蚊香飄出一陣甜膩的煙圈，一旁鄰家孩童忙著玩跳房子、騎腳踏車、跳跳繩和捉迷藏。忽然間，誰聽見了叭噗、叭噗的聲響，賣冰淇淋的來了，大伙兒紛紛擱下玩心，衝回家向大人討零錢，貪一口臨暗前的冰涼……

我彷彿看見自己身穿鼠灰色短褲和白色吊裨，滿頭大汗從某戶人家曬稻穀的大院堂，遠望著金紅色的太陽從山凹處跌落。金紅一下子燒剩了昏黃，接著是臨暗的紫灰藍，鴿子黯然神傷低飛掠過，家家戶戶燈火如螢火蟲，紗窗飄出飯菜香。

——原載二〇二一年五月九日《自由時報》副刊

陳佩芸攝影

黃文鉅，政治大學中文所碩士，政治大學台文所博士肄業。曾任教於東吳大學，也曾任職媒體多年，專事人物採訪。著有《感情用事》、《太宰治請留步》。

關於買賣——馬翊航

國中時候從阿美族的同學那裡，學會幾個詞彙：cucu是奶奶，cacopi是蛆，fafoy是豬。但為什麼是這幾個字呢？只要說使用的人是國中生，應該就可以理解了，國中生可以把字放在任何喜歡的地方。

（她的cucu已經很大了呦）

（你fafoy啦你、你才是cacopi！）

有一個字，每次都會在嚴肅平淡的社會課裡引來笑聲。阿美語裡鴨子是maymay，而且發音容易，近於「買賣」。只要當老師說：「我們進行買賣的時候，所使用的金錢我們稱之為貨幣……」大家不會聽見買賣，只會聽見maymay。最近我才在《卑南語法概論》裡學到，我們跟阿美族說法是一樣的，而這個詞被歸在擬聲詞，想像鴨群在大坡池邊maymaymaymay的叫，也是萬種風情。但國中畢業二十多年，我只要讀到或聽到買賣，不管韋伯（談市場與maymay）或班雅明（收藏行為將物從maymay過程中拯救出來），還是會有一頭白色的胖鴨，在我前面搖搖晃晃。發音觸動兩片嘴唇，鼻腔微震使人分心。我也苦惱於這麼私房、富有生命力的笑料，到底要跟誰分享？

（maymay走過天亮）

安哲羅普洛斯的《永遠的一天》裡，主角向小男孩說故事：一位流亡的詩人，當他返回故土希臘，卻無法使用母語交談、歌頌革命，於是他開始買詞彙。男友在三月陪我報名了初階的卑南語班，也跟我分享這個電影裡的故事。聽到時除了應具備的惆悵，也同時湧起豪奢的無奈，勤儉的欣喜：求學階段父親贊助的日文補習學費數萬元，如今大半詞彙是水流了。但眼前尚未開課的卑南語班，只要九周全勤，僅僅一千元的保證金還可以退費。在多重的回收心態之下，我起步學習卑南語。

有天去逛菜市場，學語言要求根植生活。雖然學不到半個月，我企圖把目前買到的詞彙都抛出來，還驕傲超前進度多背了幾個。不只花，草，還有樹根，甘蔗，樹豆，圓葉胡椒。只是我看著眼前的花椰菜，小白菜，青辣椒，蒜頭，芹，韭，如同被突襲野放，能說出的菜只有玉米kudumu跟地瓜vurasi。只好當場邀男友共同複習頭鼻子牙齒臉，五官繞了一圈又一圈，聲音平板也像maymay。想背得更多更快，我甚至想像自己是以聯想記憶法聞名的族語補教名師——ungcan是什麼?·是鼻子。發音很簡單喔，就像「穩讚」，聞起來好讚，鼻子就是ungcan！來，跟我唸一遍ungcan——男友露出無奈的小狗眼神，當然是行不通的。

時間就是買賣。三十歲之後對番茄鐘依賴漸深，反映我對日常時間組成的焦慮，錙銖必較與報復性格。對每一項任務的「評估」，隨之變得重要：寫作兩千字的文章需要二十四個番茄，約十二個小時；讀三百頁的書八個番茄，大約四小時。添加「建和卑南語」項目時，我稍微愣了一下。據聞順暢掌握新語言的學習時間，最短是六百小時，更深難的需要一千兩百小時以上或更多。兩千四百個番茄，幾乎是球池了，一顆一顆番茄滴漏，在球池中游泳是很遠的事。

我的英語發生在小三（跟一台當時新潮時髦的互動學習機），日語發生在大一（跟著台大日文系的朱秋而老師）。但小學時沒想過世界，大一時無力想世界，我現在三十九歲，跟著洪艷玉老師加族語E樂園學卑南語，更想彌補過往遺漏的語言蜜月期，那裡有現代生活少見的甜美、寬容、和顏悅色。族語E樂園網站內容豐富，愈跳級想必愈划算。我繞過基本九階教材，直接點選文化篇高級文章，一些詞彙卑漢雙語對照出現。諸如分享pu’acar，設施pinarahan，根據kuwarelrangan，絕對準確penauwa，護佑ina’iyal，誤解pacepelr，就算只是看過，都能自我感覺良好。千詞表裡有物品類七十一種，植物類五十七種，行動類五十二種。向下自動播放發音，有些單音節重複兩次的詞彙，俐落地在耳中活動。例如翅膀是pakpak，就像鳥羽搧動，在空氣的階梯中啪啪抬升。像是飛機綜合堅果包拆開撒在地毯上，我用耳朵將它們排列起來。

virvir，tutus，tengteng，pedped，dindin。
嘴唇，老鼠，蜻蜓，蚊子，蝸牛。

’ap’ap，wa’wa’，kuku，sa’sa’，’ura’ura。
眼鏡蛇，烏鴉，幼犬，床鋪，泥土色。

但在一篇以漢語寫成的文章中，如何讓原本像驚嘆，像親吻，像模仿，像撫摸，像警告的聲音，能多踏一步，走入你眼前的空氣，使它們緊緊攜帶的震動（撞擊、心跳、拍手、吹氣、威嚇），有機會發生？有一些以「ung」結尾的字，也可以牽手跳舞，muwarak。它們像輕輕的雷，鐘，蜂，在鼻子與額頭之間嗡嗡響。

takungkung，空心菜。acevung，找到。’avuvung，心臟。
magunggung，笨笨的。derung，打雷。mukulukulung，滾落。

有一個字是我的久別重逢。tungtung是打瞌睡、想睡覺。我很小的時候跟初鹿外婆說，我想吃凍凍果，外婆以為是「tungtung ku（我想睡覺）」。她為我蓋上薄被，哄我睡覺。我躺著，繼續說我要凍凍果，凍凍果，外婆又繼續哄我，哼起wu-wa-wu——wu-wa-wu——

（來到這裡，是不是需要有聲書？）（可能還需要解釋什麼是凍凍果？）

不知不覺之間，我們竟然已經有了兩個關於諧音的笑話了。還有一些特別富有節奏感的字，如果有人可以用它們說唱饒舌填詞寫詩繞口令：

sirusirupan，蝴蝶。muʼururus，滑掉。lremaslras，搓揉。

pacarangcang，晾乾。kipayapaya’，找碴。ngalangalayan，車站。

遇見不好發音的字我請教父親，其中舌頭打結的是「忙」這個字。vangavangan是很忙、mavangavang是忙碌、麻煩、擔心，kamavangavangan是太忙，aku kamavangavangan是不太忙……我在清明聚餐桌上跟爸爸說這個字超難唸，愈唸愈忙。但他耳朵還儲存其他類似的聲音，「如果說衣服太寬大，寬大這個字『valangavang』唸起來跟『忙』也很像喔。萬一今天想講說，因為急急忙忙結果穿到一件太寬的褲子……」餐桌上嬸嬸姑姑爸爸這批族語高級使用者，開始–gavang、–gavang地造句起來。我想起另一個結構優美、節奏靈活的字：遊戲，malihilihi。其實「忙碌」（mavangavang），也跟「玩耍」（kivangavang）有同一個源頭。

寫作這篇文章的時候，所有族語詞彙，都被文書軟體自動標註下方紅點：陌生，錯誤，危險。卑南語的紅色是dangdarang（勉強接近「擋打浪」），聽起來像中獎，也像警告。整篇文章都變紅了，我按下右鍵——查詢拼字，學習拼字，忽略拼字——學習拼字。詞彙在最近爆炸性展開，偏偏它們不是我想買就能買，更像雨天北上的自強號，詞海水滴從玻璃流到後座又後座。不過新手理應是最安於貧窮的，安於買賣與持有的餘地，與各種未來的囤積，神祕，日常，損壞，出賣。所以是使人傷感的詞彙，表達遙遠的詞彙，堅固的詞彙，年紀較輕的詞彙，是好也是壞的詞彙。

《永遠的一天》的片尾，是主角亞歷山大，在海邊背對我們，唸著他向小男孩買來的四個詞彙：蔻芙拉，放逐者，我，深夜。我的記事本裡也有幾個希望買下的：temulrepulrepu’，雨滴。muliyuliyus，旋轉。cemikip，折疊。pa’ilring，誘餌……

——原載二〇二一年五月二十二日《自由時報》副刊

馬翊航，一九八二年生，台東卑南族人，池上成長，父親來自Kasavakan建和部落。台灣大學台灣文學研究所博士，曾任《幼獅文藝》主編。著有詩集《細軟》；散文集《山地話／珊蒂化》。合著有《終戰那一天：臺灣戰爭世代的故事》、《百年降生：1900-2000臺灣文學故事》。

賴以生存的奇蹟：芥川獎頒獎典禮演說全文——李琴峰

「我真希望自己沒有生下來。」

究竟是從什麼時候開始有這樣的想法，如今我已記不清。

才不是什麼「生而為人，我很抱歉」，是「希望自己沒有生下來」——既然我並非自己選擇、按照自己的意願出生的，那麼對於降生於世這件事，自然沒必要感到抱歉；相反地，對於自己被迫出生這件事，我總懷有一股無處發洩的憤怒以及絕望，生存至今。

這種情緒與「渴求尋死」，又有些許不同：既已降生於世，平白無故便也生不出積極求死的欲望；即便真死成了，也改變不了自己曾經存在的事實，回歸不了完全的虛無。此外，一想到在我死後，可能有許多人在我所控制不了的領域，針對我的死亡妄加揣測、解釋與考察，那種情景光是想像，便已令人心生不悅。

如此想來，果然打從一開始就壓根不存在的狀態，不論喜怒哀樂或愛別離苦都無由而生的狀態，才是最佳的狀態。

究竟我是為何會有如此想法？或許是因為我在還很小很小的時候，就已經注意到了世界的罅隙。世界的罅隙，荒謬的牆，陽光不到的角落。早在彼時我便發覺，自己決計成為不了那種能被世界祝福、歡迎的人類，這個事實折磨著我，使我絕望，並在我往後的人生中，種下了深植心底的根源性的惶懼感。即使如此，我依舊抱著一絲期望，我告訴自己：或許等到年歲增長、長大成人，一切就會變好，會沒事。

可惜一切總是事與願違。不但事與願違，在成長的過程中，我還曾無數次目睹世界的惡意遭到具現化的瞬間。世界的惡意總是如此巨大，個人總是如此渺小，且世界絕對不會承認自己的錯誤。不論如何對個人加以蹂躪、摧殘，將其推落絕望的深淵，甚至葬送死蔭幽谷之中，世界總是毫無懺悔之意，若無其事地持續轉動著。世界不會出錯，一切都被歸咎於是個人太過脆弱。面對如此這般蠻不講理又捉摸不定的巨大猛獸，個人會感到恐懼震顫，渴求透過死亡尋求解脫，也是理所當然的。事實上，我也曾數次暴露於世界的惡意與敵意之中，遭受嘲笑與毀謗，弄得渾身是傷，甚至徘徊在死亡的邊緣。

之所以能存活之今，我仰賴的是知識與文學的力量。知識賦予我客觀視野，使我得以抽離自身體驗，在時間與空間上拉開距離，客觀看待自身的處境與狀況，同時也獲得了摸索自身苦痛根源的線索；文學則賜予我表達的手段，使我得以將自身的絕望、無力、憤怒、憎恨、憂煩、苦悶等主觀情緒，加以消化昇華。我努力不去傾聽俗世的淺薄雜音，而是埋首書堆之中；我也不去切削自己的肉身，而是將那股力道用以刻劃文字。即便如此，我依舊會在孤獨的黃昏裡恐懼顫抖，會在不眠的暗夜裡獨自流淚，我必須忍受著這些痛楚，今天才得以站在芥川獎頒獎典禮的這座舞台之上。

本次得獎作品《彼岸花盛開之島》，對讀過我此前作品的讀者而言，可能有些人會覺得「不像李琴峰的風格」；相反地，也可能有些讀者會感到興奮：「李琴峰終於發揮真本事了」。的確，本次的作品和此前的《北極星灑落之夜》或《星月夜》的確有些不同，是一部略帶奇幻風格的小說，但這部小說裡所描繪的問題意識，與之前的作品應是相通的：關於語言，關於國家，關於文化與歷史的思索，關於現代社會與政治的危機感，以及遭受強行分類的苦痛。

七月中旬，得獎消息受到報導之後，便有許多大概根本沒讀過我所寫的任何東西的人，傳來大量的惡意言語、毀謗中傷與仇恨言論。「外國人別來說日本的壞話！」「反日份子滾出去！」諷刺的是，這些企圖傷害我、使我沉默的惡言惡語，其實反而是為我在《彼岸花盛開之島》中所表達的，對當代的危機感，賦予了一種極為真實的現實基礎。換言之，他們那些惡意的話語，都使得《彼岸花盛開之島》這部小說，從某種寓言式的虛構故事，更加接近了預言的領域。

其中，甚至還有部分人士散播類似「李琴峰其實是外省人，不是真正的台灣人，所以才會反日」這種在各種意義上都錯得離譜、不知該從何吐槽起的滑稽的流言蜚語。但從這件事上也可明顯看出，人類真的是種若不強將他者進行分類，就無從安心的生物。「因為你是○○，所以就該有○○的樣子」、「那個人是○○，難怪會○○」——他們便是透過這種方式，企圖將本應擁有極為複雜思考活動的人類，以極為單純的屬性與膝蓋反射式的邏輯，來強加曲解。這種極為粗暴的分類與解讀，正是我不斷透過文學——透過我的文學——來試圖進行抵抗的事物。

《彼岸花盛開之島》裡有這樣一段台詞：「我們所出生、成長的〈島〉，本來就是艘隨時都有可能沉沒的船。」根據哈拉瑞《人類大歷史》所言，我們有幸活在人類歷史上最為和平的時代；但就連我們在這個當下所享受的和平，其實都處於隨時可能崩毀的狀態。今後，《彼岸花盛開之島》究竟會成為預言之作，或會只是單純的虛構寓言，這就不是身為作者的我所能決定的了，而是有待活在這個國家、活在這個世界的所有人，以其行動來決定。

本次榮獲芥川獎，成為史上第一個獲得芥川獎的台灣人，我在台灣方面也備受矚目，獲得極大篇幅的報導，也有媒體拿出那句套語，宣揚我是「台灣之光」。對於這些反應，我固然感到開心；另一方面，內心卻也想和這些報導與話題，保持一點距離。

當然，不論是我所出生、成長的台灣，或是我以自身意志選擇居住的日本，對我而言都是相當重要的地方；那些培養、陶冶我人格的日本與台灣的語言及文化，無疑也已成為我文學的血肉。若我的作品，或是翻譯也好，能達成某種文化交流的效果，那自是令人欣喜。但對文學而言，這些只是附帶性的價值，而我本身也不過是一個「在台灣出生、成長，並依自己的意志移居日本的個人」罷了。忘記在哪裡讀過這句話：作家是永遠的異鄉人。我絲毫不打算背負除了自身以外的任何事物——比如家國，比如台日友好，比如祖國繁榮之類——要我背負，我也承擔不起。附帶一提，今天我之所以穿這件衣服（漢服）前來參加頒獎典禮，單純就只是因為我想這樣穿而已，大家也不必做出任何與國族主義有關的聯想。

在我的第一部日文小說，同時也是我的出道作《獨舞》之中，結尾，主角遇到了一個奇蹟，因而避開了死亡的命運。有評論家批評這結局「太過依賴巧合」、「只是在滿足自身願望」，但現在我卻認為，對努力要活下去的當時的我而言，我所需要的正是這種巧合而滿足願望的奇蹟。我衷心相信，本次榮獲芥川獎，也會是另一個我所賴以生存的奇蹟。

此外，若我能夠奢望——我希望在各文學雜誌規劃李琴峰追悼專題的那天到來之前，能夠再寫出幾篇震驚世間的小說，如此，作為作家，我心已足。

我想將這個獎項，獻給二十二年前，那因為世界罅隙而惶惑不已的自己；獻給十七年前，那牙牙學語般獨自學習著五十音的自己；獻給十二年前，那為世界的惡意所苦、所折磨的自己。獎，獻給過去的自己；作品，就獻給讀者。

感謝大家。

——原載二〇二一年九月三日《nippon.com走進日本》網站

稻垣純也攝影

李琴峰，作家、翻譯家。一九八九年生於台灣，國二起自學日文。台灣大學畢業後赴日本早稻田大學攻讀研究所，後取得碩士學位。二〇一七年以首部日文小說《獨舞》獲選群像新人文學獎優秀作，二〇一九年以小說《倒數五秒月牙》入圍芥川獎與野間文藝新人獎。二〇二一年以小說《北極星灑落之夜》獲日本藝術選獎文部科學大臣新人獎文學部門獎項，同年以《彼岸花盛開之島》獲芥川獎。另著有《星月夜》、《生之祝禱》。

【日子】

二〇二〇台北式結婚——洪愛珠

二〇二〇大疫之年，終於到底。

台灣與疫情擦邊而過，如乘高速列車，車廂內過著正常生活，窗外景色崩塌，人事消亡。明明遍地煙硝，隔著玻璃竟無聲響。旁觀他人之痛苦，心生陰涼，僥倖而恐怖。

我倆偏偏選在今年結婚。

瘟疫之年辦喜事，惆悵歡欣交織。我們在台北，無求婚，無蜜月，倒是一切不缺。因台北的平安，和台北人的成全，辦成一場婚禮。一年中的得失聚散，此文為記。

其一　赤峰街上有家書店

赤峰街上有家書店，原址荒棄多年，直到一奇女子接手，補牆砌窗，打磨成一家書店。書店處處是店東的意志，使人著迷。很多地方我都喜歡，但並不著迷，上回迷上一家書店，是兒時去誠品書店敦南店。誠品敦南書店亦在二〇二〇這年，結束營業。

赤峰街上的書店，見證我和伴侶從各自前來，在書店結識，和決定結婚。

店主人介紹我們一位高人，與她約在書店長窗下。原打算諮詢工作遷居等細事。不料對方岔題，別的不緊要，應優先考慮結婚。

高人說法，我倆本是孤獨終老的性格，遇上彼此意外和諧，合適婚姻。我倆年紀不小，交往以來始終融洽。互望一眼，覺得沒有不可，便答應了。

年輕時看待結婚，覺得十分嚴重。真要結婚，竟只得互望一眼。

高人樂了，看好日期，指定農曆年前完成儀式。我倆僅兩個月準備。小跑步起來，也把事辦成了。事後諸葛，新冠肺炎在除夕前後疫情明顯嚴峻，我們選在年頭結婚，恰恰擦邊而過。

其二　婚姻的打算

我媽過世已數年，我和弟弟於半年內先後結婚，她皆沒見得。

有件事我老記得。媽媽臨終前不久，村裡幾位大嬸來探病。

我家一帶是台北農村，數十年禁建不開發，村人從前務農，彼此大多相識。我媽才藝好，待人親，是村裡的珍珠。大嬸們寵我媽，連帶疼惜我們全家，不時送自家的芥菜、土雞蛋來，冬至用塑膠繩綁兩隻雞，給我們進補。

癌末的媽媽，人薄如紙，強風都能吹破。下床走沒幾步，喘得面無血色。大嬸們看著心疼，哭成一堆。媽媽休息後。訪客驚魂未定，一雙雙紅眼睛，又將我這個未來孤兒團團圍住。有人出聲安慰，其他人仍是哭。其中一位平時厚待我們的阿姨，不無遺憾的說：「恁老母一定上煩惱你沒嫁，弟弟沒娶。」

聞言我一愣，悚然起來，字正腔圓複誦一回：「阮老母真正有說，伊上煩惱，我，沒，嫁，阮，弟，弟，沒，娶，嗎？」

大嬸抹乾眼淚，表情無辜：「伊一定係阿捏想。」

所以，話不是我媽說的，是您說的。

將類型化的遺憾，想當然爾的通俗劇台詞，置入我媽的瀕死情境，未免鄉愿，我幾乎動氣。想對方待我們好，且無惡意，才忍下來。

送客後，進房看媽媽。此時我媽不是大半生俐落近乎硬派的那個人，而是個輕飄飄，纖小而透光的病患。因臟器疼痛，用雙手摀著腹部，身軀輕輕左右晃動，眼睛低垂不看我。

我親吻她臉頰，喊一下媽媽。知道是我，她閉著眼淺淺微笑。

忍不住問。

「某阿姨講，你真煩惱我沒嫁，弟弟沒娶？甘有按呢？」

媽媽聽了，突然掀眼，炯炯瞪我一記：「那不是我會說的話。」氣若游絲，語氣確鑿。

「結婚係恁的事情，愛自己打算。」話說完，人又扁下去，簡直迴光返照。

心裡平坦。我的媽媽在最後階段，意志上仍是一個明白人。對於婚姻，這才是我媽的意旨。

媽媽，今仔日我欲來去結婚。我的婚姻，我自己打算。

其二　裁縫阿娥

既要結婚，就去置辦一套正式服裝。我從小不信白紗禮服，所以穿些別的。梁實秋《槐園夢憶》裡，回憶婚前的準備，梁母說，若是沒有一條紅裙子，便不能成為一個新娘子。我亦覺得大紅裙子喜氣，搭配白襯衫確實可以。但市面上紅裙子不好找，想我媽媽外婆這些前輩人，年輕時的衣服皆是訂做，便想請裁縫做一件。

往永樂市場找裁縫。永樂市場與永樂布市在同一棟樓，不少裁縫師傅集中此區。我在每間僅一兩坪的小工作室門口打探。見有一位老太太，目測年紀七十上下，較其他師傅年長，工作檯收拾得俐落，上前詢問。

名片上只印暱稱，師傅叫阿娥。聽完需求，阿娥問我幹嘛不穿婚紗？

「無甲意。」我答。

她笑而不語，大概覺得這女生挺古怪，但仍幫我量身。

我帶一件自己的黑色圓裙做為參考樣式，阿娥指定布料長度。我到二樓布市挑一塊中意的赫紅色絨面料，剪回來交給她。

阿娥取出圖紙紀錄，米黃色圖紙頗有年代，我這張流水編號是九九四一。紙面以紅色油墨印刷一女模特，短髮高瀏海，大耳環，單手支腰站成一字步，是八〇年代都會女子，電影《青梅竹馬》裡女強人梅小姐的模樣。

阿娥在女模身上，描繪出我的圓裙，標記腰圍和裙長。量身時聊天，她年輕時跟隨姊姊，在忠孝東路開店，為官太太們製作套裝和旗袍。大姊過世，她才到永樂市場承接一個小單位。開鋪時間自由，案子不必接滿。空出的時間，她喜歡上法鼓山禮佛。

阿娥：「裙腰要做糾帶（鬆緊帶）否？」

我：「要。怕我以後肥起來。」

阿娥：「那你就不要再肥了。」

簡直像和自己的外婆對話。

領裙子那天，阿娥教我將腰帶打成蝴蝶結。我帶買來的白襯衫給她看。襯衫料子太厚，領片浮飛。阿娥不發一語，費十分鐘，用沉重的專業金屬熨斗，專注燙好襯衫的一對領片，細細調整角度，領片最後挺直而服貼，尖端處有小弧，點靠在鎖骨位置。

婚後不久，我將婚宴照片送去給阿娥。正值疫情緊張階段，全台口罩缺貨，阿娥也縫製一些布口罩，別人展示大紅大綠的花布，她只選三兩素色。

見到我，阿娥眼睛一亮，說：「我昨天才想到你。」

「想我按怎？」

「我在想，你穿那件紅裙去結婚，毋知古錐無？」

其四　卡好西服

先生是文藝類型的中年人，已多年不穿西裝。

為搭配我的紅裙子，他從衣櫃深處，翻出上世紀買的KENZO毛料西服外套，和不成套長褲。外套灰黑色面料，細節別緻，扣眼、內襯皆是酒紅色。KENZO的創辦人高橋賢三，於二〇二〇年深秋，感染新冠肺炎辭世，衣服還新，設計者已永眠。

尺寸需要修改，先生隱約記起天母中山北路六段上，有家老西服店。

卡好西服有個洋店名Terry's Tailor。店東Terry泰瑞，是老先生，個子圓敦敦，髮色黝黑，梳得服貼而亮，穿格子襯衫配緊身牛仔褲，布尺掛肩上，動作洗鍊，難辨年紀。

開始只交代改西裝，泰瑞讓先生把衣服穿上，以粉片畫記號。

量身時，先生指指我說：「是這樣的，我打算跟這位小姐結婚。」

泰瑞聞言一僵，停止量身。向先生搖頭，輕聲而正色的說：「這樣不妥。」

「這件外套平時穿可以，結婚用，太休閒，對小姐不夠禮貌。」

「結婚，要穿正式西裝。」泰瑞說，神情莊嚴。不似裁縫，倒像自家長輩好言相勸。

先生聽從泰瑞，請他訂製一套新西裝。他是長人，手腳比一般亞洲男子長三吋，合身西裝本就難買，訂製倒容易。泰瑞重新為他量身，步履和神情都放鬆不少。

回程車上，我倆討論泰瑞，他說話有外省口音，偶爾夾著英語，咬字準確而洋氣。其人及店鋪陳設，氣息遙遠，似七〇年代三廳電影裡，富家少爺的家臣，妥靠，波瀾不興而神祕。他不像個今日人。然而又見他肢體輕快，髮色烏黑，年齡不可能超過七十？泰瑞是個謎。

兩周後，約好試衣。先生鼓起勇氣問泰瑞：您哪裡人，今年幾歲了？

此類問句，泰瑞大概聽了不少，笑意更高深。

「我台灣人，東港來的。」他突然說起閩南語。「二十三年次。」

民國二十三年次，一九三四年，時年八十五。

我倆驚呼出聲。泰瑞呵呵笑，頗鎮定，似很熟悉這種反差效果。接著說自己家裡捕魚，小時候家裡窮。十三歲就北上學裁縫，在美軍顧問團裡工作，故能講英語。美軍在台是一九五〇到一九八〇年間，眼前這位東港少年的台北日子和裁縫歲月，超過七十年，長過好些人的一輩子。

先生將頭髮剪短，穿上訂製西裝和皮鞋，形象一新。泰瑞左繞繞右看看，又長輩般瞇起眼笑。

婚禮在一月完成。三月初，我們將婚禮照片印成小相本，送給泰瑞。店裡很安靜，泰瑞一個人靜靜看迷你的真空管電視，電視幾乎沒出聲音。室內光線，似乎又衰弱了一階。

五月中旬，與婆婆到天母吃館子過母親節，回程繞去中山北路看泰瑞西服，招牌依舊，鐵門竟緊閉。

我們不願相信，停車，站在店門前，隻字片語都無。隔壁店家說，泰瑞西服歇業了，昨天泰瑞還親自來收拾東西。

二〇二〇，來不及道別泰瑞。

其五　婚宴之必要

高人提點我們結婚時，有一附帶條件，就是不可略過婚宴，必須公開宴客。結婚是俗事。

婚紗如劇照，新人如演員，聘金嫁妝如交割。而婚宴一節，我以為最俗。

去過多少婚宴，技術不斷精進，本質沒有分別，皆很像李安的電影《囍宴》，皆為實境秀。不同的靈魂與肉身，穿相似禮服，相似的出場，敬酒，拍照。笑聲太鬧，菜太難吃。

小時候我想，結婚可以，但婚宴應盡量避免。

如今我倆已不小，心隨境轉，認清結婚之俗，正因為與眾人相關。

我二人皆在大家族長大，在自家擔任永遠的大孫和大孫女，長年受寵。如今結婚，就算以婚宴娛樂眾長輩，也算我倆一份心意。想清楚之後，就全然放下文藝青年的心理包袱，盡情老派，迎合大家。

婚宴場地選在城中區五十年歷史的老牌粵菜酒樓大三元；喜帖印滿版紅色金色，請長年配合印刷廠承印，對方分文不取，全力相挺；認識十年的輸出廠商，印好大紅色背板，安裝完畢就走，也不拿紅包；大舅舅送來兩大盆比人高的錦簇花籃，擺在前台，氣派非凡；婆婆穿上芬蘭品牌marimekko橘紅色大花洋裝，上台致詞，喜氣洋洋。

婚宴真情至性。

婚宴後沒幾個月，先生告別了年近九十的姑丈。下半年，我的小表舅在壯年意外過世。回想上一回與他們相聚，就在自己的婚宴上。才曉得婚宴留下什麼，才領會從俗的益處。二〇二〇真是艱難，這一年我們結婚，覺得沒什麼是容易的。感謝諸位相伴，願你們全部安康。

——本文獲第二十三屆台北文學獎散文組評審獎

洪愛珠，一九八三年生，台北觀音山腳下半城半鄉養成。倫敦藝術大學傳播學院畢，平面設計工作者，設計學院兼任講師，工餘從事寫作，以記舊時日，常民吃食與經過之人。曾獲台北文學獎散文首獎、林榮三文學獎、鍾肇政文學獎。著有《老派少女購物路線》，獲Openbook好書獎、台灣文學金典獎、金石堂十大影響力好書獎。

雞蛋之城——胡靖

高中三年我曾經吃下許多雞蛋。那一段時間，早晨的情景經常如此重複：盥洗更衣後，腳步慌忙地奔跑下樓，到廚房找尋食物止飢。鐵鍋蓋一掀開，鍋子裡端端正正坐著幾顆水煮蛋，我與它們對看一眼，隨即欲蓋彌彰地掩蓋起來，彷若鍋子裡頭空無一物。

水煮蛋是早就煮好的，在我仍然貪睡於被窩時，爸爸先到廚房轉開瓦斯爐燒開水，自冰箱取出幾枚雞蛋，以菜瓜布擦洗，再沿著鍋緣緩緩放入升溫的鐵鍋。水煮開後，熱氣蒸騰的鍋蓋一下一下悶悶響著，直到我起床盥洗，它們才漸漸安靜下來。雞蛋悶熟了，我不願取出來吃，爸爸仍會兀自撈出一枚沒有裂痕的，放入涼水冷卻，裝袋。每日出門前，總要從他手上接過一只水霧凝結的塑料袋，隨手塞進外套口袋裡。

水煮蛋那麼不適合早晨乾燥的喉嚨，蛋黃卡在咽喉不上不下，吃得啞口無言，只得配水吞嚥，幾次感到厭膩，故意將水煮蛋留在餐桌上，以為慌忙間家人會遺忘，卻每每逃到玄關處穿鞋了，仍然被媽媽喊住，伸手一塞地強制配發那顆蛋到書包裡。若是推託婉拒，便會像是年節親戚送禮的戲碼那般，拉拉扯扯著在空中打太極，幾次下來沒敵過媽媽的要脅，最後仍是不甘不願地攜帶著水煮蛋，出門趕赴那班往返桃園的一號路線公車了。

雞蛋熱度散失得慢，揣著那只溫暖的袋子，一路從家裡周折至中壢客運總站，書包仍然透著微弱的餘溫，像是從昨夜被窩裡攜帶而來的一樣物件。帶著它移動在日夜交替的時間差裡，水煮蛋溫度逐漸降低，沿路街景於此同時一刻度一刻度地轉醒，天色漸漸分明，四周攤販熱鬧起來。

抵達車站之後，我不顧書包裡家人準備的早餐，流連於沿街的攤販。中正路上散布著兜售飯糰、蒸餃、水煎包、潤餅捲的小攤，一路向著火車站延伸而去，再走遠一些的車站後站，有幾間相鄰的中西式早餐店，聚攏著搭火車通勤的各校高中生。在老闆的吆喝聲中，煎台旁的吐司邊已堆積成一座小山，我擠在人群裡，點一份熱呼呼的薯餅蛋餅或蘿蔔糕加蛋，忍不住在返回公車站的路上吃了起來。

各樣食物被潦草地裝進早晨初醒的胃袋，它們的共通處經常是含帶著一部分的雞蛋，因此真要細究起來，讓人膩煩的倒不是雞蛋這樣食材，而是它的烹調方式。分明同樣是雞蛋料理，下了油鍋煎炸，或搭配其他佐料，吃起來的味道硬是比平素只蘸鹽巴的水煮蛋好上許多。

提著早餐回到那條長得不見尾巴的上學隊伍，四周再度恢復靜默且昏沉，身後偶爾有呵欠聲，轉頭偷看一眼，大多是面無表情的同校學生，他們低沉著眼列隊在後，像是昨夜夢境的餘音尾隨而來，在迷糊之中被一個緊接一個塞入那班一號公車。

中壢公車路線少，尖峰時段人滿為患，攜帶食物通勤的原則是盡量無湯水，無醬汁，避免所有脆弱易碎之物。我所搭乘的一號公車經過三所高中，車上身著不同制服的通勤學生推擠貼身，頻繁響鈴上下車，即便車上沒有嚴格的飲食規定，仍然難以悠閒地吃一份早餐，整趟路程都勞心於以身體護持著所攜之物。

若真要帶上豆漿奶茶一類的飲品，務必小心攜帶，否則整個早晨便會在人群擠壓中歪斜偏移。座位在我後面的竺，慣常買豆漿饅頭當作早餐，好幾次通勤到校時，飲料杯的壓膜破裂，豆漿流淌在塑膠袋和饅頭周圍，紙杯裡僅剩一口。她一面惱怒地收拾，一面咬一口那顆浸濕的饅頭，早自習的試卷發下來時，一個人一個人往後傳，前面的人總得回頭檢查一眼，身後那片奶白色的發酵味是否仍然殘餘桌面。

回想那段公車路程，窗外轉瞬而過的街景時常模糊清淡，隨著公車駛離而消散。上學路上，我忙碌於低頭背單字，打瞌睡，緊盯著前側的制服身影，或者捏著手機，有一搭沒一搭地寫簡訊，很少向遠方看。那些時日我所注視的，都是非常貼近的事物。我常暗自注意同學們的早午餐菜色，央求家人準備相似的食物，當周圍的人吃起壽司、可頌，或連鎖咖啡館的三明治，我看著看著，便將雞蛋深藏在書包裡，不願被人發現。

放學到補習班的路程中，理應可以將沒吃盡的早餐做為點心填飽肚子，然而和朋友走在一起，忽地拿出自己包袱裡的食物總是顯得突兀。唯有隔壁班的學妹H，耐受不住通勤轉車的飢餓時，偶爾會將雞蛋一把搶去吃。她喜歡坐在公車最後一排，抱著樂器貼在玻璃窗上熟睡，一次睡夢乍醒間慌忙下車，不小心將樂器遺落在車上，只得到客運站的掛失服務台，從琳瑯滿目的遺失物件中領回。她檢查了樂器外盒，讚嘆此地人的良善不昧，後來想想，或許僅是因為她的豎笛盒外觀陳舊得如同一只磨損多年的黑色工具箱，即使放置在街市中央也無人理會。

傍晚時刻，中壢火車站在一片霞紅中亮起了夜燈。那一座在多次評選中，被各式媒體排名最後、外觀最醜的火車站，當年我卻渾然不覺它的異樣，在附近兜兜轉轉，度過了許多課後時光。

從中正路的轉角巷弄，一路步行至元化路、中平路，沿路上熱食店家選擇無數，一心蔥油餅、沙威瑪車、麵煎餅、無名鍋燒麵，超過半數中壢地區高中生都吃過的梅亭，播著揚聲器從早至晚的紅豆餅……我數算零錢包裡的少少幾張紙鈔，小心翼翼地花用。價格低廉是它成為學生覓食場所的首要條件嗎？除了準備進補習班的高中生，它也是許多外籍移工下班後的聚集地。

網路上戲稱中壢火車站為東南亞租借地，出站等同於出國，然而我對車站的第一印象倒不是南洋風情，而是車站外頭排班的計程車司機，他們招起客來生猛潑辣，像是無故對著路人訕罵，外地來訪的朋友常驚懼於如此的叫囂聲，只有當地人習以為常，神色自若地穿越其中。

繞過成排的計程車，向著後站而去，或走路到中平路的步行街上，像是穿越一個洞窟抵達一個陌生國度。街邊販售椰奶煎餅、炸香蕉的泰式料理餐廳，或張掛著陌生文字招牌的雜貨舖，總是聚集一些陌生面孔的人。許久以前我曾拿著零錢包，好奇地走進去張望，鐵架上鋪滿了包裝鮮豔的羅望子汁、印尼泡麵，走著走著忽然一股穠麗的香水味迎面而來，原來是貨架後方其他客人探頭與我面面相覷，我心裡一陣彆扭，只好逃了出來。

如今回想起來，火車站的後街大概就是這座城市的縮影——不寬敞的人行道上，充滿著相異的氣味、語言、聲音，走在其間，會與旁人的袖口摩擦而過，猛一回頭，是鐵鍋烹食的熱氣迎面，一條路繁複龐雜，卻又自然而然地融入那些原來不屬於它的東西。

這座城之所以能像帽子魔術一般地，不斷生出新的面貌，有一原因或許是來自於此地本身的色彩淺淡，一如雞蛋那般，帶著包容性，結合之後便讓出自己。

而關於我身上攜帶的，那顆時常被刻意捨棄的蛋，要直到補習班下課了，看見電梯門邊準備給學生果腹的水煮蛋時，才會忽地想起它仍然卡在書包的一疊講義考卷裡。

於是在下課走出大樓，父親來接送之前，拿著它走過騎樓轉角，輕輕地丟進垃圾桶裡。後來我總想著，若有一隻浪犬翻倒垃圾桶，替我將雞蛋蒐集起來，那麼這座城市裡我所丟棄的早餐，大概足以堆疊成一面牆。每當我再次回到這座城，便可能在每一處轉角撞見昨日編造的謊言。

大學以後租屋在外，到大型補習班打工，見到電梯門邊布置好一桶一桶的零食，我總是越過薯片、王子麵，自然而然地伸手到另一側，拿一顆乏人問津的水煮蛋。也許是年紀稍微長了，口味日漸平淡，也或許是替人準備早餐時的那份心意，我終於漸漸明白。

把雞蛋敲開了，沿著裂痕將它揭穿，一如家人之愛裡難以拿捏的平衡，同時具有破碎與初生。一個人與另一個人之間小心翼翼地護持著，有時險如累卵，有時高牆在側，更多時候它的本質卻就是清清白白，素淨如一顆雞蛋。

——原載二〇二一年四月四日《聯合報》副刊

胡靖，一九九二年生，中壢人。武陵高中、東吳大學中文系畢業。曾獲懷恩文學獎、林榮三文學獎，作品入選《九歌一〇八年散文選》。現為報社編輯。

晾她的衣服

熊一蘋

我和她沒有約定家事分工的方式，只是單純各做各的。我習慣讓共用空間保持整潔，她需要乾淨的個人空間，開始同居後，我們很快找到彼此都感到舒適的分工方式，各自打理各自需要的部分，不過最後只有我的個人空間特別亂。

有時候我們也還是需要對方幫忙，比如她需要有人扛行李上樓的時候、比如我不知不覺快把自己逼到生病的時候。我們都一個人在台北生活過好幾年，有些事並不是變成了共同生活就做不到，但我們確實慢慢地在改變。

替她晾她的衣服，這是我沒有預料到的家事。陽台的晾衣桿實在太高了，她踩著凳子也很難夠到，我理所當然接下了這個任務，她則主動替我把習慣攤在床上的衣服摺好。

將她的衣服掛在衣架上時，我幽幽地想著：開始了，終於，看來就是現在了。

從國小開始，媽偶爾會叫我去陽台把晾好的衣服收進來，再順便摺一摺，大概是擔心男孩子被慣壞了，要先養成做家事的習慣。

在日光被窗簾濾成一片昏黃的寢室，我坐在床邊，將家人的衣服一方一方慢慢疊起。到了青春期，這個光景多了些難以排遣的煩悶。我會趁家裡沒人時把衣服收進來，像平常一樣慢慢疊好。疊到媽的內衣和外衣時，我會比平常稍微仔細一點，像偷看一樣地，觀察女生的衣服有什麼不一樣。媽的正裝大多送洗，讓我摺到的衣服大多很樸素。領口更寬的T恤、褲管更短的短褲，綴滿蕾絲的連身睡衣，三個開口都有鬆緊帶、老是要花半天才能搞清楚哪邊是上面的內褲，還有，胸罩。這些是我僅能接觸到的女性衣物。

抱著一種接受宿命的心境，我徐徐地想：做為男人，我遲早必須面對一些考驗，我必須做好準備。將來某天，我必須面對某位女性，與她幸福地生活。當那個時刻到來，我必須掌握關於她的一切知識，要熟悉她這個人，當然也要熟悉她的衣服。我要學會欣賞那些衣服、學會在她挑選時給出意見，要知道她無暇顧及家務時如何清洗和收藏，也許、或其實並非也許，我還得學會更多。

那麼，現在就要開始了。一件一件將她的衣服晾起時，我告訴自己，要對這些衣服謹慎、要有耐心，輕薄的外衣要用夾子夾好，沉重的棉裙用結實的塑膠衣架晾，寬鬆的罩衫要仔細確認哪個洞才是領口。我必須當個溫柔體貼的男人，在她的面前是，在她的衣服面前也一定是。

但她畢竟是和我同齡的女性，衣服的種類和款式完全超越了我的媽媽資料庫。好幾次她到陽台想看衣服乾了沒，結果都是帶著衣服和衣架回到我面前，用無奈但溫和的語氣告訴我，這件不能這樣子晾。

圍巾不是牢牢的固定在衣架上就好，還是要攤平再晾，這樣一圈一圈纏著，看起來跟烤肉桂卷的麵團一樣。

這毛衣短版緊身所以下襬比較窄，它的高領脫水時翻起來又比想像中長，結果最後被晾起來是上下顛倒的，注意一下肩線在哪就不會搞錯。

細肩帶的衣服要用有凹槽的衣架晾，不然衣架再大都很容易被吹到地上。內搭褲是會變形的，你看這衣架太大，這兩邊都被撐出一個角角……

她說，如果不知道怎麼晾，下次先問她就好。

我試著辯解，我不是不知道怎麼晾，我有動腦想過了，只是這真的超出我知道的太多。畢竟她知道的，我的衣服根本只有T恤和牛仔褲，從國中開始就這樣了。

仔細想想，離家外宿也十年了，我的衣櫃還是幾乎沒有自己買的衣服。每次回家，爸媽都會塞些衣服讓我帶上來，通常是媽發揮品味在市場裡淘出的T恤，還有爸希望兒子有點成人架式，特地買來的polo衫和襯衫。天氣轉涼時，家裡會緊張寄來新的發熱衣，再加上堂姊多年前送的外套，這就是我全年洋蔥式穿搭的所有層次，下半身裝備的當然是高中穿到現在的破爛牛仔褲。

我也不是對衣服沒興趣。陪她去買衣服時，我經常和她一起討論：這件好看但跟你平常揹的包包不搭，這件符合你給人的印象，不過這個色系的已經多到可以配兩三套。或者我玩的遊戲有紙娃娃系統，我會花不少時間幫人物配衣服，前陣子走的是民族風，今天拿到了鉚釘背心，那就來配個龐克外型吧。

幫比例完美的虛擬人物搭配很快樂，但如果素體是我自己，唉，還是算了吧，怎麼樣都不會好看的。同輩朋友出社會後一個個變得人模人樣，我的日子還是整天待在住處和圖書館寫東西，穿得和過去沒什麼兩樣。

有些比較常穿的衣服，是和她交往後買的。剛在一起那時，我們約在景美吃晚餐，我想說就在附近，穿個吊褲仔海灘褲就出門了。晚餐後我們去夜市裡的服飾店，她幫我挑了幾條短褲和一件外搭襯衫。還有一次是我輕裝從高雄北上，發現台北正淒風苦雨，她拉著冷得要死的我逃難到車站附近的GU，買了件帽T給我禦寒。這兩間店我都只和她去過，就那麼一次。

還有一些衣服，原本其實是她的。有天她對著一條穿不下的深藍色牛仔褲大發感嘆，我試著套上去，覺得褲管和腰都沒問題，只是襠部太窄，卡得我不太舒服。她一邊懊惱抱怨，一邊表現得像是嘆為觀止，不知道為什麼，這樣的反應讓我暗自開心。那天到晚飯時間，我還是穿著那條不太合身的褲子出門，沿路忙著提高胯下的褲頭。

我穿得下她的衣服，而且穿得很開心，這代表我們很親密吧？

我一直都是體格細瘦的男生。長輩們看到我，說的總是「怎麼都沒長肉」、「你媽媽是不是沒煮飯給你吃」之類的話。但同輩的人，尤其女生們不會。她們會看著我的手臂或小腿慘叫，笑著大喊「也太細了吧」，如果我接著用兩指圈住手腕，或是報出腰圍數字，馬上又是引起另一片哀號。

比起看見美麗的事物，那或許更接近對某種奇觀發出驚嘆。就算是這樣，我也覺得滿足。我不會因為瘦遭到責難或嘲笑，但也不會得到一般人對男性身體的稱讚，我的身體是得不到注視的身體。青春期開始以後，我變得經常往鏡子裡看，看的不是我的臉，而是我臉上的青春痘。那些痘痘永無止盡地長，我也永無止盡地去捏去擠、去破壞它們。媽偶爾唸我幾句，說以後就知道了，但也沒有人嚴厲地告訴我該怎麼做、不該怎麼做。

有一天我發現，我在鏡子裡看的不是自己的臉，而是臉上的瑕疵，我就不再把視線放在鏡子上，不看臉，不看身體，也不看衣服，我自己暖和涼爽就夠了，反正從來沒有人對我的外表有期待。

經歷了青春期，開始有男女交往的經驗以後，安於原狀的我終於知道了：在異性的眼光裡，我的身材肯定是顯得弱不禁風，一副靠不住的樣子，讓人缺乏安全感。但我假定這件事沒那麼嚴重，沒打算運動健身或學習穿搭，畢竟就算沒人說我帥，至少也沒人說我難看得要命，或許我還是沒問題的吧——直到我跟她在一起。

和她在一起越久，我就越執著於做一個溫柔體貼、富有內涵的男朋友。我們欣賞彼此的內在，她同時也重視自己的外表，而我沒辦法打理自己，不知道怎麼做、也不知道從何學起。我絕望地認定，外表這件事已經沒救了。如果內在的我不能時刻表現得完美，那就永遠不會有人要我。

在那個昏黃的寢室裡，我拿起媽的胸罩，仔細研究背後的排釦。外表不夠完美的我為了不被拋棄，必須充實我的內在，包括如何溫柔地褪下那些衣服。我把胸罩放在腿上，將背後的釦子扣起，接著解開。沒有想像中的困難，但似乎又不太對。

我拎起胸罩的肩帶，將它們掛在我的肩上，接著挺起胸膛，雙手背向身後將釦子扣上，確定胸罩有被好好撐起來，接著，我開始嘗試用一隻右手、靠一次揑擠，想像在一個浪漫的情境中將背釦解開。

大概就是從這一刻開始，我逐漸成為一個異男。

那條深藍色的牛仔褲，我只在難得的正式場合穿。她也試著給過我一件大衣，但肩線實在太窄，憋得我喘不過氣。這個身體終究還是男人的身體，我不能永遠靠穿得下女生的衣服來逃避，我也得學會怎麼打理自己。

某一年的入冬，我發現衣服不夠禦寒，猶豫幾天後終於鼓起勇氣，問她能不能陪我去附近的Uniqlo。她很高興，說你居然會主動想買衣服，我只說嗯。我很緊張。

我要為自己買一些衣服，每個人都很熟悉這件事吧，但我居然活了快三十年才準備面對，一想到就幾乎被自己的羞愧壓垮。走進Uniqlo的瞬間，我的視野立刻浮現一層薄薄的白霧，心跳加速，噁心的感覺從喉頭湧上。

她說，我去女裝那邊你慢慢挑嗎？我說陪我一下，很快就好。我太大意了，以為Uniqlo是平價品牌就比較容易親近，但這裡品項太充足了，懂得穿搭和不懂的人一眼就會被看出來，我已經穿著掉色的T恤和牛仔褲走進來了，要是待會稍微有點猶豫的態度，其他客人肯定會偷偷笑我。

我反覆告訴自己：我只是需要保暖的東西、我只是不想感冒，快速地在層架間繞了幾趟，挑出幾件衣服，然後直接走向櫃檯。

不用試穿嗎？她問我。我說不用，早點買完早點回去。

隊伍緩慢地前進，我一直捏著拳頭。她說得對，我應該試穿的，但試衣間給我一種對答案的壓力，要是工作人員遞號碼牌給我時冷笑一聲，我一定承受不住。但要是現在才掉頭去試衣間，其他排隊的人會怎麼看我？

離收銀檯還差兩個人時，我鬆開拳頭，湊到她耳邊，小聲說：我覺得還是不行。也不管她的反應，我轉身離開隊伍，把衣服放回原位，拉著追來的她落荒而逃。

在這之後，我偶爾回想起自己買衣服買到恐慌發作，都忍不住想笑，我想這是我的創傷調節機制，只要把它當成一件好笑的事，就沒那麼嚴重了吧。

我和習慣打扮的男生朋友聊買衣服的事，找些關於穿搭的漫畫看，出門前緩下腳步，問她我這樣穿會不會很奇怪。她每次都立刻回答，不錯啊、很好看啊，很帥。我覺得她只是在安慰我。

某個下午，她說整理了一些要回收的衣服，請我幫忙扛去回收，我說那我也順便吧。我打開衣櫃，把那些一團團塞在裡頭的東西全部翻出來。袖口泛黃的襯衫、領口發皺的T恤、褲繩打了死結很難穿脫的七分褲，我把它們一一摺好，和她的舊衣服一起裝進袋子。我們散步到街角的回收箱，留下那些衣服，然後繼續散步了一段時間。

最近的一次換季，我們一起去附近的百貨公司添購衣服。男裝在二樓，女裝在一樓，我們說好晚點碰面，暫時分頭行動。我有點遲疑地拿了幾件衣服，走進試衣間，脫下身上的衣服，看著全身鏡裡的自己。

我還是有點反胃，心跳也比平常快。我拿起店裡的衣服，穿上它們，看著鏡子裡的自己。穿起來比例如何？我今天預算多少？衣櫃已經有哪些衣服？輕微焦慮的大腦把問題一口氣打翻，思緒一下子斷了線。我做了一個深呼吸，把問題一個一個撿起來，緩慢地、確實地告訴自己答案。

一個人還是有點緊張，我在賣場和試衣間來來回回，剛意識到自己好像花了太多時間，轉頭就看到她搭著電扶梯上樓，手裡提著剛結完帳的衣服。

我覺得自己有點搞砸了，但手上還拿著要試穿的衣服，只好說先等我一下，趕緊抱著衣服衝進試衣間，好不容易才結完帳。

我們走出百貨公司。她笑著看我，說：你說等我一下的時候，很有自信，很帥。

我說才沒有，我快吐了。

回到我們同居的住處，她習慣買來的衣服先洗一遍，我倒是無所謂。她的衣服洗好了，我提著衣籃走進陽台，抬頭望著晾衣桿。晾滿衣服時，這裡是我們的日常；而此刻空蕩蕩的衣架逆著陽光搖動，各有不同的細節，隱隱然有股神聖氛圍。

我拿起新來的衣服，仔細地，把日常的畫面一一填滿。

——原載二〇二一年四月十六～十七日《自由時報》副刊

熊一蘋，本名熊信淵，高雄鳳山人，台灣大學台灣文學研究所碩士，目前是專職接案寫作，現居台北，五月以後移居台南。曾獲林榮三文學獎、時報文學獎等，非虛構作品《我們的搖滾樂》曾獲二〇二〇台灣文學金典獎入圍。

夢想匱乏者筆記——萬金油

疫情期間，動彈不得，於是遁入虛擬時空，跟著流行，玩起《動物森友會》。初始興致勃勃，最終則是發現，再大的虛擬世界仍設定在一孤島上的作息，如現實寓言，坐困發愁而已，你逃不了的。

玩到發膩了，好友紀妹建議，不如在島上實現一些你真實人生想做的事吧。想做什麼呢？我想開一家店。什麼店？一家有貓和植物的店。這種店聽起來就是生意很差。沒關係，我不想招待客人，很累。話才說完，深感自己任性得荒謬。

每天在島上，完全指定任務，砍柴，捕魚，買賣大頭菜。一切可愛無腦的虛擬行為，換作資本主義的現實世界叫作勞動、生產、資本市場運作。虛擬世界的發夢在現實時空裡留下了線索。原以為那間貓與植物的店是隨口瞎提的，細想又覺得瞎話帶著幾分真實，原來自己夢這麼小，這麼貧乏。

以為有錢之後，可以活得任性。別人任性是買飛機，上太空，捐助窮人，改變世界，而我的任性只是想開一家沒人要來的店。

二十歲的時候，以為阻攔夢想的是金錢、是各種物質條件的匱乏，因為這些匱乏，才可以理直氣狀恨這個世界。三十歲之後，成為社會的零件，日復一日，讓自己安分地在體制裡運作，用小小的力，得到最大的做功。靠著小聰明的事半而功倍，換來的不只是金錢的回報，還有虛名的肯定，一種來自體制的肯定。

為了更適應並融入這個體制，當手上有些閒錢了，也想著跟那些「大人」一樣，玩一些錢滾錢的遊戲。抱著那一丁點，少得可憐的錢，四處打聽，買基金，還是外幣，抑或是買那些連自己都聽不懂的金融商品？跑金融線的記者朋友，問我手上有多少錢。聽聞了那個數字後，他表情有些複雜，以幽微的語氣勸道：「這種市場，不是我們這種人玩得起，還有，除非你每天打算盯著各地股市的數據做研究，否則不要把錢投入這種市場，一毛都不要投。」

發財也是一種專業，我領悟得早。父母是白手起家之人，母親一直有發財夢，但算命斷言，她一輩子無橫財。在艱困年代成長的人通常不認命，母親從那樣的時代走來，仍堅信有一天能發財。一日，她在市場撿拾到一枚皮包，裡面五百元，她大樂，原因不在於五百元，而是一世無橫財的咒語被解除了，五百元是一個破口，往後她將有一個橫財噴發的人生了。

數日之後，舅媽來家裡聊天，提起某日在市場遺失一枚皮包，裡面有五百元。母親一驚，問起皮包的外觀細節。市場這麼大，卻能撿到一枚認識的人的皮包，這根本是上天對母親的一記無情的警示。

母親有些沮喪，但喪氣不過數天，那個年代的人是不信邪的，母親又開始簽大家樂、進出股市、房地產，追求她一輩子的橫財。她在算命的預言裡重新找到新力量。算命的說她一輩子無橫財，但人生最終是「呷海珍，坐金交椅」的好命人。她說簽牌買股不是為了橫財，是為了抵達人生「呷海珍，坐金交椅」的完美結局做準備，每支牌每支股，她都問過神明，發財果真是種專業。

我沒有母親不信邪的生命韌性，在不匱乏的環境長大，換來我隨波逐流個性，我早早放棄發財的大人遊戲。直到某日，數理專業的朋友說起他的業外收入，周末當家教，幫人準備專業考試，一堂課一小時三千。我沒有數理專業，彼時卻有公關公司的朋友找我幫忙寫新聞稿，數百字，二千元，這是無本生意，划算。

我在發財這個專業裡找到新的施力點，一如母親在算命的預言裡得到新的啟示。我隨波逐流的生活，被激起了發財夢，開始秉持著：有錢幹嘛不賺的道理，大量接稿。從政治公關的新聞稿、文宣稿，寫到各種採訪稿、廣告文案。

那一陣子，每天早上醒來，就計算今天要寫完多少字，不然某某案子就來不及了。上班時，擔心業外案子結不了，下班時又擔心工作的案子做不完。文字工的價格少得可憐，我的強項是量多而快，不求質，只求量，寫稿的日子像是重回童年：坐困一室，忙著各種母親從工廠批回來的家庭代工。

世上萬物皆值錢，端看你可以拿出什麼來換。我拿的是時間，我把所有的空閒都拿來寫稿，用最愚蠢且低成本的手段來換錢。

我以為我是愛錢的，但我的生活花費極少。我很可能愛的不是錢，愛的是，原來我（及我的能力）在這個世界裡，是值錢的。

寫了數十萬字之後，我沒有留下任何值得一說的代表作，留下的是後遺症：除了工作需要和臉書上的廢文，我再也不想坐在電腦前寫下任何一段字了。

坐困疫情的日子，有各種感觸，每每想下筆，只寫了開頭就斷了，電腦硬碟存著各種有頭無尾和徒有中段「半屍」的殘篇，感觸始終還停在感觸。

在《動物森友會》的熱情逐漸消逝的尾聲，某日在動森的島上與紀妹相會，他問起，你的店呢？我想了想，回他，店不開了，我也許該做的是離職吧。紀妹連忙勸阻，你這是中年危機，別想不開啊。倒不是真的後半生經濟無慮，而是日常開銷，除了買書買貓食訂netflix、HBO GO，偶爾上花市買二百元以下的熱帶觀葉植物，再多也就沒了。

二十歲總抱怨錢不夠的日子，活到四十多歲的人生中繼站卻發現每個月的支出也不過和我大學畢業第一份工作的月薪差不多。這一趟瞎忙是忙了什麼呢？早早就應該躺著，何苦一直站著？

紀妹沉默了一陣，慎重從LINE傳了訊息過來：「你要不要考慮一下，先不要離職，存點錢，去開那個什麼植物與貓的店好了。」

——原載二〇二一年十月《幼獅文藝》第八一四期

萬金油，本名鄭進耀，現為記者。著有《越貧窮越快樂》、《不存在的人》、《吃便當》。

務實的我與浪漫的朋友們——隱匿

我的朋友多半是浪漫的，但我卻是個務實到根本乏味的人，尤其過去十幾年來，我不購物、不旅行、不泡咖啡館、不聽音樂、不看電影（儘管這些是我年輕時的最愛）……而我之所以如此，有一半是因為沒錢、沒閒、體力差，另一半則是因為理念：我相信人類已在短時間內掠奪了太多地球資源，讓其他物種失去了棲地，因此選擇盡量不消費，簡單生活。事實上，我甚至指望能藉由這樣的生活，讓我逐漸剝除人類的外皮，回到動物甚至植物的那種渾然天成的狀態。

因此每當我在臉書上看到朋友們以紓壓為藉口瘋狂購物，或者到處旅行並打卡，我就會翻白眼（儘管我還是挺認真地看了照片並發出讚嘆，畢竟我還是想看北極光或者櫻花呀！）；我並且認定滿街人手一塑膠杯手搖飲，是全宇宙最可悲的畫面，因此若自己也製造出過多垃圾，我的自責也是排山倒海而來，將我淹沒。

即使出席重要場合（比如領獎），我也穿著超過二十年的舊衣服，就連口紅都是朋友不適用轉贈給我的（如今已放到過期還在用），我並不覺得羞恥或有所欠缺，唯有一件事讓我不安，那就是簡單生活到最後，我竟然連閱讀量都減少了，尤其放射線治療結束後，我每翻書必昏睡，因此這三年來看的書真是少得可怕！曾經營書店十一年的我，竟成了不讀書的人，實在汗顏，偶然跟朋友提起，都以一種羞愧不堪的，自爆醜聞的態度。

意外的是，我卻在尼采的自傳中讀到和我一樣的想法，這位和我同星座、介於天才和瘋子之間，木心稱之為唯一「不事體系」的哲學家。他寫到因為生病的緣故，不得不經常休息，好幾年來沒讀過幾本書，但他竟說：「這是我給自己最大的恩惠！」大致上他認為閱讀是外來的雜音，擾亂了純粹的思維，減少閱讀之後，他才找回自己……天哪！這正是我想的，但我根本不敢說出口，太政治不正確了！然而，每種生活習慣都有各自的來歷，本來也無需追求他人定義的正確。

只是近年來，我開始感覺到這種生活不太對勁，有點像是體內本有一道湧動的河流，現在逐漸淤積了，而生命的彩度和亮度又被調暗了幾個色階；尤其書店結束營業時，我曾因太痛苦而將情緒的開關緊閉，在此之後，某種豐沛的感受力似乎也一去不復返了。於是我終於慢慢看清且願意承認了——離開伊甸園之後的人類，全地球業障最深的物種——是無法過著像動植物那樣與天地大化無隔的幸福日子的。

而像我這樣的生活，看似簡樸，實際上可說是放棄一切、生無可戀，我不願做多餘的事，每天只想待在家裡，對未來的畏懼多過於好奇……這樣的人只是抱頭縮在自己的角落，被動地等待著，被天地收回的那一天的到來，如此而已。還是史鐵生說得好：「消滅恐慌最有效的辦法是消滅慾望，但消滅人性最有效的辦法，也是消滅慾望。」

我又想起荷蘭詩人布丁的詩（因斷捨離故手上無書，憑記憶寫下）：「人類是一種什麼樣的物種啊／汲汲營營／屠殺同類／卻在兩餐之間／播放一曲布拉姆斯」。雖然是簡單至極的詩，說不上是褒或貶，可人類的形象卻由此鮮明地浮現。每次想到這首詩，我對人類的鄙夷之心便會軟化許多，似乎人類——很遺憾的也包含我——除了日常所需之外，就是必須做些徒勞無用的事，無目的地將自己拋擲出去，在耗損中收穫空虛，「從遠方來而不存到達希望」（波赫士語），如此才能活得下去。而所有的這些徒勞之舉，我們或可稱之為「浪漫」。浪漫不是羅曼蒂克，其實也算是一種求生本能，比如薛西佛斯在每天推動石頭的路上，也可能因為避開了一朵漂亮的小花而感到快樂。

回頭看看我那些浪漫的朋友們，總是在忙碌的生活中擠出時間，旅行、學習語言、音樂、繪畫、烹飪、參加各種活動、運動、登山、抗議遊行，逢年過節必定辦年貨、寫春聯、寄賀年卡……我總覺得浪費時間和金錢，可他們的日子卻過得有滋有味。

有一位老是向圖書館借很多書，最後全都看不完逾期罰款；還有一位廚藝甚差卻熱衷於創意料理，浪費了很多食材和時間；另一位則是不斷地買機票往返戀人所在的城市，傾家蕩產終不悔；還有一位影癡朋友幾乎每天上電影院，可又老在電影院睡覺，有時睡掉一半，他便又買票進場再看一次，結果這次又睡掉結局，於是又買了第三次的票，終於將一部電影拼湊完整……每次聽到他們做這些蠢事，連一張電影票都捨不得買的我，只能說是嘆為觀止。

不久前，我拜託貓友照顧的貓過世了，貓友給我看牠死後裝箱的照片，我無法克制地痛哭一場，主要原因不是悲傷，而是天哪在那隻貓的大紙箱裡，用柔軟嶄新可愛貓咪圖案的睡墊鋪底，裡面裝滿了玩具、布偶、貓草包、罐頭、全新未拆封的木天蓼……已過世的貓安然側臥其中，看起來是多麼幸福！那是一幅畫，是一個繽紛的美夢，是「愛」這個抽象的詞，得到了具體的形象！只是當時我明明感動得簡直肚破腸流，開口卻問了一個煞風景的問題：「這些東西都是要一起火化的嗎？也太浪費了吧！」

唉，我真是無可救藥了。但我也很清楚，儘管我深愛著我那些浪漫的朋友們，然而接下來的人生，我還是會選擇務實這條路。如果我看了太多書就會陷入混亂，那麼就讓我放棄追求閱讀量吧；如果生命的河道淤積成為陸地，那就當作是一種地景變化吧；人只要活著就會製造垃圾，儘管仍需力行減塑，但也要接受現實、寬待自己和他人，或許這是現在的我該學習的。

回過頭來說，或許，我也有屬於我的浪漫吧？比如每天唱歌給貓聽，或者花了大把的時間不斷修改這篇散文之後卻發現：我還是適合寫詩……這不浪漫嗎？浪漫是否總帶點愚蠢？動物的浪漫大多發生在求偶季，彼時牠們將自己暴露在危險中，搏命鬥毆、大跳豔舞、蠢象環生；植物則是散發出狂野的香氣，招蜂引蝶，或將種子以各種不可思議的方式傳送到遠方……而人類呢，則是一輩子都在做愚蠢、瘋狂且徒勞的事，但，這就是人之所以為人吧？

最後，就讓一位朋友的奇妙發言來為這篇文章做結吧：「隱匿完全不做浪漫的事，這也是一種浪漫。」

——原載二〇二一年三月三日《自由時報》副刊

隱匿，寫詩、貓奴。著有詩集《自由肉體》、《怎麼可能》、《冤獄》、《足夠的理由》、《永無止境的現在》、《0.018秒》；玻璃詩集《沒有時間足夠遠》、《兩次的河》；散文集《河貓》、《十年有河》、《貓隱書店》；法譯詩選集《美的邊緣》。

旅途中最笨重的行李，可能是自己——蔡珠兒

講究，也許是習慣的澱積物，像牙石和水垢，久了就抹不掉。到底是講究還是龜毛，我也分不清，總之這麼多年下來，出門去玩，已經演化出若干必需事項，譬如窗位，譬如旅館，譬如行李。

一定要坐窗位。

這個不難，我那位長期旅伴會禮讓，反正他坐著總瞌睡，風景澌澌流過，白白浪費了。我是什麼都愛看，粵語所謂「汁都撈埋」，沿途津津有味。搭高鐵，看春綠的稻田，山腰的油桐雪，溪埔的芒花浪，熱辣的火焰木，蒼藍魚塭青鬱荷塘，速度穿透視野，點線交織，光色淋漓飛濺，串流成印象派直播。

搭飛機更要看。脫離地表框限，高空有最好的日出和夕照，闊氣又澄澈，朝暉霞光在大幕幻麗搬演，灰銀燦金，醺紫醉紅，如果再啜著香檳觀賞，迷離恍惚間，更覺諸神近在咫尺，只差不能開窗去握手（嗯，有點茫了）。

旅館當然得講究，旅途的睡眠太重要。一定要分床，感情再好，也各睡各的，以免打壓滋擾。床墊要厚軟，窗簾遮光密實，空調安靜，浴廁乾濕分離，地毯沙發沒有污漬異味……但這些都不算講究，只是基本人權對吧，如果能再得寸進尺，我希望床單被套是海島棉，單股四百針，細密柔滑，

親膚透氣，然後枕頭套不要荷葉邊，會在臉頰留印痕。

我不是個考究的人，不然就自帶被單枕套，甚至像葛林（Graham Greene）一九三五年去賴比瑞亞那樣，扛上吊床和浴缸（當地沒旅館，而且他有二十五個挑夫）。不，絕對不行，我最講究的是行李，一定要精簡輕量，別說床單，多帶一條披肩，都嫌累贅臃腫。

「蛤，就這樣？」偶爾結伴去旅行，朋友看到我們的行李，總是詫異。對，就這樣，埃及十九天，南美洲三星期，義大利一個月，摩洛哥半個月，越是折騰的旅程，上路越要輕裝，兩人裝備通常是兩個二十吋的登機箱，再加個隨身肩包。

行李不是托運，就是拖行，不太需要搬扛，但我痛恨重量，連帶討厭體積。我認為，龐大的物件，隨時有掃到撞到砸到的可能，笨重可疑，潛藏各種危險，靜止時又模樣粗蠢，對視覺構成阻礙威脅，看起來就累人。

因此，收行李的第一要旨，是避重就輕。

箱子不可重，不要貴，不能嬌，不心疼，需得耐髒耐摔耐濕耐曬，要知道，它從寄艙進入冰冷機肚，到輸送帶上與你重逢，其間歷盡滄桑，有種種離奇不測，輕則機油污漬，重則爆裂凹陷，最糟的是杳然失蹤，不知流落世界哪個角落。

除非貼身自拎，箱篋千萬別名貴，托運後它與你分離，各飛東西，即成身外之物，再怎麼纏保鮮膜、包絨布套，也會磨損折耗。名牌體面亮眼，也許能贏得敬意（或妒意），但未必更加可靠堅牢，而且惹人邪念，有遭竊被牽的危險，帶它上路還得伺候呵護，牽腸掛肚。

但也不好用廉價雜牌，萬一出包，就算卡鏈壞鎖，也夠尷尬狼狽。行李箱是長期戰友，須慎選忠實旅伴，我的箱篋長年服役，滿面風霜，有一只新X麗的鐵灰布面箱，拉桿和輪子都換過，刮痕累累，戰績彪炳，用了十幾年還捨不得換。還有一只聚碳酸酯的硬膠箱，瑞士刀那個V牌，熟豔的櫻桃紅，俏美悅目，行走滑順，安靜無聲，拉起來輕快流暢，沒有負擔，才是好伴。

收行李的第二要旨，是捲細軟。

我帶出門的用品，都是縮小版，牙膏買細條裝，乳液面霜保養品，分裝成小瓶小罐，藥物維他命什麼的，錙銖必較，也只帶出門天數的分量。

衣物要輕柔薄軟，最好易洗快乾，少重量，才能減體積。打包當然有技巧，例如不要摺，衣裙外套平攤後，由大而小，層層疊放，襪子圍巾等小物，就捲起裹藏，塞進角落間隙。鞋子很難壓縮，更要帶輕質的慢跑鞋，柔軟的芭蕾平底鞋。

第三要旨，是預估模擬，有備無患。出門先看天，上網查好，照單抓藥，依據氣候溫度準備行裝，然而風雲變幻叵測，打包需要想像力，更需經驗值。例如歐洲溫差大，有次我從北義飛捷克，五月底的米蘭藍空如洗，熱到三十度，但一個半小時後抵達布拉格，寒風簌簌，氣溫驟降，居然掉到零度。哼，還好，我有經驗，隨身帶了羊絨圍巾和薄外套。

長途旅行更考功夫，抗熱禦寒，常須帶齊四季衣物。譬如非洲，白天炙膚燙人，黃昏後迅速變冷，夜間只有十來度，沙漠更低，出去夜狩和觀星，要穿靴戴帽，厚實如嚴冬。

他們地形差異又大，有一年去馬達加斯加，沿途住過草原、沼澤、雨林、高山和沙漠，跟著領隊上山涉水，攀爬踏查，歷經烈日暴雨和風沙，走得汗水涔涔，滿腳泥濘，還得防風防蚊防曬傷，沿途皆貧瘠窮鄉，無法補給，裝備不齊就慘了。

但這都還好，比較麻煩的是餐會，我貪吃，常趁旅行去找好餐館，fine dining是儀式，總要準備一點衣裝行頭。伴侶的西裝外套，我的衣鞋手袋，加起來占去行李不少配額，一定要挑旅途中也能穿的，例如絲質及膝裙，輕便黑洋裝，手工好的棉麻衫，百搭的煙管褲，可折疊的羊毛帽，仿三宅一生的縐褶褲裙，以及薄軟有垂墜感，可以擋風兼修飾的直長外套……喔，還有芭蕾平底鞋，平時方便好走，餐會端莊得體，再裹一條繡花披巾，更加像模像樣。

所以行前很燒腦，挑撿拿捏，斟酌取捨，行李總要收上好幾天，把一個月和四個季，都塞進那兩口二十吋登機箱。如果塞不下怎麼辦？簡單，那就不帶囉。

旅行的departure，不只在機場和車站，也意味脫離日常，從生活常軌剝離逸出，進入非常和無常，唯有在那裡，你才有機會看到自己。掙脫平日的框框，失去物體系的庇護，水清魚現，豁然明亮，那感覺真棒。

行李是濃縮的家當，也是人格的外延，包藏價值觀和安全感。行走世界，打包幾十年，在經驗值和本質論裡反覆拉扯，我覺得李維史陀《憂鬱的熱帶》這段話，把這感覺講得最貼切。

「每個人都拖帶著一個世界，由他見過、愛過的一切所組成的世界，即使他看起來是在另一個世界旅行、生活，他仍然不停的回到他身上所拖帶的那個世界。」

輕裝上路，是一種操練。旅途中最大件，最笨重的行李，可能就是自己。

——原載二〇二一年五月《新活水》第二三期

蔡珠兒，天秤座，五年級，台北成長的埔里人，旅居英國和香港多年，雲遊四海，吃遍世界，動嘴也動手，種菜、煮菜、寫菜一把抓，在機場和市場，廚房和書房之間跳躍穿梭。業餘是廚師，專業是散文，作品曾獲多次獎項，選入台港中文教科書。

我的憂樂場：書店的剎那——張曼娟

階梯，在我面前的是階梯，深吸一口氣，只能拾級而上。

「逛書店是一種向上運動。」牆邊有一行字句，在靛藍的底色上。每次到訪，我都擔心錯過入口，事實上，推薦朋友去「有河書店」，十之八九都會接到電話，另一頭焦慮的詢問：「是不是已經關啦，怎麼找不到呢？」於是，我按照經驗，仔細的指引方位，讓他們找到祕密入口。

「喔，原來是在這裡啊。」大家都鬆了一口氣。

曾經，我在這裡看過最美的夕陽，陽台上肆意翻滾的貓咪，樓下迤邐而過的人群，廟宇前的香爐青煙裊裊，我轉頭對海外來訪的友人說：「這裡是我在台北最愛的角落。」人群之外就是淡水河，沙岸上潮濕微腐的氣息，一隻白鳥踽行覓食，留下一行細瘦的足印。

曾經，我在這裡飲一杯黑麥汁，配一塊芒果起士派，去書架前逛逛，再回來時，發現自己的座位被一隻肥肥的橘貓所占據，牠毫不客氣的蜷起身子睡覺。我推推牠，牠跳下去了，不久之後，竟然跳到我的腿上，繼續睡眠。這應該是此生頭一次，與貓咪如此親近，這生物比我想像得柔軟，也比我想像得有分量。明亮的午後，牠的毛皮尖芒閃著金光，書店女主人隱匿告訴我，牠的名字叫「金沙」。隱匿說，如果我不喜歡，可以推推牠，讓牠離開，明明壓在腿上有點沉，但不知道為什麼，我沒有推開牠。當時的我並不知道，日後的自己會養貓，這個午後與金沙的相遇，彷彿是一次「我與貓」的練習。

幾年之後，金沙離開了這個世界，隱匿出了一本書紀念牠，在廣播的訪談間隙中，隱匿說起浪貓金沙來到有河那一天，正是我頭一次踏進書店那一天，她記得特別清楚。當然，我們的路徑肯定是不一樣的，我是一級一級登上階梯，金沙則是從許多屋頂與陽台一路飛躍而至。

我在有河留下過的痕跡，是一首玻璃詩，在詩人隱匿的面前寫詩，太不知天高地厚，但，反正過不了多久就會被擦拭，換上別人的作品。於是，我就寫了：

鯨豚從深海飛向晴空，
樹上結滿豐盈的諾言，
當宇宙出現第一首詩，
星球依序爆裂。

推開書店的門，在成架成堆的書裡，我沒看見總把自己隱藏起來的隱匿，櫃檯後方戴著眼鏡的老闆也不見蹤影，站在書店正中央，像一尊神祇那樣莊嚴的，是一隻貓。我輕輕呼喚：「金沙？」而後，從夢中急速墜落，醒在自己的床上。那只是夢，一切都過去了，書店早已易主，樓下的道路拓寬了，河被驅趕到遠遠的距離以外。再也回不去的一切令我感傷。

另一個拾級而上的書店經驗，是在香港的二樓書店。號稱二樓，其實是三樓，多半開在旺角一帶的舊樓裡，沒有電梯，必須爬細長陡峭的階梯上樓。「洗衣街」、「西洋菜街」、「通菜街」、「奶路臣街」……每條街的名字，都有著耐人尋味的意涵。一九九七那年，赴香港中文大學中文系任教，那時二樓書店如雨後春筍般的紛紛盛放，各有特色。我在學生的推薦下，先在街邊吃了香濃滑潤的芒果西米露，接著便上了一間以樹木命名的書店的階梯。聽說那裡有許多書籍是心理精神、個人成長、同性戀的範疇，學生說這樣的書店很特別。

我在書店裡盤桓了一段時間，沒想到不久之後，便在一次電視訪談節目中，遇見了書店的主人，就暫且稱他為樹吧。

和樹的緣分是很奇妙的，我們相約去吃了許多平民美食，分享了彼此的生命經歷。當時的我，正遭逢一場三十歲之後的生命斷裂。在那些晤談之中，擅長心理輔導的他，確實給了我很多引領與支持。在我最無助的時刻，他坦露了自己的成長過程，原來他的人生一直都在斷裂中，與他相比之下，我的痛苦顯得微不足道。彷彿明白了，書店裡陳列的那些書，原來就是他的療癒場。

他常用一種戲謔的方式，笑談自己的生活、遭遇，敘事的精彩程度，宛如作家。然而，聽到我的心情與感受，卻又很容易的紅了眼眶。在享用美食時；聆聽故事時；因為笑話而噴飯時，這位書店主人讓我感到被同理，那一年，認識了這個朋友，就像是上天對我的慈悲。當然，這是過了好些年之後，才深刻認識到的事。

二〇一五年的夏秋之際，我和旅伴們規畫了一場荷蘭德國之旅。討論到荷蘭的景點時，始終沉默的我問：「可以去馬斯垂克嗎？」

旅伴們安靜半晌，問道：「那裡有什麼？」看起來那不是一個可以「順便」抵達的地方。

我回答：「那裡有一間『天堂書店』，是樹跟我說的。」

旅伴們瞭然於心，他們用紅筆把馬斯垂克，這個完全不在計畫內的地名圈起來，重新規畫行程。

當我們終於抵達馬斯垂克，已近黃昏，我在暮靄掩至的道路上狂奔，眼睜睜看著天堂書店的大門關上。「天堂的門關上了。」我惋惜的說。

「沒關係啊，我們明天再來，天堂的門還會開的。」

天堂書店是由十三世紀末葉，哥德式的天主教堂改裝而成的，出發前，我已在網路上看過它的樣子，美麗的圓弧穹頂，挑高的空間，優雅的廊柱，被評選為世界上最美的書店。「你去天堂書店那天，記得要寄明信片給我喔。」我曾和樹如此約定。他說好。我卻沒想過，有一天自己真的站在這裡。

因為書店已打烊，我們繞著教堂前的廣場，漫無目的，而後來到一間義大利餐廳的露天座位，吃了美味晚餐，還嚐到了此行最令人難忘的提拉米蘇，那種快樂，就像跟著樹去覓食的時刻。這一切，也許是微妙的安排？

第二天，天堂書店剛剛開門，我便走了進去，果然是一個神的領地，安靜、恆長，連空氣中的浮塵也清晰可見。原來就是這裡，這是樹希望我能看見的吧。他已經去了天堂，而我走進書店。明信片是無法投遞的，但樹都會知道吧？將來相遇時，再與他說說我的感受。

樹，這裡就是天堂書店了，一起逛逛吧。

——原載二〇二一年十一月四日《Openbook閱讀誌》

張曼娟，創作出版超過三十年，著作逾五十餘本。第一部小說《海水正藍》，迄今持續再版中；近年以散文《我輩中人》、《以我之名》引爆中年話題，並與照顧者相濡以沫，開創中年書寫新座標。

哆啦A夢：「再怎麼樣你也不會是世界上最差的啦！」

——張維中

二〇二〇年秋天開始，哆啦A夢五十周年紀念電影《Stand by Me 哆啦A夢2》上映，日本從大街小巷到各類型媒體平台，哆啦A夢是那段時間曝光率最高的明星。來自於二十二世紀的哆啦A夢，這套漫畫從一九六九年首次連載，迄今已超過半個世紀。二〇二〇年哆啦A夢迎來漫畫連載五十周年，不僅推出最近電影，還跟許多廠牌合作限量商品，熱鬧非凡。

最近走在東京街頭，哆啦A夢依然形影不離。百貨櫥窗和公車亭的燈箱廣告經常吸引我的目光，因為這個轉角看到哆啦A夢和POTER跨界合作的限量產品，另一個轉角則躍出他和精品GUCCI的聯名商品。哆啦A夢從一個漫畫角色，儼然成為時尚代言人，不僅跟產品合拍美照，還被印在價值不菲的商品上。廣告鋪天蓋地的出現在社群網站，按讚分享的觸及率，令所有渴求精品業配的網紅們望塵莫及。

原以為二〇二〇年結束，周年慶活動就告一段落了，爆笑的是二〇二一年一月四日，《朝日新聞》刊出一張半版廣告，只見哆啦A夢躲在拉門後，露出半張臉，一臉驚恐地問：「大雄，沒有老鼠了嗎？」差點忘了，哆啦A夢是隻怕老鼠的貓，而去年是鼠年，又遇上新冠肺炎疫情，讓他無法好好輕鬆自在歡慶生日。於是這天宣布延長慶生，二〇二一年也是五十周年慶，希望在愁雲慘澹的疫情中，大家能夠歡樂加倍。雖然明知是另類商業操作，運用貓怕老鼠的梗，卻也多了幾分可愛和溫馨。

哆啦A夢很貼心。他是日本人性格中「讀空氣」的完美代表，就算大雄不開口發難，只要他臉上擠出一個表情，哆啦A夢就知道他的主人又遇上了麻煩。然後，哆啦A夢總會貼心的想辦法為大雄解惑，又無怨無悔按照他的SOP流程來收拾殘局。

其實哆啦A夢根本是不擅長說「NO」的吧，無論如何先默默處理完畢再說，但要是遇上沒有經驗的出錯，也是會慌了手腳，簡直就是這個社會的縮影。

從「萬能口袋」裡掏出各種道具也像是日本人理想日常的投射。只要生活裡遇到任何狀況，細心的日本人總能發明出奇奇怪怪的小東西來應付。至於哆啦A夢時不時冒出安慰他人的話語，那股溫暖的療癒力量，不放棄的正面能量，大概也是只有歷經原子彈轟炸和各種天災，然後不斷得復建活下去的日本人，才能累積而成的人格底蘊。

哆啦A夢總對諸事不順的大雄，道出安慰的話語。例如，大雄被父親斥責而覺得自己是世上最糟的人時，哆啦A夢安慰他：「再怎麼樣你也不會是世界上最差的啦！比下有餘啊……」大雄老埋怨做功課和做家事，很煩惱，哆啦A夢告訴他：「你光是煩惱的時間，就可以完成一件事。」更多時候是接近於一種人生哲理，像是哆啦A夢曾說：「大人真可憐，沒有能讓自己依靠、撒嬌和罵自己的人。」

這些話，不僅安慰大雄，也鼓舞或提點了讀者。眾多充滿深意的名言，是讓大人們在看《哆啦A夢》依然感動，發人省思的原因。

《哆啦A夢》的故事雖然天馬行空，卻充滿生活感。人物個性寫實，主要的角色包括大雄、小夫、胖虎、靜香等人，每個人的情緒反應和遇到的困境，對許多日本人來說都能輕易地代入自己。

直到現在我還能在朋友圈和公司中，時常聽見日本人以哆啦A夢的角色做為人際關係的譬喻。比如胖虎欺負大雄，常被象徵為校園或職場霸凌，甚至還會有人拿來比喻國與國之間的關係；哆啦A夢和大雄的互動，則可以從討論友情到老後照顧生活，在高齡化的社會中，有沒有可能真有一天，機器人會比人類更有耐性？而靜香和大雄微妙的情感，即使過了五十年，拿來形容現在的日本草食性男子，不敢勇於追求愛的性格也未落伍。至於阿諛奉承，超愛炫富還喜歡吹嘘的小夫，放眼現實生活，這種人俯拾皆是。

藤子・F・不二雄的作品，從一九六九年十二月起開始在小學館《學年誌》連載《哆啦A夢》，迄今是日本最長壽的動漫作品之一。一九七三年《哆啦A夢》首度從平面漫畫躍上螢光幕，在日本電視台播放，不過只播了半年就終止，直到一九七九年才由朝日電視台接手，如今哆啦A夢幾乎等同於朝日電視台的吉祥物。動畫電影版從一九八〇年開始，此後平均每年都會推出電影。早期會為電影製作而先繪製所謂的「大長篇」原創漫畫，但後來演變成改編舊版電影成新作，或者從短篇漫畫裡挑故事改編成電影。

《哆啦A夢》電影曾引起一些爭議。這幾年推出的幾部電影，有的不是從原著裡改編的，因此有書迷批評這些電影包括《Stand by Me 哆啦A夢》系列作，失去部分原創的特色，例如在畫風跟原著有落差，甚至認為內容和人物設定，違反作者的原意。然而即便如此，這幾部電影依然在日本創造票房佳績，無損哆啦A夢的人氣。

做為一部長青樹的國民漫畫，最大的考驗是內容是否能夠與時俱進。當影響力如此巨大時，漫畫，其實已經不只是一部漫畫而已了。它會在不同時代的觀點解讀中，被賦予各種角度的詮釋和檢測。所謂的「政治正確性」不免也開始掃描《哆啦A夢》。

近來蔚為話題的新聞，是日本女性連署要求電視台刪播哆啦A夢和大雄因意外屢次闖進靜香的浴室，偷看到靜香洗澡的畫面。她們認為，這是把性騷擾當樂趣。有網友做過統計，大雄偷看靜香洗澡的橋段出現過六二七次以上，大雄有時表現出無辜，但有時卻竊喜，每一次都讓靜香滿臉難堪。對此不滿的粉絲看完《Stand by Me 哆啦A夢2》以後，甚至想反問靜香為何願意嫁給一個老是偷窺自己，又經常故意掀女生裙子的性累犯？

無論如何這些批評都是因為《哆啦A夢》夠紅，才能延伸出來的話題。不管是用政治正確的方式解讀，還是想賦予教育意義，又或者只是當作消遣娛樂，《哆啦A夢》的地位從日本到台灣、香港、中國及整個亞洲，都已屹立不搖。它是我們成長的一部分，如同漫畫裡的「任意門」和「時光機」早已深植為日常使用的共通語彙。

藝術家村上隆曾說《哆啦A夢》展現出一九七〇年代，日本對於人生的「願望、滿足、需求」，是一個時代的拓印。不過，哆啦A夢是擁有時光機的，他代表的當然不只是那個年代而已。

直到如今，總在關鍵時刻，哆啦A夢在日本還是會常以安撫人心的形象現身。

新冠肺炎疫情衝擊之下，日本發布「緊急事態宣言」籲請民眾待在家裡，很多民眾都無法適應，於是在四月的某一天，《朝日新聞》刊載了來自哆啦A夢的訊息，請大家Stay Home的暖心呼籲。

「因為你留在家中，因為你認真洗手，因為你惦記家人，因為你幫助朋友，因為你內心溫柔，因為你幫助病患，因為你為人奉獻，因為你對未來永不放棄。所以沒問題的！未來一定充滿活力健康。」

而我看著海報上大雄依偎著哆啦A夢，忽然間想到的畫面，卻是記憶中十幾歲的自己。每一次去小鎮的家庭理髮廳理髮，就會在印著「冷氣開放」的玻璃窗前，從一排書櫃中抽出一本《哆啦A夢》邊看邊等。

多年以後我明白，其實從那一刻起，哆啦A夢就從萬能口袋掏出了任意門和時光機給我。我可以瞬間移動和變身他人，因為閱讀，就是啟動它們的咒語。

——原載二〇二一年二月《大誌》第一三一期

張維中，台北人，現居東京。東吳大學英文系畢業，文化大學英國語文學系文學碩士。日本早稻田大學日本語別科、東京設計專門學校畢業。現於日本任職傳媒業。寫遊記、寫散文、寫小說也寫少兒讀物。近作包括小說《不在一起不行嗎》、散文《東京直送》和旅記《日本小鎮時光》，並曾以《麒麟湯》一書獲得金鼎獎。

IG：weizhong925／FB：張維中。東京模樣

我就是想在藝妓裡加點糖——伊森

我開始喝咖啡，是升機長那一年的事。

那個時候的航班緊湊，時間又早晚不定，例如要在東京凌晨三點鐘起床準備，從羽田飛到台北不過上午十點；或者半夜十二點從雅加達離地，經香港攬些轉機客人，落回桃園才早上九點。這樣的時間帶無非是為了配合旅客行程，是航空公司的服務之道，在亞洲裡面轉圈已是如此，更不用說時差不一變的歐美澳洲，我等從業人員需要時時刻刻醒著。

開始喝咖啡之後，才驚覺自己一腳踏入了另個國度，這是個十人十樣，非常有個性的小宇宙。有人要糖不奶，有人要奶不糖，更有人講究品種產地，日曬水洗，淺中重烘，法式虹吸手沖，不從豆子開始磨起不喝，我終於體會江湖諺語「咖啡機沒修好，飛機不能走」的意義。

起初我抱持著開發出新餐廳，要把菜單吃一輪的那種心情，從日本街頭販賣機的罐裝微糖咖啡，到星馬地區的老街白咖啡、越南煉乳滴漏咖啡、夏威夷的柯納、峇里島的麝香貓，什麼都不放過。由於從小沒接觸過咖啡因，效用十分顯著，除了整個人醒過來以外，冰咖啡白咖啡喝多還會心悸，有些來路不明的甚至會胃痛，多次的試行錯誤，最後偏好攜帶淺中烘焙的濾掛咖啡上飛機。

知道我喝咖啡後，有些同事便熱心，在會議或模擬機時段前買好咖啡相請，這件事頗令我困擾。應酬咖啡通常是美式，無糖無奶，職場上似乎預設大家都要喝黑咖啡，最後我往往都是轉贈給他人，甚至也看過不能喝的人直接在茶水間倒掉。於是輪我買咖啡時，總是拜託店家多附一些奶球糖包攪拌棒，並靜靜觀察有沒有人使用，畢竟咖啡的喝法是一件極為個性化的事，還是要隨人喜愛。

淺中烘焙不會使我心悸，且吸引我的是一股淡淡的酸味，我不是不能欣賞苦或澀，但在咖啡裡加一點糖後，甜酸苦澀才有相對比較，才有層次明顯對照，就像人世間大多數的事物一樣，自我解釋成「加一點鹽在西瓜上提味」那種邏輯。然而在單品咖啡裡加糖這件事，似乎犯了業界的大忌諱，例如點了一杯耶加雪夫，店員笑容可掬送到面前時，只要問一句可否給點糖，店員總是臉色一沉，彷彿你要糖就是來搗蛋，甚至露出帶點鄙夷的表情。咖啡加糖不是一件違法的事情，但點了單品咖啡卻又加料，就像在星巴克掏出非蘋果筆電那樣不堪，是一種奇怪的潛規則。後來為了不得罪人，我上咖啡店時就偷偷自己帶糖，台糖製六公克長條包裝那種。

有回在咖啡廳見到手寫推薦名為「藝妓」的咖啡，標註是淺烘焙，一時新奇，不假思索就點了一杯。下單之後，彷彿是按了一個按鈕，整家店都亮起來，店主跑過來打招呼，細細解釋這「支」豆子產地在哪，怎麼標下來，怎麼烘的，熱心的程度比虔誠的傳教士猶有過之。接著她拿生豆給我聞，磨好之後再端來聞一次，並解釋一定要怎麼沖泡，我正襟危坐，裝懂稱是。咖啡送上來後，她又要我三聞，接著要我啜一口，她殷殷地盯著，急切問說你嚐到甜橙、佛手柑、洋甘菊的味道了嗎，我只能持續諾諾點頭。店主人都把咖啡豆的量詞說成「支」了，那她必定期待我是嘴裡含了拉圖瑪歌堡，眼睛閉起來就要看到法國大地並歡喜讚嘆的人，若不是這樣，就是犯了褻瀆大罪。接著她走回吧檯，又不時回望投以關注眼光，這種氛圍下別說要糖，連偷偷拿出來都不敢。這杯咖啡在極大的壓力下勉強喝完（當然也不敢剩下），我完全記不得「藝妓」的味道，只記得臨走之際，她一直追問這支豆子就是這樣是不是對不對；而如果不附和兩句，那天可能無法逃出店門。

驚恐之餘，上網搜尋了一下「藝妓」。這咖啡豆原產於衣索比亞的GEISHA山，後來傳到巴拿馬才發揚光大。初次譯成中文的人取其諧音翻成「藝妓」，實際上跟日本一點關係都沒有，後來品評會得了冠軍聲名大噪，但就像虹吸式咖啡根本就沒用到虹吸式原理，以訛傳訛的名稱沿用下來了。對於咖啡求道者來說，像我這樣的人真是焚琴煮鶴，但我就是忍不住想在咖啡裡加一點糖，幾次在咖啡店的經驗下來，竟然對自己的這種想法感到自卑，當然再也不敢點名藝妓。直到後來追劇，看了英國BBC拍攝的《新世紀福爾摩斯》，開頭第一集沒多久茉莉邀福爾摩斯喝咖啡，康伯拜區的台詞是：「Black, two sugars.」觀眾的笑點在社交障礙的主角聽不出女性的邀約，以為茉莉現場要幫他泡咖啡；我則是又驚又悟，原來英語裡面「黑咖啡」，不見得不能加糖。

在東京最常去的是連鎖的「椿屋珈琲」，「椿」在日文裡是山茶花的意思，日文漢字的咖啡經常寫成王字邊的「珈琲」，雖是連鎖店，但山茶花咖啡店走的是大正懷舊路線，內裝均是暗色系的古董風木桌椅。點一杯椿屋咖啡，咖啡師會像做化學實驗那樣沖出一個精緻的虹吸壺，再由穿著復古女僕裝的服務生拎過來，在桌邊為客人斟滿古色古香的瓷杯。大部分客人上椿屋享受店內質感與煮咖啡的儀式，但椿屋最吸引我的是服務生一定會送上糖與奶：如果你點熱咖啡，她會附上熱奶以及糖罐；如果是冰咖啡，就附冰奶與糖漿。座位雖然不是包廂，但與鄰座總有適當距離或隔板，咖啡斟滿後服務生一句請慢慢享用，隨著裊裊白煙行禮退開，客人就在這小空間裡，用自己喜愛的方式渡過一杯咖啡的時光。

後來有機會去了長野幾次，在車站內隨意找家咖啡廳打發時間。坐下來打開菜單雙眼一花，數十種單品咖啡豆，光看一輪都不知道要多久，只好隨意點了款淺烘焙，服務生問要怎麼沖，法式還是濾滴，最後上了一整壺，糖奶不缺都附上。驚豔於店家的精緻，看了名字上網搜尋，原來是得過世界冠軍的「丸山珈琲」，之後就在這店裡消磨了數個午後。咖啡附糖的店家，經常用的是小鐵罐，要打開來才知道是什麼糖，普遍是白砂，也有棕糖，還看過各種顏色心形的。打開鐵罐若看到傳統糖塊是最令人驚喜的，我想福爾摩斯要的two sugars就是兩顆這種白雪方糖，我幾乎可以想像飲者將之投入杯中那一剎那的幸福感。

多年後經常自問，喝咖啡是為了它的功能（維持醒著）？是對咖啡因上癮了？還是為了在店裡坐下來，等候職人沖一杯咖啡的那點閒情？

二〇一九年十二月三十一日，日本的除夕夜，倒數第三次的東京行。下機後我照平常的行程至皇居慢跑，回頭經過日比谷時，見到一家新開張的咖啡店，光亮的招牌寫著「GESHARY COFFEE」，心念一動，但由於時間緊湊，僅在店門口匆匆拍下一張照片。過一陣子之後想到這件事，上網查了，這家店果然是「藝妓」專賣店，還是擁有自家農場的生產者，品項有數種藝妓咖啡豆，包含著名的巴拿馬翡翠農園。店家的概念以一杯藝妓咖啡生產的過程為主題，裝潢成中南美風格，烘豆萃取的機器活生生擺在一樓讓客人欣賞。我想起過去不好的經驗，望之卻步，但瀏覽菜單後，我的加糖自卑感竟然得到撫慰。除了單品咖啡，店家甚至直接加奶販賣冷熱藝妓拿鐵，豐富的甜點品項中更有藝妓提拉米蘇、藝妓蛋白霜、藝妓咖啡凍、藝妓牛奶凍等，多種使用咖啡粉的個性點心。

然而我依然不知道藝妓的味道，三月之後進入沒有期限的鎖國，這失之交臂的咖啡店時不時就在我腦裡跑出來。某個清晨的飛行，我問初次見面的副駕駛要不要喝咖啡，他說喝，但暫時不要。我想起一個前輩機長告訴我，她喝咖啡精神會清醒過來，但是五感「銳利度」會降低；另個機長說他人生已經夠苦了，一定要加點糖。還有個已退休的老機長，他老人家要糖要奶三合一，有空服員不幫他加，說這樣對身體不好，他怫然回道：「我的人生都半腳踏入棺材了，你管我好還是不好，我想怎麼喝就怎麼喝。」畢竟喝咖啡的習慣算是種隱私，我也不好意思追問副駕駛為什麼暫時不喝，沒想到聊開之後，他自述喝咖啡挑剔，還坦言喜愛藝妓。我告訴他無意間發現的藝妓專賣店，瞥見他口罩後興奮的面容。沒有終點的疫情已持續兩年，世界冠軍的「丸山珈琲」都黯然收了半數分店。如果哪一天我們可以回東京，如果到時藝妓還在，我請你去喝。但我就是想在藝妓裡加點糖，如果你覺得不舒服的話，那你告我職權騷擾好了。可見的未來依然是沒有盡頭的隔離與自我管理，年輕人卻難得在口罩裡笑了。

——原載二〇二一年十二月二十五日《自由時報》副刊

師大附中畢業，現為民航機師，偶以寫作自娛。

附錄

一一〇年年度散文紀事線上版

杜秀卿

九　歌　文　庫　1　3　7　4

九歌 110 年散文選
Collected essays 2021

國家圖書館出版品預行編目（CIP）資料

九歌散文選 . 110 年 / 孫梓評主編 . -- 初版 .
-- 台北市 : 九歌 , 2022.03
面；　公分 . -- (九歌文庫 ; 1374)
ISBN 978-986-450-417-6 (平裝)
863.55　　111001336

主　　編 —— 孫梓評
特約編輯 —— 杜秀卿
創 辦 人 —— 蔡文甫
發 行 人 —— 蔡澤玉
出　　版 —— 九歌出版社有限公司
台北市 105 八德路 3 段 12 巷 57 弄 40 號
電話／02-25776564・傳真／02-25789205
郵政劃撥／0112295-1

九歌文學網　www.chiuko.com.tw

印　　刷 —— 晨捷印製股份有限公司
法律顧問 —— 龍躍天律師 ・ 蕭雄淋律師 ・ 董安丹律師
初　　版 —— 2022 年 3 月
定　　價 —— 420 元
書　　號 —— F1374
I S B N —— 978-986-450-417-6
9789864504190 (PDF)

本書榮獲 台北市文化局 Department of Cultural Affairs Taipei City Government 贊助